W0077428

Eine angetrunkene Jungschauspielerin. Eine schillernde Theaterdiva. Eine aggressive Yogalehrerin. Eine vergessene Filmlegende. Eine durchtriebene Feuilleton-Praktikantin. Zwei Freundinnen, die sich wahrscheinlich zum letzten Mal treffen. Ein eitler Journalist. Ein verunsicherter Bestsellerautor. Die Protagonisten der Stories in »Meine 500 besten Freunde« sind ständig damit beschäftigt, etwas darzustellen, bestenfalls sich selbst. Sie sind eitel, verzweifelt, an sich selbst berauscht, angestrengt, rührend und lächerlich – und sie gäben viel darum, irgendwie bedeutender zu sein.

Johanna Adorján, 1971 in Stockholm geboren, studierte in München Theater- und Opernregie. Seit 1995 arbeitet sie als Journalistin, seit 2001 in der Feuilleton-Redaktion der »FAS«. Ihr erstes Buch, »Eine exklusive Liebe«, ist in sechzehn Sprachen übersetzt.

Johanna Adorján

Meine
500
besten
Freunde

Stories

btb

EIN TISCH IN DER MITTE

Wir saßen damals oft im Borchardt. Ein paar Jahrzehnte später waren wir tot, aber wir saßen oft im Borchardt damals und hielten das alles für sehr wichtig. Dass wir einen Tisch in der Mitte bekamen – einen der guten Tische, die nicht jeder bekommt –, dass wir mit ausgesuchter Höflichkeit von den Kellnern behandelt wurden, dass man uns hier und da ein Kompliment machte, das alles genossen wir sehr. Ich würde gerne sagen, dass Eva es mehr genoss als zum Beispiel ich, aber das wäre gelogen. Sie genoss es aber auch nicht weniger. Manchmal, wenn ich zur verabredeten Zeit ankam, mir den Mantel abnehmen ließ und mit einem raschen Blick den großen Raum durchmaß, und wenn ich sie dann wieder einmal schon dort sitzen sah, wie sie mir mit ihrem kleinen aufgemunterten Gesicht aus der Mitte zuwinkte, manchmal hatte ich da das Gefühl, vielleicht brauchte sie es mehr.

Eva war klein, atemlos und drollig. Ich mochte sie, weil sie klein, atemlos und drollig war. Ich kann nicht sagen, dass ich sie mochte, weil sie Mäntel mit echten Pelzkrägen trug, die sie aufzustellen pflegte, als stünde sie an einem zugigen Bahnsteig in Moskau und der Zar wäre eben tot. Ich mochte sie auch nicht für ihre Stimme, die immer so klang wie durchs Telefon, hoch und dünn und etwas gequetscht. Und ich mochte sie nicht für ihre Art, mir immer und in allem recht zu geben. Ich muss zu meiner Schande gestehen, dass es eine Weile dauerte, bis ich es bemerkte. Vorher hatte ich sie einfach sehr sympathisch gefunden und mich gefreut, dass wir so mühelos in allen wichtigen Dingen einer Meinung waren. Nach einem Test, bei dem ich bei irgendeinem Thema einfach so, mittendrin, die Meinung änderte, eben noch für, auf einmal vehement gegen etwas war, und sie mir auch dabei folgte, als wäre nichts gewesen, verlor sie ein bisschen an Ansehen, aber ich mochte sie doch weiter. Es war nicht leicht, damals in Berlin Freunde zu finden. Von Freundinnen gar nicht erst anzufangen.

Auch an diesem Abend war sie vor mir da. Sie saß an einem der Tische in der Mitte, eine kleine Person, die beinahe versank in ihrem großen Mantel, der in meiner Erinnerung wieder einen Pelzkragen hat, obwohl das kaum so gewesen sein kann, denn es war Mai. Ich folgte dem Kellner, der mich an meinen Platz brachte. »Hallo«, sagte sie und legte den Kopf schräg, als hätte sie eine Frage gestellt. »Hallo«, sagte ich, »wie geht's?« Sie guckte misstrauisch, obwohl sie doch lächelte, ließ mich nicht aus den Augen, als hätte sie Angst, ich könne mich über sie lustig machen und sie würde es nicht bemerken. Sie schien gehetzt. Als müsse sie gleich wieder weg. Oder als habe sie eben etwas Schreckliches erfahren. »Alles in Ordnung?«, fragte ich. »Ja klar«, zirpte sie und fragte dann schnell viele Fragen auf einmal, wie es mir gehe, ob ich gesehen habe, Soundso seien auch hier, wie es Julia und dem Baby gehe, alles in betont lässigem Nebenbei, aber so schnell herausgefeuert, als gelte es, das Gegenüber auf Abstand zu halten. Zeit zu gewinnen. Sie wirkte nervös. Und so verloren in diesem großen Mantel, der vielleicht einen Pelzkragen hatte und vielleicht nicht.

»Was trinken wir?« Ich war für Gin Tonic, denn der Abend war jung, und so wollte ich mich fühlen. Eva sagte, Gin sei nichts für sie, sie nähme etwas anderes, was, daran kann ich mich nicht erinnern, und dann guckte sie wieder so von schräg unten, als vermute sie, ich verschweige ihr etwas. Wie es ihrem Sohn gehe, fragte ich. Und während sie mir erzählte, wie sehr er sich immer noch über das Geschenk freue, das ich ihm zu seinem Geburtstag gemacht hatte – Bettwäsche mit den Planeten des Sonnensystems, die im Dunkeln leuchten sollten, das aber nicht taten, wie sie sagte (was aber, wie sie sich hinterherzuschicken beeilte, gar nichts mache) – während sie dies erzählte, schälte sie sich aus dem Mantel und brachte ein abenteuerlich kleines schwarzes Etwas zutage, das vor ihrem riesenhaft unter dem Kinn hervorragenden Dekolleté mühsam mit einer kleinen Kordel zusammengebunden war. Wir bestellten. Als der Kellner gegangen war, entstand eine Pause, die länger dauerte, als angenehm gewesen wäre. Sie schien keine Frage stellen zu wollen, nicht einmal nach meiner Tochter, deren Patentante sie doch war. Ich war unsicher und versuchte meinerseits mit Fragen zu unserer gewohnten Form zurückzufinden. Wie lief es in der Arbeit? Was machte ihre Affäre mit diesem berühmten Schriftsteller, hatte sie sie während der Book Fair in London wiederbelebt? Wie ging es ihrem Mann, litt er noch an Depressionen? All das fragte ich nicht in dieser Offenheit, das wäre mir zu forsch vorgekommen, ich erkundigte mich vorsichtig, mich mit einzelnen Worten über längere Pausen hangelnd. Sie antwortete widerstrebend. Als hätte sie das alles nie erzählt. Als sei es unangemessen von mir, mich an all das zu erinnern. Als wolle sie sich nicht erinnern. Als sei ich lästig. Unser Treffen ein lästiger Termin, etwas, das zu absolvieren war, bevor sie endlich schlafen durfte. Denn sie schien müde. Müde, fahrig. Nicht wirklich da. Als wäre sie eigentlich schon wieder weg. Nur die Idee von ihr, diese atemlose Idee saß hier vor mir auf der Bank. Nein, sie wolle nichts essen, aber ich solle doch, ja, doch, unbedingt. Sie freue sich so mich zu sehen. Wie schade, dass sie morgen schon wieder nach Hamburg fahre. Wie schade, dass man sich so gar nicht gesehen habe.

Wir sehen uns doch jetzt, Eva.

Das Essen – ich hatte ein kleines Wiener Schnitzel bestellt, das im Borchardt mit Zitronenscheibe und Sardelle dekoriert auf lauwarmem Kartoffelsalat serviert wurde – war schnell gegessen, die Gläser schnell leer. Eva hatte noch während der ersten Viertelstunde zu gähnen begonnen, herzzereißende Gähnanfälle, ungeniert ausgeführt, ausgedehnt ausgegähnt, es war eine zunehmend unmögliche Situation. Ich fühlte mich, als hielte ich sie vom Wertvollsten ab, das ihr zu tun war: schlafen. Eva, wenn du müde bist, dann geh doch unbedingt nach Hause, sagte ich, doch sie schüttelte den Kopf. Neinnein, niemals, nun säßen wir doch hier. Wie zum Trotz winkte sie dem Kellner zu, er möge uns noch mal die gleichen Getränke bringen. Erst jetzt bemerkte ich, dass sie anders geschminkt war als sonst. Mutiger. Ihr Lippenstift hatte die Farbe eines Korallenriffs, die Augen hatte sie mit schwarzem Kajal ummalt. Sie sah dadurch nicht unbedingt hübscher aus und vielleicht sogar eine Spur älter, aber es hatte etwas entschlossen Weibliches, das ihr stand.

Wir hatten uns auf dem Fest eines gemeinsamen Bekannten kennengelernt, das wir beide in der Küche zubrachten. Uns war an diesem Abend wohl beiden nicht nach Gesellschaft gewesen – ich war mit meinem Mann gekommen, der sich den ganzen Abend glänzend auf dem Balkon unterhielt, Eva war alleine da. Und nachdem sie mich dabei ertappt hatte, wie ich, als wieder einmal eine besonders laute Wolke aus Partygelächter über den Flur wehte, kurz die Augen in Richtung Decke verdrehte, waren wir Komplizinnen und beschlossen, das Beste daraus zu machen. Ich ging mit dem Gefühl, zu viel geredet zu haben, aber ich wusste nicht mehr genau, was. Ihr schien es ebenso zu gehen, denn zwei Tage später schickte sie mir eine Mail, in der sie sich über die Maßen entschuldigte. Der Rotwein, und so weiter. Und dann verabredeten wir uns und erzählten uns vermutlich noch einmal dieselben Sachen und beim nächsten Mal wieder, weil wir uns nie merken konnten, was wir schon gehört, was erzählt hatten. Der Rotwein, und so weiter.

An jenem Abend, an dem Eva sich Kajal um die Augen gemalt hatte, waren außer uns im Bereich in der Mitte des Borchardts, diesem Bereich, der durch die roten Samtrückenlehnen der Sitze abgezirkelt war: ein Filmregisseur, der in früheren Nächten betrunken mit Gläsern geworfen hatte, um seinen eitel-berauschten Monologen Nachdruck zu verleihen, in Begleitung einer jungen Frau; ein berühmter Modemacher, den außerhalb Berlins niemand kannte, und seine zu blonde und laute Entourage; ein reicher Maler und sein noch reicherer Galerist; ein paar Geschäftsmänner in zu schwarzen Anzügen, die ständig zu ihrem Nachbartisch sahen, an dem drei Frauen Champagner tranken, die als Models durchgegangen wären, hätten sie nicht alle drei operierte Brüste gehabt; und ein Japaner, alleine, der auch bald ging. Ich erinnere mich an diesen Abend, als wäre er ein Film, den ich oft gesehen habe. Aber die Kamera zeigt nie unseren Tisch. Wie haben wir wohl gewirkt, an diesem Abend, wir zwei Frauen am linken Ecktisch des Mittelbereichs? Die dunkelhaarige Eva mit ihren fahrigen Bewegungen, dem grellen Lippenstift und dem gewagten Ausschnitt, der ihr selber im Laufe des Abends immer unangenehmer zu werden schien. Am Anfang verschränkte sie oft die Arme davor, später dann hielt sie die Speisekarte in Brusthöhe vor sich, die sie womöglich eigens zu diesem Zweck hatte kommen lassen, denn weder sie noch ich warfen noch einen Blick hinein. Und ich, die ich seit dem Vorabend nicht zuhause gewesen war, und mich zunehmend unwohl fühlte in den Kleidern, die ich seit dem gestrigen Morgen trug. Sah man uns an, dass wir uns fühlten wie Schauspielerinnen, denen der richtige Ton verrutscht ist?

Ich versuchte noch eine Weile, ein Gespräch in Gang zu setzen, bemühte mich um einen lockeren Plauderton, knüpfte an Themen unserer jüngst vergangenen Treffen an. Nichts half. Eva gähnte und sah immer öfter zur Tür, oder bildete ich mir das ein, sie schien auf etwas zu warten, was aber nicht eintrat. Manchmal brachen ein paar Sätze aus ihr heraus, sie sprach von einer abgebrochenen Diät und von Ärger in ihrem Verlag. Dann sagte sie einmal so lange nichts, dass ich erst dachte, sie überlege gerade etwas und schließlich befürchtete, sie schlafe gerade ein. »Komm«, sagte ich irgendwann, »lass uns gehen. Du bist ganz müde, das ist doch nicht zu übersehen.« Da guckte sie mich auf einmal wütend an, vielleicht war es auch eine andere Gefühlsregung, sie schien jedenfalls zu nichts zu passen, was vorangegangen war. Sie verschränkte die Arme vor der Brust, fragte »Kann ich so gehen?« und stand auf. Ich wusste nicht, was ich antworten sollte. »Ich bin so dick«, sagte sie vorwurfsvoll, drehte sich um und ging in Richtung der Treppe, die hinab zu den Toiletten führte.

Was für ein seltsamer Abend. Was für eine Erleichterung, endlich kurz allein zu sein. Ich blickte mich um, zog grüßend die Augenbrauen hoch, als der Regisseur mich erkannte und schenkte einem vorbeilaufenden Kellner ein Lächeln, auf das ich ein Nicken als Antwort bekam. Wie beruhigend mir diese kleinen Gesten vorkamen, die an diesem Abend genauso funktionierten wie an jedem anderen. Dann konnte es doch wohl nicht an mir liegen?

Als Eva zurück an den Tisch kam, schien eine Verwandlung in ihr vorgegangen zu sein. Sie wirkte heiter, beinahe gelöst. Sie setzte sich, wobei mir ihr Busen entgegenwogte, aber es schien ihr jetzt nichts mehr auszumachen, sie hatte sich die Lippen nachgezogen und roch deutlich nach Seife. »Na?« Sie wirkte unternehmungslustig, der kurze Gang zur Toilette schien sie erfrischt zu haben. Sie strahlte mich an. »Du hast da was«, sagte sie und tippte sich mit dem Zeigefinger gegen die seitlichen Schneidezähne. Ich fasste mir an die betreffende Stelle. »Hier?« »Nein«, sagte sie, »andere Seite.« Ich zog meinen Finger auf die andere Seite, »hier?« Sie schüttelte den Kopf. »Weiter hinten.« »Jetzt?« Wieder schüttelte sie den Kopf. »Dazwischen.« Sie sagte es mit gesenkter Stimme, als dürfe uns niemand hören. »Hier?« Ich war verunsichert. Was konnte dort sein? Ein Blättchen Petersilie vielleicht, aber war das so schlimm? »Warte, ich müsste eigentlich ... einen Spiegel ...«, sagte Eva und begann in ihrer Tasche zu wühlen. »Weg?«, fragte ich, nachdem ich mit meinem Zeigefinger ein paarmal den betreffenden Zahnzwischenraum entlanggefahren war. Sie guckte hoch und mir prüfend auf die Zähne. »Immer noch«, sagte sie. Ich fuhr noch einmal mit dem Fingernagel zwischen meinen Zähnen entlang. »Jetzt?« »Lass sehen.« Sie guckte mir in den Mund, den ich wie beim Zahnarzt geöffnet hielt. Die Situation war nicht erfreulich. Ich kam mir ausgeliefert und hilflos vor. »Hast du einen Spiegel?«, fragte ich.

Sie machte ein bedauerndes Gesicht und zog entschuldigend die Schultern hoch. Leider lag auch kein Messer mehr auf dem Tisch, in dem ich mich hätte spiegeln können, die Kellner hatten längst abgeräumt. »Warte, ich gehe schnell aufs Klo«, sagte ich, stand auf und lief mit gesenktem Kopf durch den Raum, der mir auf einmal viel zu hell vorkam.

Unten auf der Damentoilette brachte ich mein Gesicht nah an den Spiegel, legte den Kopf zurück und öffnete den Mund. Aber da war nichts. Nur Zähne, die sich einer ordentlich an den nächsten reihten. Komisch, dachte ich, als ich die Treppenstufen wieder hinaufging. Seltsam. Was war davon zu halten? Erst später erfuhr ich, dass Eva an diesem Abend schon wusste, dass ich sie seit Monaten mit ihrem Mann betrog.

NADJA VON STETTIN

Folgende Geschichten kursierten über Nadja von Stettin:
- Sie soll einem Journalisten, während dieser ein Interview mit ihr führte, die Hand zwischen der Knopfleiste ihrer Bluse hindurch geführt haben (sie trug keinen BH)
- Sie soll einmal mitten auf den Fußgängersteig einer belebten Straße gepinkelt haben, einfach so, weil sie musste
- Einem relativ bekannten amerikanischen Independentfilm-Regisseur soll sie auf einem Berlinale-Empfang im Vorbeigehen in den Schritt gefasst haben
- Während des Gallery-Weekends vor zwei oder drei Jahren soll sie auf einer Vernissage in einem sehr kurzen Minirock auf einer Box getanzt haben, ohne Slip
- Sie soll einmal in eine Schlägerei mit der Frau des Chefredakteurs einer großen, konservativen Zeitung, einer geborenen von Bismarck, verwickelt gewesen sein
- Sie soll einmal eine Bekannte zu sich nach Hause eingeladen und dieser dann nackt die Tür geöffnet haben. (In einer anderen Version der vermutlich selben Geschichte waren es mehrere Leute, denen sie nackt die Tür öffnete.)
- Vor ihrem Einzug soll sie ihre Wohnung einer Cleansing-Zeremonie gegen böse Geister unterzogen haben

- In Wahrheit soll sie gar nicht adlig sein
- Sie soll mit ihrem Freund, einem französischen Künstler, der in Paris wohnte und nur gelegentlich in Berlin war, eine offene Beziehung führen
- Unter anderem war sie mit einem gut aussehenden, verheirateten Kameramann knutschend auf der Torstraße gesehen worden
- Natürlich wurden ihr auch Affären mit Regisseuren nachgesagt, mit denen sie gearbeitet hatte, sogar mit einem, von dem es hieß, er sei schwul
- Sie soll sich Botox spritzen lassen, allerdings nur in minimalen Dosen (angeblich ließ sie es in einer Privatklinik in der Französischen Straße machen)
- Sie soll vor Jahren eine Affäre mit einem SPD-Spitzenpolitiker gehabt haben
  - Kokain nehmen
  - mit ihrem Alter schummeln

Sogar über ihren Hund, eine grimmig aussehende Bulldogge, kannte Friederike Gerüchte. Es hieß, er esse nur Rinder-Tatar. Und angeblich nahm Nadja von Stettin ihn mit in die Badewanne. Friederike hielt beides für Unsinn, während an den Geschichten über seine Besitzerin irgendetwas dran sein *musste*, so hartnäckig wie sie sich hielten. Es gab wahrscheinlich in ganz Berlin keine Person, über die so viel geredet wurde wie über Nadja von Stettin, zumindest war Friederike in den acht Jahren, in denen sie hier lebte, keine untergekommen. Und irgendwie konnte sie es verstehen. Sie hatte oft im Zuschauerraum miterlebt, wie von Stettin alle Schauspieler, die mit ihr die Bühne teilten, zu Statisten degradierte, einfach so, durch bloße Anwesenheit. Es war Friederike unerklärlich, wie sie es machte.

Irgendetwas hatte sie, das andere nicht hatten, und was es auch war – mit ihrem Aussehen hatte es nichts zu tun. Sie war keine Schönheit, jedenfalls keine, die auf Fotos etwas hermachte. Ihre Haare waren irgendwas zwischen blond und braun, sie war normalgroß, normalschlank, hatte eine unauffällige, vielleicht etwas spitze Nase und einen Mund, der von Weitem aussah wie ein Strich. Und trotzdem sah das Publikum immer nur auf sie. Die Natürlichkeit, mit der sie sich auf der Bühne bewegte, ließ sich höchstens mit der von Kindern oder Tieren vergleichen. War sie nicht auf der Bühne, wurde im Saal geraschelt und gehustet, trat sie auf, wurde es mit einem Mal totenstill, nur hier und da stieg aus irgendeiner Reihe ein Kichern auf, das Friederike sich damit erklärte, dass von Stettins Gespür für Pointen bekannt war und einem nun wohl bald kommenden Lacher schon ungeduldig entgegengefiebert wurde. Mit ihr zu spielen, musste für ihre Kollegen die Hölle sein.

Am allermeisten mochte Friederike vielleicht ihre Stimme. An manchen Abenden klang sie so weich und unschuldig wie die eines zwölfjährigen Chorknaben, an anderen schien irgendetwas mit ihren Stimmbändern kaputt zu sein. Einmal hatte Friederike sie vollkommen heiser erlebt. Sie hatte nur noch ein Flüstern herausgebracht und war trotzdem bis ganz hinten im Saal, wo Friederike auf einem der billigen Plätze saß, besser zu verstehen gewesen als ihre Kollegen. Und das, obwohl diese, wie an jenem Haus üblich, ihren Text hauptsächlich brüllten. Die Kritiker nannten sie »Diva«, »die von Stettin«, oder »ihre Majestät«, wobei Letzteres natürlich ironisch gemeint war. Vor allem den Älteren unter ihnen war ihre unorthodoxe Spielweise, die jeder klassischen Aufführungspraxis widersprach, ein Dorn im Auge, und Dorothea Korn, die wichtigste Theaterkritikerin des Landes, hatte von Stettin sogar einmal als »Klytämnestra des modernen Theaters« bezeichnet, ein Name, der an ihr haften geblieben war.

Ein Mal nur hatte Friederike sie außerhalb des Theaters erlebt. Sie war mit ihrem Hund an der Leine in das Unterwäschegeschäft gekommen, in dem Friederike sich gerade befand. Obwohl es ein grauer Tag gewesen war, hatte von Stettin eine Sonnenbrille getragen. Sie hatte sich lange im Laden aufgehalten, mal dieses, mal jenes Wäschestück aus den Regalen genommen und so getan, als bemerke sie die Blicke der anderen Frauen nicht, die sie von allen Seiten musterten und ihrerseits so taten, als seien sie in die ausliegende Ware vertieft. Schließlich hatte sie die Verkäuferin mit ihrer berühmten, an diesem Tag glockenhellen Stimme gefragt, ob es ein bestimmtes Höschen auch in einer kleineren Größe gäbe. Nachdem sie gegangen war, hatte Friederike sich dasselbe Modell gekauft. Es entsprach zwar eigentlich nicht ihrem eigenen Unterwäsche-Geschmack, der für verspielte Details wie seitlich zu bindende Schleifen keinen Sinn hatte (da diese unter Stoff doch nur auftrugen), doch sie fühlte sich nun jedes Mal, wenn sie diese Unterhose trug, als würde die Wahl der Schauspielerin auf ihren eigenen Charakter abfärben. Irgendwie wagemutiger als sonst, und sie dachte auch öfter an Sex.

An diesem Abend trug Friederike allerdings ein anderes, gröberes Modell. Sie war mit Klaus im Theater gewesen. Auf dem Spielplan hatte »Geröll und Widerstand« gestanden, eine Bühnenadaption des wohl bekanntesten Romans eines zeitgenössischen litauischen Schriftstellers, von dem Friederike nie zuvor gehört hatte. Es war viel von Flucht und Krieg die Rede gewesen, aber das Ensemble war trotzdem in glitzernder Abendgarderobe aufgetreten und das Bühnenbild hatte nach Jahrmarkt ausgesehen. Ein glatzköpfiger Mann in Lederjacke, von dem Friederike annahm, es könnte der Autor selbst gewesen sein, hatte mitten im Stück relativ unvermittelt einen langen Monolog in einer fremden Sprache (vermutlich litauisch) gehalten, anschließend war minutenlang sehr laut Rockmusik eingespielt worden, während zwei der männlichen Darsteller die Frau vergewaltigten, die von Nadja von Stettin gespielt wurde. Unter Umständen hatte es sich dabei um eine Liebesszene gehandelt, das hatte sich Friederike nicht vollständig erschlossen, da sich diese Szene hinter der Bühne abgespielt hatte und in verwackelten Live-Videobildern auf eine Leinwand übertragen worden war. Die Musik jedenfalls hatte einen Gewaltakt nahegelegt. Leider hatte es keine Pause gegeben, und da ihre Plätze sich in der fünften Reihe Mitte befunden hatten, mussten sie, um nicht unnötig für Unruhe zu sorgen, die vollen drei Stunden im Saal ausharren, bis der höfliche Applaus verebbt und der dritte und letzte Vorhang gefallen war.

Klaus hatte die Inszenierung anschließend »schwierig« aber »mal was anderes« genannt und Friederike, während sie an der Garderobe anstanden, von einer Reise nach Polen erzählt, die er vor Jahren unternommen hatte und die ihm vermutlich wegen der geographischen Nähe zu Litauen wieder eingefallen war. Nachdem er ihr vom Warschauer Nachtleben in den mittleren neunziger Jahren vorgeschwärmt hatte und von dort auf Breslau (heute Wroclaw) zu sprechen gekommen war, wo er, was er bedauerte, noch nie gewesen war, hatte er – inzwischen hatten sie das Theater verlassen und liefen in Richtung eines nahe gelegenen italienischen Restaurants – gedanklich die Grenze zu Deutschland und zur Gegenwart überquert und war, als sie besagtes Restaurant betraten, eben dabei, Friederike von seinem neuesten Projekt zu erzählen, einer Reality Show, in der heute erwachsene Opfer von Kindesmissbrauch auf die Täter von damals treffen würden, unter Aufsicht von Psychologen natürlich, und das Ganze auch nicht live, sondern vorab aufgezeichnet und von einer Frau moderiert, die Friederike bislang ausschließlich als Wetterexpertin bekannt war. »Keine leichte Kost«, sagte er zweimal und schüttelte den Kopf.

Obwohl es ein Freitagabend war und das Restaurant dementsprechend gut besucht, war einer der langen Holztische im Hauptraum frei, und nachdem die Kellnerin sie gemustert und offenbar für ambientetauglich befunden hatte, nahm sie das Reserviert-Schild herunter und wies ihnen zwei Plätze zu. Friederike vertiefte sich sogleich in die Speisekarte. Ihr hatte die Inszenierung überhaupt nicht gefallen, woran selbst der Auftritt von Nadja von Stettin nichts hatte ändern können, die nach der Vergewaltigungsszene erst wieder zum Applaus auf der Bühne erschienen war. Das wollte sie Klaus gegenüber aber auf keinen Fall erwähnen. Nicht nur, weil es ihr unhöflich vorgekommen wäre, schließlich hatte er die Karten besorgt. Sondern auch, weil er einer dieser Männer war, die etwas Kritisches aus dem Mund einer Frau vollkommen aus der Fassung zu bringen schien. Sie hatte mehrmals erlebt, wie verstört er auf negative Bemerkungen ihrerseits reagierte, selbst wenn es dabei um Nebensächliches ging wie zum Beispiel die neuen Gebäude auf der Friedrichstraße, die sie einmal als »Verbrechen an der Menschheit« bezeichnet hatte, eine Ansicht, der ihrer Meinung nach nur ein Blinder ernsthaft widersprechen könnte, doch Klaus hatte erschrocken sofort das Thema gewechselt und war partout nicht wieder darauf zurückzubringen gewesen. Ein anderes Mal waren sie wegen einer bestimmten französischen Zigarettenmarke in eine etwas irritierende Gesprächssituation geraten. (Friederike hatte die Meinung vertreten, wer Gauloises nicht richtig aussprechen kann, solle halt eine andere Marke rauchen.) Seither vermied Friederike jede kontroverse Bemerkung in seiner Gegenwart. So wichtig war es schließlich nicht. Sie kannten sich jetzt seit über zwei Jahren und noch nie war zwischen ihnen etwas geschehen, das über Wangenküsse hinausgegangen wäre. Friederike fand ihn *nett*. Sie traf sich mit ihm, wie man sich mit einem alleinstehenden, älteren Verwandten trifft: in der schönen Gewissheit, dem anderen etwas Gutes zu tun.

An diesem Abend trug Klaus ein rosafarbenes Hemd, das sich mit den roten Bügeln seiner randlosen Brille entschieden biss. Es war, wie das kleine Emblem auf der Brust verriet, von einer teuren Marke, was nichts daran änderte, dass ihm die Farbe nicht stand. Seine dunkelblonden Haare waren im Rückzug begriffen, was noch übrig war, lag ihm wie ein welker Blumenkranz um den Kopf. Ich bin einfach zu groß für meine Haare, hatte er in ihrem Beisein mehr als einmal gescherzt, und dass er selbst darüber jedesmal am lautesten gelacht hatte, war natürlich eigentlich sehr nett. Friederike hatte sich ihrerseits mit ihrem Aussehen keine besondere Mühe gegeben. Pullover, Jeans – immerhin hatte sie hohe Schuhe an. Im Theater war sie damit mittlerer Durchschnitt gewesen, im Restaurant kam sie sich underdressed vor. Um sie herum waren lauter Paare, die aussahen, als hätten sie sich für einen Stadtbesuch schick gemacht. Am Nebentisch saß allen Ernstes eine Frau mit Hut.

Nachdem sie bestellt hatten, sprang das Gespräch, das keinen roten Faden finden wollte, von Thema zu Thema, ohne jemals auch nur in die Nähe von irgendetwas zu geraten, das Friederike interessant gefunden hätte. Car Sharing. Wimbledon. Das Comeback einer Late Night Show. Sie waren gerade bei Klaus' Reiseplänen für den Sommer angekommen, als eine Person Friederikes Aufmerksamkeit auf sich zog, die soeben in den Innenraum des Restaurants getreten war. Die Haare immer noch zu derselben perfekten Welle geföNt, der selbst eine Vergewaltigungsszene nichts hatte anhaben können, stand Nadja von Stettin im Türrahmen, der den Eingangsbereich vom Hauptraum trennte. Sie trug jetzt nicht mehr den goldenen Paillettenhosenanzug von vorhin, sondern ein geblümtes Kleid, ganz so, als regne es nicht. Sie sah hinreißend aus.

»Guck mal«, sagte Friederike flüsternd zu Klaus, der sich auf der Stelle zur Tür umsah. »Nicht so auffällig«, flüsterte sie, doch die Schauspielerin schien seinen Blick registriert zu haben und wandte ihren Kopf nun demonstrativ zur anderen Raumseite hin. »Wer ist das?«, fragte Klaus. »Erkennst du sie nicht? Nadja von Stettin.« Friederike flüsterte immer noch, obwohl der Lärmpegel im Restaurant durchaus normale Sprechlautstärke zugelassen hätte. »Ach, echt?«, sagte Klaus und drehte sich ein weiteres Mal um, »die hätte ich jetzt gar nicht erkannt.« Dann nahm er das Gespräch wieder auf, und zwar exakt an der Stelle, an der er es unterbrochen hatte. »Soll total malerisch sein«, sagte er. Friederike blieb mit mehr als 90 Prozent ihrer Aufmerksamkeit weiterhin bei Nadja von Stettin. Sie trug eng anliegende hohe Stiefel, Farbe Bordeaux. »Wilder als Mallorca, mit zerklüfteten Steilklippen, und nicht so touristisch …« Ihre Handtasche, ein im selben Farbton wie die Schuhe gehaltenes Mäppchen, hatte sie lässig unter einen Arm geklemmt. »… selbst noch nie dort, aber …« Sie hatte entweder keine Strumpfhosen an oder hautfarbene, um ihr linkes Handgelenk schlängelte sich eine zierliche goldene Uhr. »… und der hat gesagt, es sei das absolute Paradies für Taucher. Du tauchst nicht, oder?« In diesem Moment sah Nadja von Stettin sie an. Friederike richtete ihren Blick blitzschnell auf Klaus. »Nein, ich tauche nicht.« Als sie wieder in Nadja von Stettins Richtung sah – es dauerte ein paar Sekunden, bis sie sich wieder traute –, hatte die sich in Bewegung gesetzt und näherte sich ihrem Tisch. »Das ist nichts für mich.« Sie war jetzt nur noch wenige Schritte entfernt. »Ich kriege schon vom Schnorcheln Ohrenprobleme.« Friederike sprach einfach immer weiter. »Ich hab's einmal versucht. Irgendwas hab ich mit dem Druckausgleich falsch gemacht oder woran es halt liegt, wenn es sonst auf die Ohren geht. Ich hatte dann nachts solche Ohrenschmerzen, dass…« In diesem Moment hatte Nadja von Stettin ihren Tisch erreicht. Von Nahem war sie zierlicher als erwartet, Kleidergröße 34, schätzte Friederike. »… dass…« »Entschuldigung, ist bei Euch noch was frei?« Die Frage eindeutig an Friederike gerichtet. Ihre Stimme sanfter als vorhin auf der Bühne, ein Wispern fast, mädchenhaft, scheu. Friederike nickte, und Nadja von Stettin raffte ihr Kleid hoch und stieg über die Bank, auf der sie neben Klaus zum Sitzen kam. »Ohrenschmerzen«, sagte Klaus. Es dauerte einen Augenblick, bis Friederike verstand. »Genau. Meine Mutter hat dann eine halbe Zwiebel drauf gebunden, über Nacht. Das soll angeblich helfen. Stinkt aber.« Klaus lachte. Er lachte oft an Stellen, die Friederike gar nicht lustig gemeint hatte. »Ich bin ja so ein Mensch, der immer wieder auch mal die Seele baumeln lassen muss«, sagte er, wieder ernst, und begann von der Ruhe zu sprechen, die unterhalb der Meeresoberfläche herrsche, der Schönheit des Lichts, das sich darunter bricht, von der beruhigenden Wirkung, die es auf den Geist habe, nur den eigenen Atem zu hören. In Australien habe er einmal Haie gesehen und in Ägypten eine Riesenmuräne, die blitzschnell aus ihrer Höhle hervorgeschossen sei. Mit beiden Händen deutete er an, wie lang sie von Kopf bis Schwanz gewesen war. »Und ein Teil von ihr war ja immer noch unter dem Stein.« »Wahnsinn«, sagte Friederike. Aus dem Augenwinkel beobachtete sie, wie Nadja von Stettin aus ihrer Tasche ein Handy zog und nach einigem Herumkramen einen schmalen roten Stift, dessen Kappe sie löste. Dann nahm sie ihr Telefon hoch, hielt es sich vors Gesicht und zog sich, das Display als Spiegel nutzend, die Lippen nach. Nachdem sie fertig war, drückte sie die Lippen fest aufeinander, löste sie wieder und begutachtete ihr Werk. Anschließend hob sie, den Blick immer noch auf ihr Telefon gerichtet, das Kinn an und drehte den Kopf langsam von Seite zu Seite, sie schien zufrieden und packte das Telefon wieder weg.

All das beobachtete Friederike, indem sie möglichst unauffällig unter ihrer vorgehaltenen Hand hindurchsah. In derselben Pose hatte sie zu Schulzeiten ganze Mathematikarbeiten abgeschrieben, ohne je erwischt worden zu sein. Klaus war offenbar wachsamer, jedenfalls sah er nun ebenfalls zu Nadja von Stettin, was diese natürlich bemerkte, da er ja genau neben ihr saß. »Schöne Vorstellung«, sagte er, weil sie ihn so fragend ansah. »Dankeschön«, sagte Nadja von Stettin und strich sich eine Haarsträhne zurecht. Friederike war froh über die Gelegenheit, der Schauspielerin endlich offen ins Gesicht sehen zu können. Augenfarbe grau oder blau, Brauen gezupft, Nase leicht gerötet, Botox eher nicht, auf ihrer Stirn waren feine Linien zu sehen. Allerdings waren die Lichtverhältnisse im Restaurant nicht optimal, möglicherweise schmeichelten sie. »Nein, wirklich«, sagte Klaus, »ein ganz außergewöhnlicher Abend, ich glaube, das dauert, bis man den verarbeitet hat.« Nadja von Stettin senkte leicht den Kopf, wodurch Klaus sich aufgefordert zu fühlen schien, weiterzusprechen. Er lobte das Bühnenbild, nannte den Auftritt des litauisch sprechenden Mannes, in dem Friederike, wie sich nun zeigte, zu Recht den Autor vermutet hatte, »mutig« und erklärte dann, die Liebesszene zwischen ihr und den zwei Männern habe ihn »regelrecht verstört«. »Ich bin jemand, der nicht schnell zu schocken ist«, sagte er, »aber das war echt heftig. Da hat man richtig mitgelitten.« Als die Schauspielerin lächelte, legte sich ein Kranz zarter Fältchen um ihre Augenwinkel, auf Mitte vierzig schätzte Friederike sie nun.

Dann kam die Kellnerin mit dem Essen, und als Friederike wieder hinsah, begrüßte Nadja von Stettin einen jungen Mann, und Friederike hatte seinen Auftritt verpasst. Den Hund, den er an der Leine hatte, erkannte Friederike natürlich sofort. Um seinen gedrungenen Bulldoggenhals schmiegte sich ein zierliches, mit Nieten besetztes rosafarbenes Halsband. Es wirkte wie ein Witz. Der Mann trug eine blaue Bomberjacke und war sehr blass. Als er sich auf den Platz neben Friederike setzte, wehte der Geruch einer eben zuende gerauchten Zigarette in ihre Richtung.

Klaus sagte irgendetwas Lobendes über sein Essen, und Friederike machte ein zustimmendes Geräusch. Es fiel ihr schwer, nicht ständig nach links zu sehen. Der Mann machte keine Anstalten, seine Bomberjacke abzulegen, seine Jeans waren grau, die Schuhe konnte sie nicht sehen. Von Nahem wirkte er doch nicht mehr so jung. Er sah nach Nachtleben aus. Nadja von Stettin studierte unterdessen die Karte. Als die Kellnerin kam, hörte Friederike, wie sie sich einen Rotwein empfehlen ließ. Der Mann bestellte ein Pils und beschäftigte sich dann mit seinem Telefon. Nadja von Stettin stützte solange einen Ellenbogen auf den Tisch und legte das Kinn auf ihrem Handrücken ab. Irgendwann wechselte sie den Arm. Erst jetzt bemerkte Friederike, dass ihre Nägel in einem matten Korallton lackiert waren. Von welcher Marke es diese Farbe wohl gab?

Da Klaus die Angewohnheit hatte, jeden Bissen mehrmals zu kauen, bevor er ihn schluckte, wurden die Gesprächspausen immer länger, denn Friederike verspürte keinerlei Bedürfnis, von sich aus etwas zur Unterhaltung beizutragen. Im Gegenteil. Ihr war der Gedanke gekommen, ihre Tischnachbarn könnten sie und Klaus für ein Paar halten, und diese Vorstellung war ihr so unangenehm, dass sie sogar damit aufgehört hatte, freundlich zu gucken. Klaus schien es gar nicht zu bemerken. Er hatte inzwischen zu einer Art Vortrag über eine neue Digitalkamera angesetzt, mit der sich offenbar eine sagenhafte Tiefenschärfe erzielen ließ. Friederike, die keinen Appetit hatte, was möglicherweise daran lag, dass Nadja von Stettin so dünn aussah, beschäftigte sie sich damit, das Essen auf ihrem Teller umzuarrangieren. Sie schob das Gemüse von links nach rechts, zerkleinerte den Fisch, suchte nach Gräten, wo keine waren, zerdrückte die Kartoffel zu einer zähen gelben Masse und rührte etwas Sauce hinein.

»Schmeckt's dir nicht?«, fragte Klaus und sah sie mitleidig an.

»Doch, sehr«, sagte sie.

Ihre Tischnachbarn hatten inzwischen ihre Getränke bekommen, die Kellnerin hatte sogar einen Napf mit Wasser für den Hund gebracht. Irgendwann hatte der Mann auch sein Telefon beiseitegelegt, seither unterhielten sie sich. Wenn Friederike sich konzentrierte, konnte sie einzelne Worte verstehen. *Tonnenschwer. Harddrive. Wanderung.* Es war ihr ein Rätsel, in welchem Verhältnis die beiden zueinander standen. Ein Paar schienen sie nicht zu sein, es war keinerlei Spannung zwischen ihnen zu spüren, weder im Sinne eines Flirts noch als Gereiztheit, und es gab auch keine Zeichen größerer Vertrautheit, sah man einmal davon ab, dass Nadja von Stettin einmal gähnte, ohne die Hand vor den Mund zu halten.

Minuten, bald Viertelstunden vergingen, ohne dass etwas Außergewöhnliches passierte. Der Mann mit der Bomberjacke ging irgendwann aufs Klo, während seiner Abwesenheit putzte sich Nadja von Stettin die Nase und streichelte ihren Hund, der Mann kam wieder, sie unterhielten sich weiter, das Handy des Mannes vibrierte irgendwann, er sah aufs Display, ging aber nicht dran. Einmal gab der Hund ein seltsames Geräusch von sich, und Nadja von Stettin gähnte noch mal.

Klaus war inzwischen auf Literatur zu sprechen gekommen. »Ich bin ja jemand, der lieber Sachbücher liest«, sagte er gerade, »aber Coelho schreibt so was von fesselnd. Man muss auch gar nicht an so was wie Reinkarnation glauben, so wie er die Sachen beschreibt, hat das schon Hand und Fuß. Und wenn man das Ganze dann noch mit der Stimme von Robert de Niro vorgelesen bekommt ...« Sie sah ihn nun mit den Augen ihrer Tischnachbarn. Wie lächerlich er aussah mit seinen ausgehenden Haaren. Wie hässlich seine Brille war. Wie peinlich sein Lachen. Seine letzte Bemerkung zum Beispiel schien er selbst mal wieder irrsinnig komisch zu finden. Friederike löste eine Haarsträhne, die sie sich hinter die Ohren geklemmt hatte, und schob einen Vorhang aus Haaren zwischen sich und ihren Banknachbarn.

Endlich, endlich kam die Kellnerin zum Abräumen.

»Bitte noch eine Flasche Wasser«, sagte Klaus. »Espresso für dich?« Friederike schüttelte den Kopf.

Eine neue Flasche Wasser, das war eine sehr schlechte Nachricht. Selbst wenn sie viel davon trank und das schnell, würde sie mindestens noch zwanzig Minuten hier ausharren müssen. Sie spielte mit dem Gedanken, auf die Toilette zu gehen und lange dort zu bleiben, da sie aber befürchten musste, dann eventuell Nadja von Stettins Aufbruch zu verpassen, deren Glas längst leer war und die nicht aussah, als hätte sie Lust auf ein weiteres, blieb sie sitzen. Inzwischen sprach Klaus über Woody Allen. Das Übliche. Nicht jeder Film ein Meisterwerk, die frühen insgesamt besser, dennoch natürlich beachtlich, dass jedes Jahr undsoweiter. Hin und wieder nickte sie, und das schien auch vollkommen auszureichen, offenbar erwartete er nicht mehr.

Und dann ging auf einmal alles ganz schnell. Der Mann neben ihr stand auf, nahm die Leine, die am Tischbein befestigt gewesen war und verließ mit dem Hund den Raum. Nadja von Stettin zog ein Portemonnaie aus ihrer Handtasche (klein, viereckig, türkis) und legte einen Zehn-Euro-Schein auf den Tisch. Im Aufstehen beugte sie sich zu Klaus und fasste ihn sanft am Oberarm. Irritiert brach er mitten im Satz ab. Sie brachte ihren Mund nah an sein Ohr und sagte etwas, das ihn zu überraschen schien. Dann drehte sie sich um und stieg genauso elegant über die Bank, wie sie zuvor hinübergeklettert war. Mit raschen Schritten durchquerte sie den Raum – und war fort.

»Das war ja nett«, sagte Klaus und schüttelte verwundert den Kopf. »Das war ja nett.« Erst auf Nachfrage sprach er weiter. »Sie hat gesagt, sie hätte selten einen Mann mit einem so sexy Lachen erlebt.«

In jener Nacht schlief Friederike mit Klaus. Eine Angelegenheit, die sich übrigens nie wiederholen sollte.

DIE BESTEN DER BESTEN

Theodor steht vor dem Badezimmerspiegel und sieht zufrieden in sein soeben unfallfrei rasiertes Gesicht. Er war am Nachmittag noch beim Friseur, riskant – am Tag der Verleihung der Edelfeder, einem Journalistenpreis, der im zweiten Jahr seines Bestehens bereits einiges Renommee erlangt hat, aber Ayla hat ihre Sache gut gemacht, die Haare sitzen wie sie sollen, selbst die sich lichtende Stelle über der Stirn ist aufs Vortrefflichste kaschiert, nein wirklich diese Ayla, denkt Theodor, das hätte er selbst nicht besser hingekriegt, wäre er Friseur. Er streicht sich durch die Haare, die sich auf einmal wieder so weich anfassen wie die des kleinen Jungen, der er vor fünf Jahrzehnten gewesen ist, und weil dabei seine Armbanduhr sein Blickfeld kreuzt, guckt er bei dieser Gelegenheit gleich einmal nach, wie spät es ist. Bald 19 Uhr. In einer guten Stunde würde die Veranstaltung beginnen, die seltsamerweise in einem stillgelegten Flugzeughangar stattfinden würde, in einem Stadtteil, den er bisher – als treuer Leser auch des Lokalteils seiner Zeitung – als »Problembezirk« abgespeichert hatte. Naja, und warum eigentlich nicht, denkt Theodor, der schon seit dem Aufwachen in glänzender Stimmung ist. Durch den Abend würde Walter Finsterkuhl führen, ein Erzfeind Theodors seit ihrer gemeinsam durchlittenen

Zeit bei einem großen Hamburger Magazin, was nichts anderes bedeutete, als dass man sich größten Respekt entgegenbrachte, zum Badminton aber lieber mit anderen traf.

Im Flur hört Theodor die eiligen Schritte seiner Frau Luise, die bereits ihre Ausgehschuhe angezogen hat, dem klackernden Geräusch nach zu urteilen, das diese auf dem Parkett erzeugen. Theodor, der eben die Lippen geschürzt hat, um die ersten Takte der »Eroica« zu pfeifen, die ihm schon den ganzen Tag im Kopf herumgehen, reißt sich von seinem Spiegelbild los und geht zur Badezimmertür. Er trägt einen weißen Bademantel, der ihm bis zu den Knöcheln reicht und ihn sich fühlen lässt wie Cassius Clay vor dem Kampf in Kinshasa, was mit ausschlaggebend für den Kauf gewesen war. Manchmal verfällt Theodor darin in den typischen Tänzelschritt des Boxers, er nimmt dann seine zu Fäusten geballten Hände vors Gesicht und schnellt, so flink es sein in die Jahre gekommener Rücken zulässt, mit seinem Oberkörper bald nach links, bald nach rechts. Er tut dies allerdings nur, wenn zuvor zwei Dinge zusammengekommen sind: Zum einen musste am selben Tag mindestens ein Leitartikel von ihm in seiner Zeitung erschienen sein (eine Glosse reichte nicht aus). Zum anderen ein, zwei Gläser guten Whiskeys. Seine Frau sah ihn dann jedes Mal mit diesem spöttischen Blick an, um dessentwillen er sich vor fünfzehn Jahren überhaupt in sie verliebt hat, daraufhin pflegte sie ihren immer noch schönen Kopf zu schütteln und seinen vollen Namen auszusprechen, Theodor Quast, und jedes Mal wieder meinte er, bei allem Tadel, der unüberhörbar in ihrem Tonfall lag, doch auch etwas wie Bewunderung herauszuhören. Er ist einer der glücklichen Männer, die in der Lage sind, die Launen ihrer Ehefrau stets in etwas Positives zu missdeuten. Selbst wenn man ihn mitten in der Nacht wecken und ihm mit einer Taschenlampe ins Gesicht leuchten würde, würde er seine Ehe als glücklich bezeichnen, ohne dass sich in seinen Zügen der geringste Zweifel zeigen würde.

Weil die Geschwindigkeit der Schritte auf dem Flur allerdings nur den Schluss zulässt, dass seine Frau aktuell unter hohem Stress steht, öffnet er die Badezimmertür so leise wie möglich und will eben von ihr unbemerkt über den Flur ins Schlafzimmer huschen, um sich dort seine Garderobe für den Abend zusammenzustellen, als das Telefon klingelt, das im Wohnzimmer steht. Auf dem Festnetzapparat gehen selten Anrufe ein. Luca, Luises sechzehnjähriger Sohn, der seit zwei Jahren ein Internat am Bodensee besucht, nutzt das Handy seiner Mutter, wenn er etwas will. Ganz selten, wenn Mutter und Sohn gestritten haben, was in letzter Zeit häufiger vorkommt, schreibt Luca Theodor, von ihm Theo genannt, eine E-Mail. Seit Theodors Mutter gestorben ist, ruft eigentlich nur noch Ludmilla auf dem Festnetztelefon an, die ukrainische Putzfrau, die kaum Deutsch spricht, weshalb sich die Gespräche auf das Nötigste beschränken. Aber sie war erst am Vortag bei ihnen, unwahrscheinlich also, dass sie es ist.

Er hört, wie seine Frau im Nebenzimmer an den Apparat geht. Einen Moment später ruft sie nach ihm. Als er das Wohnzimmer betritt, weicht sie seinem fragenden Blick aus, als hätte er etwas falsch gemacht (aber was?). Er nimmt den Hörer und nennt seinen Namen. Am anderen Ende der Leitung ist Marius Meynhardi, ein jüngerer Kollege aus dem Lokalteil, dessen Berichterstattung über die Berliner Gesellschaft Theodor für aufgeblasen und substanzlos hält. Er habe seine Nummer über die Zentrale, hoffe, er störe nicht und wolle fragen, ob Theodor, den er im Übrigen siezt, ihn zur Preisverleihung mitnehmen könne, sein eigener Wagen sei in der Werkstatt und mit dem Taxi sei es, wie er eben gesehen habe, doch ganz schön weit. Theodor sieht keine Möglichkeit abzulehnen, und sagt also, das sei überhaupt kein Problem. Sie vereinbaren, dass Theodor und seine Frau ihn in einer halben Stunde an der Redaktion abholen, wo Meynhardi noch an einem Text für die morgige Ausgabe sitzt. Nachdem er aufgelegt hat, ist die »Eroica« aus Theodors Kopf verschwunden. Im Eilschritt steuert er das Schlafzimmer an, höchste Zeit sich anzuziehen. Seiner Frau zwinkert er zu, als er im Flur an ihr vorbeieilt, wo sie gerade vor dem Spiegel ihre Ohrringe verschließt. Bis auf dieses Detail scheint sie ausgehfertig, was Theodor seine Schritte noch einmal beschleunigen lässt.

In den kommenden Minuten zieht sich Theodor, nachdem er den Bademantel hat zu Boden sinken lassen, Unterwäsche, ein weißes Hemd und Strümpfe an und probiert dann nacheinander drei verschiedene Anzüge, einen schwarzen, den er als zu schick, einen dunkelblauen, den er als zu bieder und einen braunen, den er als zu sportlich verwirft. Er erinnert sich, irgendwo im Schrank noch einen anthrazitgrauen … Weil seine Frau nun aber zum dritten Mal zur Eile mahnt, zieht er schließlich doch den schwarzen an (besser zu schick als nicht!) und sucht dann unter seinen etwa sechzig Krawatten eine aus, die ihm als legeres Gegengewicht erscheint, eine hellrosa-grün gestreifte. Als seine Frau ihn damit sieht, sagt sie, er sehe aus wie ein Geschenk. Weil jetzt aber wirklich keine Zeit mehr zum Wechseln ist, bleibt er wie er ist, behält sogar die einmal gewählten Strümpfe an, die dunkelblau sind, was zu einem schwarzen Anzug natürlich ein Verbrechen ist, und nimmt sich fest vor, den ganzen Abend lang keinmal im Sitzen die Beine übereinanderzuschlagen. Zum Glück hatte er die schwarzen Lackschuhe bereits herausgestellt, um sie von Ludmilla putzen zu lassen (eine Dienstleistung, an die eher sie die Quasts gewöhnen musste als umgekehrt), er muss also nur noch hineinschlüpfen, bevor er seiner Frau hinterhereilen kann, die schon im Treppenhaus ist, wo sie der hohen Absätze wegen glücklicherweise recht langsam vorankommt.

Du siehst wunderschön aus, sagt er zu ihr und findet das wirklich, wenngleich er sie am liebsten gebeten hätte, ihre Brille vielleicht doch noch schnell gegen Kontaktlinsen zu tauschen, doch weil sie bisweilen empfindlich reagiert, unterlässt er es. Und du wie ein Geschenk, sagt sie noch mal, und er umarmt sie kurz von hinten, denn wer weiß, vielleicht meint sie es ja als Kompliment.

Nur fünf Minuten später als vereinbart erreichen sie das Redaktionsgebäude, einen stattlichen, im früheren Ostteil der Stadt gelegenen Klinkerbau, vor dem Meynhardi schon wartet. Theodor registriert überrascht, dass er einen Hut trägt, und zwar einen Borsalino, wie er selbst ihn in den frühen Achtzigern manchmal beim Ausgehen trug, es damals allerdings durchaus ironisch meinend, wohingegen er sich nicht sicher ist, in welcher Geisteshaltung sich Meynhardi den Hut auf den Kopf gesetzt haben mag. Womöglich trug man das heute wieder so? Als er den Wagen anhält, sagt Luise, dass der Hut ja wohl lächerlich aussähe, und Theodor stimmt ihr zu.

Während der Fahrt zum Veranstaltungsort sagt Luise dann kein Wort, sondern guckt nur aus dem Fenster, was Theodor aber erst auffällt, als sie schon fast angekommen sind. Er schreibt dies dem Umstand zu, dass er und Meynhardi die ganze Zeit hindurch über Redaktionsdinge gesprochen haben.

Erst ging es um den Artikel, den der andere morgen im Blatt hat (eine Glosse über einen Produzenten, der nun schon die zweite Fortsetzung seines Erfolgs von vor einigen Jahren dreht, trotz hundsmiserabler Kritiken hatten alle jeweils über eine Million Zuschauer, worüber sie sich über mehrere Kilometer hinweg wunderten); dann ging es um eine neue Serie im Wirtschaftsteil, die beide ganz ordentlich finden; schließlich um die Konkurrenz, die nicht schläft, wie sie sich gegenseitig versichern. Erst ganz zuletzt, und zwar kurz bevor er das Schweigen seiner Frau bemerkt, fällt Theodor ein, dass nicht nur er, sondern auch Meynhardi am heutigen Abend für eine Edelfeder nominiert ist, allerdings in einer anderen Kategorie, und er macht eine freundliche Bemerkung.

Theodor selbst ist mit einem Text im Rennen, in dem es um das veränderte Selbstbild der Deutschen geht, und er ist stolz darauf, Fußball darin nicht erwähnt zu haben. Meynhardi ist für sein Portrait eines Kunstsammlers nominiert, der im vergangenen Jahr unter großem Medieninteresse einen Mann geheiratet hat. Die beiden hatten in schneller Folge drei ausländische Kinder adoptiert und waren dadurch in die öffentliche Kritik geraten. Wie es angehe, so der allgemeine Tenor, dass Prominente so leicht adoptieren könnten, wo die Prozedur bei Normalbürgern oft Jahre dauere – natürlich hatten sich auch homophobe Klänge in die Diskussion gemischt. »Der Übervater« hatte Meynhardis Text geheißen, ein einfühlsames Portrait, und Theodor erinnert sich, den Artikel gar nicht so schlecht gefunden zu haben. Dass er von einer Jury für preiswürdig gehalten wurde, hatte ihn dann aber doch überrascht.

Nachdem sie auf das Grundstück gefahren sind, auf welchem sich der Flugzeughangar dem Navigationssystem zufolge befand, und von einer Hostess einen Parkplatz zugewiesen bekommen hatten, schlendern die drei, fast schon wie eine kleine Gruppe (so kommt es Theodor jedenfalls vor, dem Meynhardi während der Autofahrt immer sympathischer geworden ist), gemächlich zum Ort des Geschehens, einem klobigen Bauwerk aus der Nazizeit. Der Säuleneingang ist mit Plakaten geschmückt, auf denen in Neonfarben der Titel der Veranstaltung steht: »Edelfeder 2013«. In ebenso großen Lettern steht darüber der Name des Hauptsponsors, eines Brillenherstellers, der, wie Meynhardi vermutet, mit dieser Veranstaltung aus der Sportmoden-Ecke herauszukommen versucht. Darunter stehen einige andere Sponsorennamen, ein Zigarettenhersteller, ein Berliner Restaurant sowie eine Boulevardzeitung. Theodor, der zweimal vergeblich nach der Hand seiner Frau gegriffen hat, ist mittlerweile zu dem Schluss gekommen, dass der Hut, mit dem sein Kollege hier auftritt, ein wenig deplatziert, ja, arg bemüht wirkt. Tucholsky ist tot, und mit ihm der huttragende Journalist, dies ist sein abschließender Gedanke zu diesem Thema. Im Gedränge vor dem Eingang, an dem sie von jungen Damen ein fliederfarbenes Plastikarmbändchen ums Handgelenk geschnallt bekommen, geht Meynhardi verloren, was Luise mit einem erleichterten Seufzer kommentiert. Offenbar hält sie ihn für einen Idioten, ahnt Theodor, und wer weiß, vielleicht hatte sie recht, denn sie pflegte oft recht zu haben, weshalb er vor langer Zeit damit aufgehört hat, ihr zu widersprechen.

Folgenden Personen nickt er im Vorbeigehen zu, wobei er sich wieder fühlt wie Cassius Clay auf dem Weg in einen Kampf:

– einem als schwierig bekannten Schriftsteller mit einem unaussprechlichen osteuropäischen Namen, der Theodor jedoch stets liebenswürdig gegenübertritt

– einem langhaarigen Filmregisseur, der Mitte der achtziger Jahre (damals noch kurzhaarig) einen Film gedreht hat, der unter den Film-Experten in Theodors Bekanntenkreis als Meisterwerk gilt, eine Art »Außer Atem«, angesiedelt im Schwabing der Strauß-Ära

– einer Schauspielerin, deren ursprüngliches Gesicht Luise zufolge etlichen Schönheitsoperationen zum Opfer gefallen ist (Theodor wäre von selbst nie darauf gekommen, muss aber zugeben, dass sie anders aussieht als zu Zadeks Glanzzeiten)

– der gefürchteten Theaterkritikerin der Münchener Konkurrenzzeitung, einer hageren Frau, die nichts auf der Welt so zu hassen scheint wie das Theater

– Bea, der Literaturkritikerin des Feuilletons seiner Zeitung, die er abends nie erkennt, weshalb es jedesmal einer Einflüsterung von Luise bedarf

– den beiden Christians aus seinem Ressort: Christian A., ein begabter Schreiber, dem es allerdings Theodors Meinung nach an Temperament und Leidenschaft fehlt; und Christian K., dem eine gute Pointe über genaue Recherche geht, was ihm in der Leserschaft viel Sympathie einbringt, im Kollegenkreis aber für Stirnrunzeln sorgt, vor allem bei den üblichen Bedenkenträgern, einer Fraktion, der sich Theodor jedoch nicht zurechnet.

Seinen Chefredakteur, Winnibert Köhler, kann Theodor nirgends entdecken, dafür ist aber dessen Ehefrau nicht zu übersehen: Natascha Köhler, geborene von Bismarck, die auf ihren Absätzen die meisten der anwesenden Männer überragt. Sie ist ein Naturereignis in Sachen Socialising, wobei Luise einmal, vielleicht nicht zu Unrecht, darauf hingewiesen hatte, dass die Leute, die sie pausenlos umschwirrten, in Wahrheit natürlich ihren Mann meinten. (Macht macht interessant, hatte sie wörtlich gesagt und die Augen verdreht.)

Im Vorbeigehen nickt Theodor auch dem Schriftsteller Viktor M. zu, dessen bislang einzigen Roman er nie gelesen hat, weil der Hype, der um dessen Veröffentlichung gemacht wurde, ihm jede Lust auf die Lektüre nahm. Der als arrogant geltende junge Mann steht gerade im Gespräch mit einer anderen Kollegin von ihm, der sehr jungen und sehr blonden Janine Schimmelpfennig, einer Art weiblicher Houellebecq für Teenager, deren Buch Theodor gelesen hat, allerdings nur bis Seite 3, weshalb er angelegentlich zur Seite sieht, als ihr Blick den seinen zu treffen versucht.

Inzwischen haben Theodor und Luise die Säulenhalle hinter sich gelassen und sind inmitten der trägen Menge ins Innere des Gebäudes gelangt. Sie befinden sich gerade etwa in der Mitte des Entrées, als Luise plötzlich an ihr Handy geht, das in ihrer Handtasche vibriert haben muss. Ihre ohnehin nicht sonderlich helle Miene verdunkelt sich jäh. Da sie während des Gesprächs aber den Kopf von ihrem Mann abwendet, kann dieser nicht erraten, wer am anderen Ende ist oder worum es gehen mag. Er setzt also seinen allein mit den Mitteln der Mimik ausgetragenen Begrüßungsreigen fort und wird von einem Kollegen aus der Sportredaktion, der auch für eine »Edelfeder« nominiert ist, in ein Gespräch über den jüngsten Bundesliga-Wettskandal verwickelt. Als er wieder zu seiner Frau hinübersieht, ist diese verschwunden. Theodor ist beunruhigt, wird in diesem Moment jedoch von einem ehemaligen Kollegen aus München begrüßt, der ihm ein Glas Champagner hinhält, das dieser für wiederum seine Frau organisiert hat, die offenbar ebenfalls im Gedränge verloren gegangen ist. Beim ersten Schluck entpuppt sich das

Getränk jedoch als Prosecco, weshalb Theodor es umgehend entsorgt, indem er es möglichst unauffällig auf einen der mit Sand gefüllten Standaschenbecher stellt. Theodor würde jetzt gerne eine Zigarette rauchen, aber er hat vor zehn Tagen mit dem Rauchen aufgehört und ist fest gewillt, es diesmal zu schaffen. Die morgendlichen Hustenanfälle sind schon abgeklungen, und eigentlich glaubt er sich über den Berg. Er winkt also ab, als der Münchner ihm seine Packung hinhält und lässt sich in der Menge weiter in Richtung Saal treiben.

Inzwischen ist er zu der Überzeugung gelangt, dass er mit seinem schwarzen Anzug angemessen gekleidet ist, er hat sogar einen Mann im Smoking vorbeigehen sehen. Die Damen erscheinen Theodor auch alle sehr schick, vor allem für Berliner Verhältnisse. Von Weitem meint er, den Außenminister zu sehen, der sich im Näherkommen jedoch nur als ein unbedeutender Intellektueller entpuppt, der Theodor zerstreut grüßt. Inzwischen hat es bereits zweimal geläutet, wo nur Luise bleibt? Nachdem Theodor sich mehrmals umgesehen hat, ohne sie entdecken zu können, bleibt er stehen und entnimmt seiner Jacketttasche die Eintrittskarten. Reihe 2, Platz 13 und 14. Er findet, dass das sehr gute Plätze sind, und weil die 13 seine Glückszahl ist, beschließt er, diesen Sitzplatz für sich zu beanspruchen. Er ruft sich den Artikel in den Sinn, für den er nominiert ist. Überschrieben hat er ihn mit einem Jünger-Zitat: »Eine Zeit nimmt Abschied.« Theodor rezitiert innerlich den ersten Absatz, dann kommt ihm ein anderes Jünger-Zitat in den Sinn, das er sehr mag – »Es gibt keine verkannten Genies. Jeder findet im Leben seinen Platz«, und plötzlich fällt ihm ein Zitat von Adorno ein, »Bei vielen Menschen ist es bereits eine Unverschämtheit, wenn sie Ich sagen«, und er beschließt, demnächst einmal wieder die

»Minima Moralia« zur Hand zu nehmen, was seine Gedanken zu dem unsortierten Stapel Bücher führt, der sich neben seinem Bett mittlerweile zu einem guten Meter Höhe türmt, und er sieht sich wieder nach seiner Frau um, die in diesem Assoziationsfeld friedlich schlafend auf ihrer Seite des Ehebettes aufgetaucht ist.

Tatsächlich ist Luise da nur noch wenige Schritte von ihm entfernt. Sie kommt mit schlechten Nachrichten. Luca habe einen verschärften Verweis erhalten, und sie müsse kommende Woche an den Bodensee, der Internatsleiter wünsche ein Gespräch. Luca werde der Vorwurf gemacht, Marihuana konsumiert zu haben. Er bestreite dies, aber sie glaube, dass er lügt. Theodor erinnert sie daran, dass auch sie seinerzeit Haschisch geraucht hätten, aber Luise sagt, dass das etwas anderes gewesen sei. Dann fügt sie hinzu, dass ihm das ja auch alles ganz egal sein könne, es sei schließlich ihr Sohn, und ihn interessiere das ja ohnehin nicht, denn es habe ja nichts mit seiner Zeitung zu tun. Sie streckt ihre Hand aus, was er, korrekt, als Aufforderung versteht, ihr ihre Eintrittskarte auszuhändigen. Mit dieser läuft Luise dann zügig in Richtung Saal. Theodor folgt ihr, wobei er sich Mühe gibt, nicht auszusehen, als folge er ihr.

Als er Luise einholt, hat es bereits zum dritten Mal geläutet, und das Licht im Saal wird dunkler, wie durch die offen stehenden Türen zu sehen ist, von denen sie nur noch wenige Meter trennen. Über Lautsprecher werden die Gäste aufgefordert, ihre Plätze einzunehmen. Im Vorsaal herrscht kurz eine kleine Aufregung, auch Luise verfällt jetzt in ein Lauftempo, das daraufhin auch Theodor einschlägt, der sie auf keinen Fall noch einmal aus den Augen verlieren möchte. Der Saal entpuppt sich als riesenhafte Halle, in die locker mehrere Boeing 747 passen würden, wie Theodor schätzt. Durch Dekoration wurde ihm mühsam etwas Festliches abgetrotzt, zwar ist die Bestuhlung recht simpel, doch auf der Bühne glitzert es wie nachts auf dem Times Square. Auf die Rückwand werden gerade Bilder vom Eintreffen der Gäste auf dem roten Teppich projiziert (gab es einen roten Teppich? Sie mussten versehentlich daran vorbeigelaufen sein). Von irgendwoher steigt Theodor der Geruch von Kartoffelpuffern in die Nase.

Reihe zwei entpuppt sich enttäuschenderweise als in der Saalmitte liegend, offenbar läuft das Zählsystem von dort aus in zwei Richtungen. Und weil Platz 13 und 14 wiederum genau in der Mitte liegen, müssen sich Theodor und seine Frau an den Knien der bereits Sitzenden entlangquetschen, die nicht die Höflichkeit in sich finden, kurz aufzustehen.

Als sie endlich sitzen, betritt auch schon Walther Finsterkuhl die Bühne. Theodor erschrickt, ihn vollständig ergraut zu sehen. Weil er weiß, dass seine Frau es nicht mag, wenn er flüstert, unterlässt er es, eine Bemerkung darüber zu machen. Er will sich nun ganz der Veranstaltung hingeben, die, den einleitenden Worten seines ehemaligen Kollegen nach zu urteilen, der nach anfänglichem Rückkoppelungspfeifen mit seinem Mikrophon zurechtkommt, allerlei Unterhaltsames zu bieten verspricht. Irgendeine Soulsängerin wird ihre neue Single präsentieren, und was die Laudatoren angehe, dürfe man sich auf einige Überraschungen freuen. Einen kündigt Finsterkuhl bereits namentlich an, Marcel de Laurentis, einen ehemaligen Chef Theodors, der heute als Schriftsteller in der Schweiz lebt und jeden Herbst pünktlich zur Buchmesse einen neuen Bestseller herausbringt. Theodor kann nicht anders, als ihn zu bewundern. Nicht nur für die Millionen, die er seit seinem Abschied aus dem Journalismus verdient haben dürfte, sondern auch für seine landesübergreifend bekannte Eleganz. Schon in den neunziger Jahren trug er maßgeschneiderte Anzüge, oft in gewagten Farben, und Theodor ist gespannt darauf, wie er sich wohl am heutigen Abend präsentieren wird.

Irgendwann weckt ihn lauter Applaus aus dem Schlaf, in den er versehentlich gefallen war. Ein rascher Seitenblick zu Luise verrät ihm, dass sein Missgeschick unbemerkt geblieben ist und er klatscht schnell mit. Auf der Bühne tritt Walther Finsterkuhl gerade einen Schritt vom Mikrophon weg und macht mit den Armen eine einladende Geste in Richtung Zuschauerraum. Theodor dreht sich um. Zu seinem Entsetzen sieht er, wie Marius Meynhardi sich gerade durch eine weiter hinten liegende Sitzreihe quetscht, den Hut immerhin hat er abgenommen. Sollte er für seinen »Übervater« tatsächlich eine Edelfeder erhalten haben? Weil der Applaus immer noch anhält, wagt er es, im Flüsterton seine Frau zu fragen, um welchen Preis genau es sich handelt. Die sieht ihn nur vorwurfsvoll an. Also beschließt Theodor, sich von nun an erneut mit voller Konzentration dem Geschehen auf der Bühne zu widmen. Tatsächlich hat der Pokal, den sein Kollege Momente später aus den Händen einer langbeinigen Dame entgegennimmt, eine goldene Farbe. War es am Ende um die Seriosität dieser Veranstaltung doch nicht so rosig bestellt? Zum ersten Mal erlaubt sich Theodor einen Zweifel. Was, wenn die Jury, die einen Text wie »Der Übervater« für auszeichnungswürdig hielt, die Goldene Edelfeder in der Kategorie Politische Reportage nicht ihm zugesprochen hatte, sondern einem der anderen vier Nominierten? Mendele Dreyfus am Ende, einem wichtigtuerischen Freien, der seit Jahren nur Variationen desselben viel zu langen Textes über die israelische Siedlungspolitik schrieb? Oder Petra Hennig, einer ehrgeizigen ehemaligen Praktikantin aus seinem Ressort? Wovon hatte ihr Text noch einmal gehandelt, hatte es nicht irgendetwas mit dem Familienministerium zu tun? Oder Peter Seifert, einem Schönschreiber von der Frankfurter Konkurrenz, der über Horkheimer promoviert hatte, weshalb er alles und jedes auf die Kritische Theorie hin durchdeklinierte. Er war für eine Reportage über Sudetendeutsche nominiert. Wer der fünfte ist, fällt Theodor im Moment nicht ein. Egal. Er kann sich beim besten Willen niemand anderen als sich selbst dort oben auf dem Podium den goldenen Pokal entgegennehmend vorstellen, und das will er auch gar nicht. Wie lautete noch mal der Satz, mit dem er seine Dankesrede beginnen will: »Das Ziel des Schreibens ist es, andere sehend zu machen« (Joseph Conrad), und deshalb könne es nicht darum gehen, edel zu schreiben oder schön (ein Seitenhieb gegen den Namen des Preises). Nachdem er dann einige Worte über den Zustand Deutschlands verlieren würde, das schließlich Gegenstand seines Textes war, würde er seine Rede mit einem weiteren Zitat abschließen: »Das schwere Herz wird nicht durch Worte leicht.« Zum einen, weil ihm dieser Satz eine elegante Melancholie zu verströmen scheint, zum anderen möchte er damit seinem Chef eine Freude machen, dessen Lieblingsdichter Schiller ist. Ob er nun anders enden sollte, da Köhler ja offenbar gar nicht anwesend war? Aber vielleicht würde ihm dessen Frau alles en detail erzählen, hofft Theodor und beschließt, alles genau so zu machen wie geplant. Insgesamt würde seine Rede nicht länger dauern als zwei Minuten, wenn er genauso schnell oder langsam sprach wie neulich, als er sie vor seinem Aufnahmegerät probiert hatte, sogar nur eine Minute und 51 Sekunden. Vorausgesetzt natürlich, währenddessen wurde nicht allzu lange gelacht oder applaudiert.

Marius Meynhardi ist inzwischen von der Bühne abgegangen, und Theodor hat nicht ohne Genugtuung registriert, dass der Applaus abebbte, bevor er seinen Sitzplatz erreicht hatte. Die Bühne betritt jetzt der nächste Laudator, es ist … der gehypte Jung-Schriftsteller Viktor M., was um Himmels willen hat er dort zu suchen?, denkt Theodor, bevor ihm klar wird, dass ebenjener nun den Preis für die Kategorie Politische Reportage überreichen wird, also für seine, Theodors Kategorie. Er fühlt Enttäuschung in sich aufsteigen. Er hatte sich für diesen Programmpunkt jemand Würdigeren vorgestellt, insgeheim sogar gehofft, dort nun Köhler auftreten zu sehen, aus dessen Hand er den Pokal gerne entgegengenommen hätte. Manchmal hatte er den Eindruck, dass Köhler sein Talent übersah. Dass er zu sehr vom Charme der jüngeren Redakteure geblendet war, den beiden Christians zum Beispiel, mit denen er verdächtig oft zum Mittagessen ging. Doch es gelingt ihm schnell, sich auf die veränderte Situation einzustellen. Was in Erinnerung bliebe, wäre schließlich der Preis.

Theodor Quast hat in seiner nunmehr bald dreißigjährigen Laufbahn als Journalist noch nie einen Preis gewonnen, dabei befasst er sich nahezu ausschließlich mit Themen, die für Preise in Frage kommen. Er hat über gescheiterte bilaterale Abkommen genauso geschrieben wie über das persönliche Scheitern dieses oder jenes Politikers, hat menschelnde Stücke über die Mächtigen des Landes verfasst wie ein in seinen Augen besonders gelungenes Werk (in der Zeitung abgedruckt war nur die Hälfte des in voller Länge 55 000 Zeichen umfassenden Texts) über die Kinder der ehemaligen Kanzler, deren Leben er als verpfuscht darstellte, und zwar mit kaum einer Ausnahme, dabei hatte er die besonders schmutzigen Details sogar weggelassen,

wozu ihm der Jurist seiner Zeitung aus Gründen des Persön-
lichkeitsschutzes dringend geraten hatte. Theodor weiß sich als
allseits geschätztes Mitglied seiner Redaktion. Stets liefert er
pünktlich, sitzt oft bis spät in der Nacht im Büro, bisweilen werden nur einige wenige Wörter in seinen Artikeln redigiert, und
oft erscheinen diese sogar mit der Überschrift, die er sich selbst
ausgedacht hat. Er hat vor, den Preis bei sich zuhause auf das
Bord über dem Kamin zu stellen. Er hat es am Vortag eigens dafür leergeräumt. Ein paar Bildbände mussten weichen, nun ist
es wie für eine kleine goldene Statue gemacht.

Auf der Bühne beschreibt gerade Viktor M. die große Ehre,
die ihm zuteil sei, am heutigen Abend den Preis in der Königsdisziplin zu überreichen (das Wort Königsdisziplin versöhnt
Theodor nahezu gänzlich mit seinem Laudator, obwohl er findet, in seinem Seersucker-Anzug sieht er wie ein Matrose aus).
Er spricht von der Verantwortung politischer Journalisten, deren
ehrenvolle und bestimmt nicht leichte Aufgabe es sei, im Sinne
einer funktionierenden Gesellschaft darüber zu wachen, dass
bestimmte Grenzen nicht überschritten würden. Er drückt sich
etwas umständlicher aus, sagt oft Äh und Irgendwie, aber vom
Inhalt her kommt es hin. Die Rede gefällt Theodor. Der Journalist als vierte Gewalt, zwar kein neuer Gedanke, aber von Theodor lange nicht mehr in einem so naiven und daher kraftvollen
Vortrag gehört. Im weiteren Verlauf seiner nun doch etwas aus-
ufernden Ansprache kommt der Schriftsteller auf die Rolle der,
wie er sagt, »Oldschool-Presse« im Zeitalter der neuen Medien
zu sprechen, erwähnt Facebook und sogar Twitter, wo Theodor
auf Lucas Anregung hin Mitglied geworden ist, allerdings ohne
nach der Anmeldung je wieder auf seine Seite gesehen zu haben,
da er das Passwort vergessen hat. Etwas brüsk leitet Viktor M.

dann zur Preisverleihung über. Theodor ist mit einem Mal flau im Magen. Er bittet seine Frau um ein Pfefferminzbonbon, womit diese aber nicht dienen kann, da sie gerade das letzte aus der Packung zerkaut. Auf der Bühne verliest Viktor M. jetzt die Namen der Nominierten. Dass sein Name, Theodor Quast, als Letzter genannt wird, überrascht ihn, bei seinem Nachnamen, nicht. Vor lauter Nervosität hat er allerdings versäumt, bei den anderen Namen genau hinzuhören und weiß nun immer noch nicht, wer der fünfte Kandidat ist.

Mit großer Geste öffnet Viktor M. den Umschlag und verkündet den Namen des Siegers: Es ist ebenjener Name, der Theodor entfallen war, Michael Mencken, ein von Theodor durchaus geschätzter Kollege aus dem Wirtschaftsteil, derselbe Kollege übrigens, der die neue Serie ins Leben gerufen hat, über die er sich auf der Herfahrt noch mit Meynhardi unterhalten hat. Wie hatte er ihn nur vergessen können. Den Artikel, für den er ausgezeichnet wird, hatte er damals nur mit Mühe im Politikteil untergebracht, nachdem in seinem eigenen Ressort daran kein Interesse bestand. Am Beispiel eines pleitegegangenen Autohändlers, der heute eine Firma für die Umrüstung von herkömmlichen Heizsystemen auf Solarenergie betreibt, habe Mencken, so heißt es in der von Viktor M. verlesenen Jurybegründung, plausibel den sozioökonomischen Wandel der Gesellschaft dargestellt; es sei ihm mit seinem Text »Neue Energie« ein »ebenso originelles wie informatives Stück Journalismus« gelungen, »das überaus anschaulich die komplizierte Problematik der aktuellen Verhältnisse« beleuchte, den Rest hört Theodor nicht, weil er plötzlich von einem Hustenanfall geschüttelt wird, den womöglich der Gedanke an ein Pfefferminzbonbon in ihm ausgelöst haben mag. Er hustet immer noch, als im Saal Applaus aufbrandet, hustet, als Mencken die Stufen zur Bühne erklimmt, hustet, als jener den Pokal entgegennimmt, den Theodor auf sein Kaminsims hatte stellen wollen. Erst als Mencken mit seiner Dankesrede beginnt, lässt der Hustenreiz nach und verklingt in einem trockenen letzten Bellen. Theodor wagt nicht, seine Frau anzusehen, obwohl es ihn stark danach drängt. Er weiß nicht, was ihm peinlicher ist, die Niederlage oder der Husten, der natürlich im ganzen Saal zu hören war, bestimmt viele Blicke auf ihn, den Verlierer, gezogen hat und ihn nun mit hochrotem Kopf hinterlässt, als wäre die Demütigung der Niederlage noch nicht genug. Er wagt auch nicht, das Stofftaschentuch aus der Innentasche seines Jacketts zu ziehen, um sich damit den Schweiß von der Stirn zu tupfen. Wagt nicht, sich zu bewegen. Kaum zu atmen. Mencken redet lange, viel länger als 1 Minute und 51 Sekunden, und Theodor, der die Ansprache als Störgeräusch wahrnimmt, schrickt auf, als er plötzlich seinen eigenen Namen hört. Aber da spricht Mencken schon von etwas anderem, erzählt von seiner Begegnung mit Hans Wagner, von dem Theodor annimmt, dass es der ehemalige Autohändler ist. Er dreht sich jetzt doch zu seiner Frau, die er fragen will, warum gerade sein Name gefallen ist, aber als er die ernste Miene sieht, mit der sie starr geradeaus in Richtung Bühne sieht, fragt er sie stattdessen, in einem für ihn ungewohnten Anfall von Spontaneität, etwas anderes. Liebst du mich?, fragt er sie, denn er ist sich dessen plötzlich überhaupt nicht mehr gewiss. Hätte sie ihm nicht über den Arm streicheln müssen, als ein anderer gewann, ihm etwas Liebevolles zuflüstern, etwas Tröstendes, Aufmunterndes vielleicht sogar? Er weiß, dass er es seltsam gefunden hätte, hätte Luise im Moment der Niederlage seinen Arm berührt. Und er weiß auch gar nicht, was sie hätte sagen können, das er als aufmunternd empfunden hätte. Doch mindestens ebenso seltsam findet er nun die unbeteiligte Miene, mit der sie nach vorne sieht. Theodor bringt seinen Kopf näher an ihr Ohr und wiederholt seine Frage. Und da sie immer noch nicht reagiert, fragt er es sogar ein drittes Mal. Da sieht ihn Luise, endlich, an. Nach einem Augenblick, der lange genug wäre, seinen vollen Namen auszusprechen, schüttelt sie beinahe unmerklich den Kopf und schenkt ihm einen der spöttischsten Blicke, mit dem sie ihn überhaupt jemals angesehen hat. Dankbar ergreift er ihre Hand.

Sie verlassen den Veranstaltungsort direkt nach dem Ende der Zeremonie, ohne noch an einem Glas genippt oder eins der verlockend aussehenden Petits Fours probiert zu haben, die nun im Vorsaal auf versilberten Tabletts dargereicht werden. Während der Rückfahrt sprechen sie über Luca, und Theodor bietet an, mit an den Bodensee zu kommen, was Luise aber ablehnt. Anschließend macht sie ein paar kritische Anmerkungen über die Abendgarderobe diverser weiblicher Veranstaltungsgäste, die Theodor aber nicht wahrgenommen hat, weshalb er dazu nichts beitragen kann.

Zuhause angekommen gilt Theodors erster Gang dem Wohnzimmer. Er macht das Licht an und sieht zum Kamin. Das Sims sieht nicht aus, als ob darauf etwas fehlt. Es ist ein ins Rötliche spielendes Marmorsims, dessen Maserung, wenn er es genau betrachtet, überhaupt nur ohne sich darauf befindliche Gegenstände zur Geltung kommt. Etwas erleichtert löscht Theodor das Licht und geht ins Badezimmer, um sich die Zähne zu putzen.

Als er ins Schlafzimmer kommt, liegt Luise bereits im Bett. Ihre Nachttischlampe brennt, aber sie hat die Augen geschlossen. Wie es ihre Art ist, liegt sie so weit außen auf ihrer Seite, dass sie bei einer unachtsamen Bewegung in Gefahr wäre, he-runterzufallen. Auf einmal wird Theodor von einem riesigen, warmen Gefühl überrascht, das sich in seiner Magengegend zu-sammenballt und binnen Hundertstelsekunden bis hinauf an seine Schädeldecke steigt. Was ist schon ein dämlicher Journa-listenpreis im Vergleich zu meinem alltäglichen Glück, denkt er, und klettert zu seiner Frau ins Bett, wobei er die Decke ganz vorsichtig, um sie nicht zu wecken, anhebt. Marcel de Laurentis' Anzug hat ihn übrigens enttäuscht. Er trug Moosgrün und sah wie ein Jäger aus. Über diesem Gedanken schläft Theodor ein.

FRAU WEBER

Seine aktuelle Therapeutin hieß Frau Weber und hatte ihre Praxis in Schöneberg im dritten Stock eines etwas in die Jahre gekommenen Mietshauses. Sie war eine große Frau mit ehemals dunklen Haaren, die jetzt grau waren mit weißen Strähnen darin. Ihr Händedruck war fest. Meistens trug sie Jeans und Rollkragenpullover, selten einen Rock, und wenn, dann sah sie gleich viel älter aus. Felix hatte das Gefühl, dass sie ihn mochte. Es hatte ein bisschen gedauert – am Anfang war ihr die Drogensache wohl suspekt gewesen, aber seit er behauptete, das Zeug nicht mehr anzurühren, schien sie ganz zugewandt.

Felix ging seit etwa zwei Monaten zu ihr. Vorher war er bei diversen anderen Therapeuten gewesen, zuletzt bei einem Herrn Dr. Majewski, aber nach ein paar Stunden hatte er dessen Stimme nicht mehr ertragen, die immer belegt war, so dass Felix bald nichts anderes mehr denken konnte als: Räuspern Sie sich doch endlich, verdammt! An den Wänden hatten abstrakte Bilder gehangen, von denen Felix vermutete, dass sie Werke ehemaliger Patienten waren. Die meisten waren in düsteren Farbtönen gehalten, vornehmlich lila mit ein paar auflockernden Sprenkeln Anthrazit. Es war alles unendlich deprimierend gewesen, die abgelaufenen Teppiche, die eingebeulten Baststühle, das dunkle Treppenhaus, in dem es immer nach Essen roch. Irgendwann hatte er einen Termin ausfallen lassen, ohne abzusagen, und danach nie wieder einen neuen ausgemacht. Frau Weber war ihm dann von einer Maskenbildnerin empfohlen worden. Felix war selbst überrascht gewesen, dass er sie tatsächlich angerufen und einen Termin ausgemacht hatte. Seitdem ging er einmal die Woche zu ihr. Er mochte sie. Sie hatte etwas mütterlich Herbes, war einfühlsam, ohne mitleidig zu sein, und, wie gesagt, offenbar mochte sie ihn. Das vielleicht gefiel ihm am besten.

An diesem Nachmittag trug sie schwarze Jeans, einen dunkelgrünen Rollkragenpullover und ihre kleine Lesebrille, die sie normalerweise erst gegen Schluss der Stunde aufsetzte, wenn sie sich im Kalender den nächsten Termin notierte. Ihre Praxis war hell und freundlich, das Fenster stand meist offen, sodass die Geräusche von draußen hereindrangen, ganz in der Nähe musste eine Schule sein. Manchmal war ein Pausengong zu hören und anschließend Kinderlärm.

Felix nahm in dem rot bezogenen Sessel Platz, der ihrem Lederstuhl gegenüberstand und trank einen Schluck von dem kalten Mineralwasser, das sie ihm immer hinstellte. Dann folgte das übliche Anfangsritual. Sie sah ihn an. Er sah sie an. Keiner sagte ein Wort. Jedesmal wieder wünschte er sich, sie möge doch einmal, ein einziges Mal, auf diese Schweigeminute verzichten, würde die Stunde anmoderieren, ein einfaches »Wie geht es Ihnen?« würde genügen. Aber nein, das taten Therapeuten ja nie. Sie warteten darauf, dass der Patient begänne. Also tat er das, ergriff Felix irgendwann das Wort, einer musste es ja tun, und Pausen waren ohnehin nicht seine Stärke. »Also«, fing er meistens an, und so auch heute, »mir geht es eigentlich ganz gut.« Und Frau Weber sah ihn an, Papier und Stift im Anschlag und sagte weiter nichts.

»Ich bin zwar manchmal traurig«, fuhr er an diesem Tag fort, und Frau Weber begann, sich etwas zu notieren, »aber im Großen und Ganzen denke ich, die Depression, oder was das war, habe ich überwunden, und ich komme eigentlich ganz gut zurecht.«

Frau Weber nickte freundlich.

»Dabei ist was Doofes passiert«, fuhr er fort. »Meine Stiefmutter hat Brustkrebs. Sie haben es wohl ziemlich früh entdeckt, also …« Er machte eine Pause. Dann fand er, dass alles gesagt war.

»Und wie geht es Ihnen damit?«, fragte Frau Weber, nachdem sie so lange abgewartet hatte, dass feststand, er würde tatsächlich nichts mehr dazu sagen.

»Hm«, sagte Felix. »Ich weiß nicht. Ist schon scheiße natürlich, aber in erster Linie natürlich für meinen Vater.«

Frau Weber nickte.

»Und für meine Stiefmutter«, fügte Felix hinzu.

Frau Weber nickte wieder und notierte sich etwas. Was notierte sie sich bloß die ganze Zeit.

»Was notieren Sie sich eigentlich immer?«, fragte Felix.

»Das ist für meine Unterlagen«, sagte Frau Weber.

Felix schwieg, weil er nichts Freches sagen wollte, ihm aber nichts anderes einfiel.

»Bitte«, sagte Frau Weber.

»Ja, das war's eigentlich schon. Also der Brustkrebs. Sonst geht es eigentlich nicht schlecht.«

Frau Weber sagte nichts. Es entstand eine Pause, die Felix lang vorkam. Er fing eben an, die Lamellen des Rollos zu zählen, das halb heruntergelassen war, als Frau Weber doch etwas sagte: »Wie sieht es mit den Drogen aus?«

»Mit den Drogen? Ja, also, gut … Also, ich nehme keine.«

»Da sind Sie konsequent?«

»Ja, muss man ja«, sagte er.

Sie nickte anerkennend und schrieb wieder etwas in ihren Block.

»Und sonst … In der Arbeit läuft es gut«, sagte er, obwohl sie nicht danach gefragt hatte und es nicht der Wahrheit entsprach. Er war in den letzten Wochen mehrmals zu spät gekommen, genauer gesagt, war er nicht zu der Uhrzeit zuhause gewesen, als der Fahrer ihn abholen sollte. Und erst vor wenigen Tagen hatte es eine Unterredung mit einem der Produzenten gegeben, die ernst zu nennen eine Beschönigung wäre. Am Ende war ihm bei einer erneuten Verspätung eine Entlassung in Aussicht gestellt worden. Es sei kein Problem, seine Rolle aus der Serie zu schreiben, hatte der Produzent so beiläufig gesagt, dass Felix annahm, dass darüber schon mit den Autoren gesprochen worden war. Frau Weber sah von ihrem Block auf. Felix hatte nie herausgefunden, ob sie ihn aus dem Fernsehen kannte. Er vermutete es, bestimmt hatte sie ihn schon mal gesehen, die Serie lief fünf Tage die Woche im Vorabendprogramm, aber sie hatte sich nie etwas anmerken lassen. Er zuckte mit den Schultern. »Das ist eigentlich alles.«

Ihr zu Füßen stand auf dem Fußboden ein Wecker. Felix konnte nie sehen, wie viel Uhr es gerade war, weil das Zifferblatt von ihm abgewandt war. Aber bestimmt waren es noch gute vierzig Minuten, bis die Stunde um wäre. Wenn es ganz leise war, so wie jetzt, konnte man die Uhr ticken hören.

»Ja, manchmal liege ich nachts wach und dann kommen die Gedanken«, sagte Felix, als er die Pause nicht mehr aushielt.

»Was sind das für Gedanken?«, sagte Frau Weber.

»Sorgen«, sagte Felix.

»Versuchen Sie, nicht gleich zu werten«, sagte Frau Weber, »beschreiben Sie einfach. Was denken Sie, wenn Sie nicht schlafen können?«

»Ich denke dann, dass ich das alles nicht schaffe«, sagte Felix. »Dass auf meiner Stirn ›Versager‹ steht und dass eines Tages alles auffliegen wird…« Er spürte, wie es in seinem Hals enger wurde.

»Was, meinen Sie, schaffen Sie nicht?«

Frau Webers Stimme klang so beruhigend.

»Ich weiß auch nicht, was genau – eben alles. Es ist eher so ein diffuses Gefühl. Dass ich immer nur so tue, als würde ich alles hinkriegen. Aber in Wahrheit…«

Sein Hals schien wirklich enger zu werden.

»In Wahrheit…«

Er brach ab.

»In Wahrheit…?«, half Frau Weber.

»In Wahrheit bin ich doch noch ganz klein.«

Er hatte das gar nicht sagen wollen. Wie peinlich. Da saß er, ein beinahe dreißigjähriger Mann auf dem Sessel bei seiner Therapeutin, und im Raum hing dieser lächerliche Satz.

»Sie fühlen sich wie ein kleiner Junge?«, sagte Frau Weber, ihr Gesicht drückte Mitgefühl aus.

»Ja«, sagte er leise.

»Das dürfen Sie auch«, sagte Frau Weber.

Komisch. Jetzt, wo er es erwartet hätte, schossen ihm keine Tränen in die Augen. Er schloss sie für einen Moment.

»Wo sind Sie jetzt?«, hörte er die Stimme von Frau Weber.

Er wollte antworten, aber er wollte auch nicht antworten. Da war es wieder: dieses Gefühl, sich am liebsten irgendwo hin- legen zu wollen und nie mehr aufzustehen. Er hatte es in letzter Zeit immer öfter. Musste er sich denn wirklich selbst hier zu- sammenreißen, hier in der Therapie, wo niemand es von ihm erwartete?

Nein, beschloss er. Das musste er nicht.

Frau Weber schwieg, und er tat es auch. Er saß mit geschlos- senen Augen einfach so da. Die Uhr tickte. Draußen weinte ein Baby. Dann verstummte es.

Als er die Augen wieder öffnete, lag er auf dem blauen Tep- pich, mit dem die Praxis ausgelegt war, jemand hatte ihm die Beine hochgelegt, ihm ein zusammengerolltes Handtuch unter den Hals geschoben – und Frau Weber war gerade dabei, ein Tuch in eine Schale mit Eiswasser zu tunken.

»Hoppla«, sagte Felix.

»Sie waren ohnmächtig«, sagte Frau Weber und schien er- leichtert.

»So was«, sagte Felix, der sich auf einmal hellwach fühlte, und richtete sich auf.

»Langsam«, sagte Frau Weber und stützte ihn an der Schulter, was Felix extrem unangenehm war.

»Geht schon«, sagte er. »Wie lange war ich denn weg?«

»Nicht lange«, sagte Frau Weber, »ein paar Minuten viel- leicht.«

Felix war nun doch ein bisschen schwummrig zumute. Ein Gefühl, als würden Luftblasen hinter seinen Augen tanzen.

»Haben Sie heute schon etwas gegessen?«, sagte Frau Weber.

Hatte er nicht. Hatte er vergessen. Und es war schon nach vier.

»Ja«, sagte er. »Aber ist schon länger her. Ist wahrscheinlich der Schreck wegen dem Brustkrebs. Ich habe kaum geschlafen. Und ich glaube, ich werde krank …«

»Trinken Sie«, sagte Frau Weber und hielt ihm das Glas Wasser hin. »Wir machen besser nächstes Mal etwas länger – wenn Sie möchten, können Sie sich gerne im Vorraum noch hinlegen.«

»Nein danke, das geht schon. Ist alles okay«, sagte Felix und stand auf. Frau Weber stand ebenfalls auf. Sie schüttelten sich die Hand. Blöde Situation. Er kam sich so hilflos und ungeschickt vor. Schnell weg hier und irgendwas essen.

»Also, bis nächste Woche«, sagte Frau Weber.

»Selbe Zeit?«, sagte Felix.

»Selbe Zeit«, sagte Frau Weber. »Und passen Sie auf sich auf.«

Ja, dachte er, das wollte er tun. Auf sich aufpassen. Tat ja sonst keiner. Er war erleichtert, gehen zu können, ihm war das alles entsetzlich unangenehm. Ohne sich noch einmal umzudrehen, verließ er das Zimmer, durchquerte den Warteraum, schnappte sich an der Garderobe seine Jacke und zog sie an, während er die mit Sisalteppich belegte Treppe hinunterlief, den Hausflur entlang, durch die Holztür ins Freie.

Am frühen Abend lag Felix angezogen auf seinem Bett in der WG, in der er seit bald einem Jahr lebte. Er hatte einen Schokoriegel gegessen, obwohl er keinen Appetit gehabt hatte, hatte ihn heruntergewürgt, um nicht noch einmal umzufallen. Dann hatte er mit seinem Vater telefoniert, der ziemlich mitgenommen schien. Er hatte ihn einfach reden lassen und manchmal ein zustimmendes Geräusch gemacht. Während des Telefonats war Felix in seinem Zimmer auf und ab gegangen, Schritt vor Schritt, immer akkurat die Kanten des Parketts entlang. Es war eigentlich ein schöner Raum. Hohe Wände mit Stuck, Fischgrätparkett, große Fenster, der Blick ging auf Bäume. Aber Felix hatte ihn verkommen lassen. Links an der Wand lag seine Matratze, zu der er auch einmal ein Gestell besessen hatte, das sich heute in irgendeinem Keller befand, er hatte vergessen, in welchem. Gegenüber stand ein weißer Ikea-Schrank, den er noch aus seiner Jugendzeit hatte, daneben sein Schreibtisch, eher eine Sperrholzplatte, die auf zwei Böcken lag. Ein drehbarer Bürostuhl, ein Geschenk seiner Mutter zu seinem Auszug damals, das war ein paar Wochen vor ihrem Tod gewesen, weshalb er den Stuhl wahrscheinlich sein ganzes Leben lang behalten würde, obwohl es sich unbequem darauf saß. Die Tür des Kleiderschranks ließ sich nicht mehr schließen, ein Scharnier war herausgebrochen, seither hing sie schräg im Rahmen. Aber den Schrank benutzte er ohnehin kaum. Die meisten Kleider lagen auf dem Fußboden, häuften sich zu Stoffbergen, in denen gedeckte Farben wie Blau und Braun dominierten. Saubere von bereits getragenen Sachen zu unterscheiden war nicht immer leicht – meistens orientierte sich Felix dabei an den gelben Zettelchen, die von der Wäscherei mit Nadeln an die Etiketten geheftet worden waren: »Flecken«, stand darauf.

Felix war nie besonders ordentlich gewesen. Es störte ihn nicht, um die Haufen herumgehen zu müssen, die sich auf seinem Fußboden bildeten. Er bemerkte sie kaum. Es hatte sogar eine beruhigende Wirkung auf ihn, alles, was er besaß, vor sich ausgebreitet zu sehen. Er mochte das Gefühl, jederzeit sofort weg zu können, ein Koffer nur, und nichts würde er vermissen. Nicht dass er wirklich vorhatte, sich auf und davon zu machen. Er fühlte sich sogar sehr wohl mit seiner aktuellen Wohnsituation. Er war Gast in der Welt eines anderen, benutzte dessen Bad, dessen Küche, dessen Klo. Zahlte einen monatlichen

Betrag, um sich unabhängig zu fühlen. War nicht alleine. Hatte keine Verantwortung. Und konnte jederzeit fort. Theoretisch. Er war frei.

Am Telefon hatte sein Vater erzählt, dass es Ildikó – so hieß seine neue Frau – nicht gut ging. Felix kannte sich nicht aus mit Krebs, bei seiner Mutter hatte man die Krankheit erst so spät entdeckt, dass sie gestorben war, bevor Felix sich mit Details hätte vertraut machen können. Aber Sätze, in denen bösartige Metastasen vorkamen, klangen natürlich beunruhigend. Schon morgen würde ihr eine Brust amputiert werden. Eigentlich wollte Felix so etwas nicht hören. Er hatte das Gefühl, seinen Vater nicht trösten zu können, außerdem wollte er sich Ildikós Brüste nicht vorstellen und tat das nun, unweigerlich, und ihm wurde ein wenig schlecht dabei. Als sein Vater das Gespräch beendete, war Felix erleichtert. Draußen wurde es gerade dunkel, es war diese Viertelstunde, in der alles in blaues Licht getaucht ist, und Felix erinnerte sich daran, dass seine Großmutter die immer so geliebt hatte. »L'heure bleue« hatte sie dazu gesagt, er wusste noch genau, wie ihre Stimme klang. Ganz weich und brüchig, eben wie die einer alten Frau. Solche Stimmen hörte man kaum noch, dachte er. Irgendwie war er heute sentimental. Das Leben kam ihm sinnlos vor, die Menschen bemitleidenswert, immer neue Schicksalsschläge, Arbeit, Steuern, Tod, wozu das eigentlich alles, wer hatte sich das bloß ausgedacht.

Von Zeit zu Zeit hatte Felix das Gefühl, wie aus dem All, von ganz weit weg auf die Welt zu sehen. Es waren kurze Momente, in denen alles, was gerade war, mit einem Mal wie von einem Schlaglicht erhellt und lächerlich, banal und vollkommen unwichtig erschien. Weltraumtraurigkeit hatte es eine Freundin von ihm einmal genannt. Er fragte sich dann, wer ihn wohl vermissen würde, wenn er tot wäre und stellte sich seine Beerdigung vor. Er dachte sie sich als feierliche Veranstaltung, bei der geweint werden würde, aber anschließend auch gelacht, so ein allwissendes, schmerzliches Lachen, das die Trauernden sich gegenseitig schenken würden. Und dann würden alle nach Hause gehen, noch am Nachmittag seine Nummer aus ihren Handys löschen und die Zeitung mit der Todesanzeige nach kurzem Zögern zum Altpapier geben; er würde aus der Serie geschrieben werden, was, wie er ja nun wusste, kein Problem darstellen würde, seine Agentur würde ihn von ihrer Internetseite nehmen, auf seiner Facebook-Seite würden ein paar Mädchen traurige Songzeilen posten, und das Leben würde genauso weitergehen wie immer. Es war nicht so, dass Felix eine Todessehnsucht hatte, aber in den letzten Jahren hatte er sich doch mehr als einmal im Flugzeug bei dem Gedanken ertappt, dass es ihm nichts ausmachen würde, wenn sie jetzt abstürzen würden. Frau Weber hatte es eine leichte Depression genannt.

Inzwischen war es draußen dunkel geworden. In Felix' Zimmer brannte kein Licht, nur die Stand-by-Leuchte seines Laptops tauchte die Umgebung des Schreibtischs in einen blassen Schein. Felix dachte daran, dass er kein Geld mehr hatte. Er dachte an seinen Großvater, den er dringend mal wieder anrufen müsste. Er dachte an Frau Weber. Daran, dass er etwas essen musste. Er dachte an den leeren Kühlschrank, und daran, welcher Wochentag eigentlich war. Es machte ihn traurig, dass es ein Dienstag war, aber er kam nicht darauf, warum. Er dachte an seine Leberwerte und dass er wirklich mal zum Arzt gehen sollte. Er dachte an seinen alten Zahnarzt, und dass er in Berlin noch nie bei einem gewesen war. Er dachte, dass er Durst hatte. Dass er sich heute Abend noch rasieren wollte. Dass er endlich das Drehbuch lesen musste, das seine Agentin geschickt hatte, dass er nicht vergessen durfte, ein Geschenk für Ildikó zu besorgen, ein Parfum oder Pralinen. Dass er mal wieder zum Sport gehen müsste oder wenigstens joggen, dreimal, viermal die Woche, und zwar die große Runde, im Tiergarten die. Er dachte daran, wie sein Vater ihn einmal mit auf eine Reise nach China genommen hatte, Peking und Shanghai, nur ihn, ganz allein. Alles an diesem Land hatte ihn eingeschüchtert, der Verkehr, der Lärm, die Menschen, aber im Nachhinein war es doch eine schöne Erinnerung. Er dachte daran, dass sein Vater bald siebzig war. Und dann dachte er an das kleine zusammengefaltete Briefchen in seiner Tasche.

Zehn Stunden später saß Felix auf einem Bett in einem Zimmer, das er als Mädchenzimmer beschrieben hätte, hätte ihn jemand danach gefragt. Außer dem Bett stand nur eine Kommode darin und eine Kleiderstange, an der die Kleider den Farben nach geordnet hingen. Vor den Fenstern waren bodenlange weiße Vorhänge, die den Raum nicht ganz abdunkelten, sondern ein fahles Licht hindurchließen, das entweder vom Mond kam, der heute ungefähr voll sein mochte, oder von der Helligkeit der Stadt. Halb neben und halb auf Felix saß das Mädchen, das hier wohnte, von ihrer Erscheinung her eher noch ein Mädchen als eine junge Frau, sie hieß Sarah, mit h, wie sie betont hatte, als sie ihm seinen Namen sagte. Sie hatten sich in einem Club kennengelernt, hatten zusammen Drogen genommen, sich geküsst, wieder Drogen genommen und waren dann zu zweit in ein Taxi gestiegen, und Sarah hatte dem Fahrer ihre Adresse genannt. Und jetzt hielten sie sich immer noch so fest umklammert wie vor zwei Sätzen, aber irgendwie, fand Felix, war der Zauber weg. Er ließ Sarah los und rückte ein Stück von ihr ab.

»Hallo«, sagte Sarah, die noch immer unter dem Einfluss der Droge zu stehen schien. Sie nahm seinen Arm und zog ihn zu sich heran.

»Hallo«, sagte Felix und zog seinen Arm wieder zurück.

Oh Gott, er musste dringend etwas gegen diese Klarheit unternehmen, er war auf einmal ganz wach. Neben dem Bett auf dem Fußboden stand eine Kerze in einem silbernen Halter, sie war fast heruntergebrannt. Wer hatte sie angezündet, und wann?

Er schob Sarah von sich, die sich sofort einrollte wie eine kleine Schnecke und etwas murmelte, das er erst nicht verstand und weil sie es aber so oft wiederholte, irgendwann doch: »Nichtweggehennichtweggehennichtweggehen.«

»Ich geh nicht weg«, sagte er.

Sie schien beruhigt.

Felix setzte sich auf.

Das Zimmer war groß und schien, den schrägen Wänden nach zu urteilen, unter dem Dach zu liegen. Er erinnerte sich nicht – waren sie Treppen gelaufen, waren sie Fahrstuhl gefahren?

»Sarah?«

»Hm«, machte das kleine zusammengerollte Mädchen.

»Sarah, hast du noch MDMA, noch irgendeinen Rest, irgendwas?«

»Mhh.«

»Sarah.« Er packte sie an einer Schulter und schüttelte sie. Sie machte ein vorwurfsvolles Geräusch, bewegte sich aber nicht.

»Sarah.« Schlief sie? Er schüttelte sie fester. Noch hatte er die Hoffnung, den leichten Nebel in seinem Gehirn durch eine weitere Dosis Irgendetwas wieder anfachen zu können.

»Sarah!«

Sie öffnete die Augen und sah ihn einen Moment lang an, als erkenne sie ihn nicht.

»Hast du noch MDMA?«

»Nein«, flüsterte sie.

»Haben wir alles genommen? Du hast gar nichts mehr? Auch keinen Krümel?«

Sie hatte die Augen wieder geschlossen.

»Sarah.«

Er gab ihr einen leichten Klaps auf die Backe.

»Hey – was, spinnst du?« Sie klang mit einem Mal wieder so alt wie sie war, Anfang zwanzig also, und ziemlich genervt.

»Hast du noch was?«

»Nein. Ist doch auch mitten in der Woche.«

»Und sonst irgendwas, Koks, weiß nicht, was zu rauchen? Oder wenigstens Alkohol?«

Sie schüttelte den Kopf und schloss wieder die Augen.

»Ein Bier? Im Kühlschrank? Wo ist der Kühlschrank?«

»Komm«, sagte sie, »jetzt leg dich wieder hin.«

Der Kerzendocht britzelte kurz, dann war der Schein erloschen. Danach war es kein bisschen dunkler im Raum.

Felix merkte, wie die Angst in ihm hochkroch. Sie kam aus dem Magen und verkleisterte ihm Zentimeter für Zentimeter den Atemweg nach oben.

»Sarah?«

Er konnte sie regelmäßig atmen hören.

»Sarah?« Er ruckelte an ihr.

»Was denn?«

Er wusste nicht, was er sagen sollte. Was sollte er sagen? Dass er Angst hatte im Dunkeln zu liegen, während neben ihm ein Mensch seelenruhig schlief? Dass er Angst hatte vor den Gedanken, die über ihm kreisten, und die über ihn herfallen und ihn nicht wieder loslassen würden, sobald es still war?

»Wo kann man denn jetzt noch was herkriegen?«, sagte er.

»Was?«

Verstand sie ihn wirklich nicht?

»Irgendwas, Koks?«

»Kokain?«, sagte sie. »Jetzt?«

»Oder hast du Schlaftabletten? Ich halt das sonst nicht aus …«

»Sag mal, was ist denn mit dir?« Sie setzte sich auf. »Hast du gerade irgendeine Panik oder was?«

Hatte er?

»Ich weiß nicht.«

»Komm mal her.« Sie zog ihn zu sich heran. Er legte den Kopf in die Mulde zwischen ihrem Hals und ihrer Schulter. Sie roch so wie Frauen rochen, die aus Prinzip kein Parfum benutzten. Er kannte ein paar davon. Der Geruch erinnerte ihn an Wachsmalstifte und Wollstrumpfhosen, er mochte ihn nicht.

»Felix, es ist alles gut, ist nichts passiert, wir schlafen jetzt einfach, und …«

»Nein«, unterbrach er sie.

»Wie, nein? Natürlich schlafen wir jetzt, und …«

»Nein. Nicht schlafen.«

»Pscht.« Sie drückte sich so fest an ihn, dass er ihre Brüste an seinem Oberkörper spürte.

»Pscht.«

»Nicht schlafen.«

Er strich mit einer Hand ihren Rücken hinab, fuhr an ihrer Hüfte entlang nach vorne, glitt langsam zwischen ihre Beine, tiefer, noch ein Stück tiefer, und wollte gerade ansetzen, sich mit dem Zeigefinger einen Weg unter ihre Hose zu bahnen, als Sarah ihre Knie in einer schnellen Bewegung zusammennahm.

»Was machst du da?«

Ja, was machte er da eigentlich? Er hatte gar nicht darüber nachgedacht. »Nichts«, sagte er.

»Gut«, sagte Sarah, »weil das geht nämlich gar nicht.« Sie legte sich wieder hin und drehte sich auf die Seite. »Wir schlafen jetzt. Also, ich schlafe jetzt. Gute Nacht, ja?«

Felix antwortete nicht.

»Gute Nacht«, sagte sie noch mal. Dann zog sie sich ein Kissen über den Kopf.

Felix sah auf den Wecker. Die Digitalanzeige zeigte 4:28 Uhr. In zweieinhalb Stunden hätte er es geschafft. Um 7 Uhr würde draußen die Welt aufwachen, Menschen würden sich die Zähne putzen, mit dem Hund rausgehen, ihre Autos aus der Garage fahren. Ab 7 Uhr wäre ein neuer Tag, 6:30 Uhr vielleicht sogar schon, und er wäre in Sicherheit. Paare würden sich beim Frühstück über die Zeitung hinweg anschweigen, Kinder Wurstbrote in den Außentaschen ihrer Schulranzen verstauen, die türkischen Kioskbesitzer Auberginen und Melonen in ihren Auslagen stapeln. Um 7 Uhr fing das Leben mit einer neuen Runde an, und Felix könnte wieder ganz normal daran teilnehmen. Er könnte irgendwo einen Kaffee trinken gehen, oder zu sich nach Hause fahren, um doch noch ein paar Stunden zu schlafen, oder sich endlich rasieren. Oder er könnte zu Jorge fahren, seinem Mitbewohner, der in einer Agentur arbeitete, in der man nett herumsitzen und Musik hören konnte. Oder zuhause endlich dieses Drehbuch lesen, das seit zehn Tagen neben seiner Matratze lag. Nur ein paar Möglichkeiten von so vielen, die ihm ab Sonnenaufgang offenstünden. Um 17 Uhr würde er dann zum Nachtdreh abgeholt, auch darauf könnte er sich vorbereiten, fiel ihm ein, er hatte seinen Text noch gar nicht angesehen. Im Moment aber stand die Zeit still. Der Wecker zeigte immer noch 4:28 Uhr.

Sarah schien eingeschlafen zu sein. Oder sie war unter dem Kissen erstickt, aber das machte gerade keinen Unterschied. Felix hatte das Gefühl, ganz allein auf der Welt zu sein. Alle schliefen. Er nicht. Sein Herz marschierte, sein eines Augenlid zuckte leicht, und da waren die Gedanken, jetzt würde er sie nicht mehr los. Er dachte daran, dass er in zwei Monaten dreißig werden würde. Und in zehn Jahren vierzig. Und dann? Er dachte daran, dass er keine Ahnung hatte, was er seinem Vater zum Geburtstag schenken sollte. Er dachte an früher, und eine Szene aus einem Bugs-Bunny-Cartoon fiel ihm wieder ein. Sie hatte damit geendet, dass diese Ente, wie hieß sie denn nur, wie hieß denn diese Ente… Ihm fiel ein Gedicht ein, und er hielt sich kurz an seinem Rhythmus fest. *I went to sit in my window / I wanted to chat with the birds / I wasn't feeling okay, so / I thought I could use some words.* Er dachte, dass er einen trockenen Mund hatte und das Gegenteil von Hunger, und dass es kein Wort dafür gab. Er dachte daran, dass er sich in der Apotheke Vitamintabletten besorgen musste, dass bei ihnen zuhause im Flur das Licht nicht ging, dass Brazzaville die Hauptstadt von Kongo war. Er dachte daran, dass einem Bekannten, der einmal im Amazonas geschwommen war, ein Baum im Ohr wachsen wollte, weil sich ein Samenkorn in seinen Gehörgang verirrt hatte. Ihm fiel ein Paar Schuhe ein, das er besaß und ganz vergessen hatte. Er dachte an eine bestimmte Übung für die Bauchmuskeln. Wie hieß denn diese blöde Ente noch mal.

Der Wecker zeigte immer noch 4:28 Uhr. In diesem Moment sprang die Digitalminutenanzeige um. 4:29 jetzt, immerhin.

»Jetzt komm mal her und leg dich hin.« Sarah fasste ihn an der Schulter und zog ihn sanft auf die Matratze. Er gab nach und drehte sich zu ihr. (*I wasn't feeling okay, so*). Ihr Gesicht war jetzt so nah an seinem, dass seine Wimpern ihre Stirn berührten. Er brachte seinen Mund näher an ihren. Sie drehte den Kopf weg. Er stützte sich auf seine Ellbogen und brachte sein Gesicht über ihres. Ihre Pupillen so groß, dass sie ihre Iris fast vollständig ausfüllten. Er presste seinen Mund auf ihren. Sie machte ein leises Geräusch. Er winkelte ein Bein an, verlagerte sein Gewicht und kam halb auf ihr zu liegen. Sie bewegte sich, kam aber nicht weg. Er nahm ein Kissen und legte es auf ihr Gesicht. Als sie einen Ton von sich gab, drückte er das Kissen fester auf die Stelle, unter der er ihren Mund vermutete. Eine Hand hatte er auf ihren einen Unterarm gestützt, sodass sie ihn nicht bewegen konnte, mit der anderen fasste er ihr zwischen die Beine. Er zog ihre Baumwollunterhose ein Stück nach unten. Sie machte eine schnelle Bewegung, bekam mit ihrer freien Hand den Bund zu fassen, zog sie wieder nach oben. Er nahm ihre Hand zur Seite, bog ihren Arm nach hinten und schob ihn unter ihren Rücken. Dann verlagerte er sein Körpergewicht ganz auf sie, sodass sie weder Arme noch Beine bewegen konnte. Sie machte Geräusche, aber durch das Kissen, das er jetzt mit seinem Kopf nach unten drückte, waren diese nur dumpf zu hören. »Sei halt mal ruhig«, sagte er. Er zwängte eine Hand zwischen ihre Beine. Sie wand sich unter ihm, aber er blieb auf ihr liegen. Er hätte gerne seine Hose ausgezogen, aber dafür hätte er sich aufrichten und sein Gewicht von Sarah nehmen müssen. Er zog ihr den Pullover mit einer Hand nach oben. Sie trug keinen BH.

Als er das nächste Mal zum Wecker sah, war es 4:41 Uhr. Sarah bewegte sich nicht, als er sein Gewicht von ihr nahm. Felix zog sich seine Unterhose und seine Jeans hoch, klopfte prüfend die Taschen ab, Portemonnaie, Telefon, alles noch da. Dann rutschte er zum Ende des Bettes und ließ die Füße auf den Boden. Seine Schuhe hatte er noch an. Er sah sich nach Sarah um. Ihre Unterhose hing auf Höhe ihrer Knie, der Pullover war bis unter die Schultern hochgeschoben. Sie hatte sich auf die Seite gedreht, Beine angezogen, den Kopf immer noch unter dem Kissen vergraben. Er fragte sich, ob sie weinte. »Hey«, sagte er. Es kam keine Antwort. »Sarah«, sagte er. Keine Antwort. »Ist doch gar nichts passiert«, sagte er. Es war ja wirklich nichts passiert, dachte er, dachte er nochmals, und fand diesen Gedanken unendlich beruhigend. Dann fiel ihm auf einmal der Name der Ente wieder ein: Duffy. Duffy Duck. Er strich sich durch die Haare und stand auf. Sein Kopf tat weh, und er hatte Durst. Im Gehen knöpfte er sich die Jeans zu. Leise schloss er die Tür hinter sich.

Die nächste Stunde bei Frau Weber begann wie immer. Felix trank einen Schluck von dem eiskalten Wasser, stellte das Glas wieder ab, rückte sich das Kissen im Rücken zurecht, lehnte sich zurück, schlug ein Bein über das andere und wartete einen Augenblick ab, ob sie nicht doch einmal als Erste etwas sagen würde, was sie nicht tat. »Ja, also eigentlich ist alles ganz gut…« Frau Weber sah ihn an, freundlich oder ausdruckslos, das konnte er nie mit Bestimmtheit sagen, vielleicht nickte sie ihm sogar zu, er meinte, eine unbestimmte Bewegung ihres Kinns zu sehen. »Viel ist nicht passiert«, fuhr er fort. Was sollte er erzählen? Dass er, seitdem sie sich zuletzt gesehen hatten, drei Nächte hintereinander gar nicht geschlafen hatte und danach nie länger als fünf Stunden am Stück? Dass er Jorge beklaut hatte? Er hatte einen 500-Euro-Schein in dessen Schreibtischschublade gefunden. Er hatte in einem Umschlag gesteckt, weit unten, wo Felix ihn auch wieder hingelegt hatte, nachdem er das Geld herausgenommen hatte, das er noch am selben Abend für Kokain ausgab. Dass er um ein Haar ein Mädchen vergewaltigt hätte. Dass er nichts fühlte. Nichts. Dass er darüber nachgedacht hatte, in eine Suchtklinik zu gehen, den Gedanken dann aber wieder verworfen hatte, weil ihm der Gedanke, keine Drogen mehr zu nehmen, noch mehr Angst einjagte als alles sonst. Felix sagte nichts. Er sagte so lange nichts, bis Frau Weber etwas sagte.

»Wie geht es Ihrer Stiefmutter?«

Ildikó. Die hatte Felix ja vollkommen vergessen.

»Ganz gut. Also, den Umständen entsprechend«, sagte er.

Frau Weber nickte. Weil sie aber nichts sagte und Felix die Pause unerträglich lang vorkam, korrigierte er sich. »Nein, eigentlich geht es ihr nicht gut. Sie ist immer noch im Krankenhaus, aber ...«

Frau Weber sah ihn erwartungsvoll an. Oder vielleicht sah sie ihn einfach nur so an, mit einem neutralen Gesichtsausdruck, in den der Patient ein Gefühl seiner Wahl hineininterpretieren konnte. Ja, vielleicht sah sie ihn einfach nur an.

Wieder überkam ihn der Wunsch, sich einfach hinzulegen, die Augen zu schließen und lange nicht mehr aufzumachen.

»Ich möchte in eine Klinik«, sagte er leise.

Frau Weber nickte. Warum nickte sie? Wusste sie am Ende die ganze Zeit Bescheid?

»Ich möchte in eine Klinik und ich möchte mehrere Monate dort bleiben«, sagte Felix.

Frau Weber nickte wieder.

»Oder für immer. Ja, von mir aus auch gerne für immer. Können Sie mich einweisen oder irgendwie so? Ein Überweisungsschein, ich würde gerne so schnell wie möglich ...«

Frau Weber sah ihn an und er meinte jetzt, eine leichte Sorgenfalte auf ihrer Stirn auszumachen.

»Ich habe gelogen«, sagte Felix, den Blick nun fest auf den blauen Teppich geheftet. »Ich nehme noch Drogen, die ganze Zeit ...«

»Welche Drogen nehmen Sie?«, fragte Frau Weber.

»Kokain ... MDMA ... Eigentlich alles außer Heroin. Vor allem Kokain.«

»Wie finanzieren Sie Ihre Sucht?«

Frau Weber schien durch seine Mitteilung keineswegs aus der Ruhe gebracht, in diesem Moment liebte Felix sie dafür. Toll, auf praktische Fragen konnte er antworten, und es schob auch die großen Themen in den Hintergrund, oder wenigstens auf.

»Ich habe überhaupt kein Geld mehr.« Nach einer kurzen Pause, in der Frau Weber nichts sagte, entschied er sich, die Wahrheit zu sagen, etwas anderes hatte ja keinen Sinn. Er erzählte, was passiert war, die Geschichte mit Sarah ließ er vorsichtshalber aus, und aus den 500 Euro machte er 200. »Ich weiß überhaupt nicht weiter ... Ich möchte wirklich gerne in eine Klinik.«

Als er wieder vom Boden aufsah, hatte Frau Weber ihre Lesebrille auf und blätterte in einem kleinen Büchlein.

»Ich gebe Ihnen jetzt eine Nummer. Sagen Sie, dass Sie von mir kommen«, sagte Frau Weber in einem Ton, der keine Spur Vorwurf enthielt. »Schauen Sie mal, ob die einen Platz für Sie haben. Ich halte das für eine gute Idee und kann Sie da nur bestärken.«

Sie schrieb etwas auf einen Zettel. Dann nahm sie ihre Brille ab und sah ihn direkt an. »Ich wünsche Ihnen alles Gute. Sie rufen mich an, wenn Sie wieder einen Termin ausmachen wollen.« Sie stand auf und hielt ihm den Zettel entgegen. Er nahm ihn an sich, erhob sich ebenfalls, ergriff ihre Hand und schüttelte sie, wie es ihm vorkam, ein bisschen zu lang. Glauben Sie, ich schaffe das?, wollte er fragen, doch er sagte nur »Auf Wiedersehen«. Dann faltete er den Zettel zusammen und steckte ihn tief in die Vordertasche seiner Jeans. »Okay«, sagte er, sah noch einmal zu Frau Weber, »okay«. Er drehte sich um und ging aus dem Zimmer.

Im Flur saß schon die nächste Patientin und wartete auf den Beginn ihrer Stunde, eine junge Frau, die aussah, als hätte sie gerade geweint. Kurz wehte ihn Mitleid an, und er kam sich auf eine wohltuende Weise tapfer vor, als er an ihr vorbeilief. Er hatte jetzt ein Ziel. Er würde das Ruder herumreißen und alles zum Guten wenden. Um ein Haar hätte er ihr aufmunternd zugezwinkert. Er tat es nicht, durchquerte den Flur, schloss die Wohnungstür hinter sich und verfiel im Treppenhaus in einen immer schneller werdenden Laufschritt, bevor er durch die offen stehende Haustür ins Freie trat.

Als Felix seine Jeans ein paar Wochen später von der Reinigung holte, heftete ein gelber Zettel mit der Aufschrift »Flecken« am Bund. Nachdem er sie sich zuhause von allen Seiten angesehen hatte ohne irgendwo eine schmutzige Stelle zu entdecken, löste er die Nadel aus dem Stoff und zog sie an. Als er später am Abend auf der Suche nach Kleingeld in die Vordertasche griff, bekam er etwas Weiches zu fassen und zog es heraus. Ein paar graue Fetzen, an einigen Stellen waren sie zu Kügelchen zusammengeklumpt. Frau Webers Handschrift war nicht mehr zu erkennen.

YOU REMIND ME OF
A FRIEND I NEVER HAD

Ruben Blacher war ein aufgeweckter, selbst in ausweglos schei-
nenden Lebenslagen meist positiv denkender Mann, der sich
schon in vielen Berufen ausprobiert hatte, bevor er in jenem
des Filmregisseurs endlich angekommen zu sein glaubte. All
die Jahre als Krankenpfleger, Theatermaler und Fahrer für
Fernsehproduktionen kamen ihm im Rückblick vergeudet vor,
wenngleich er sich immer wieder selbst versicherte, wie sehr sie
für seinen jetzigen Berufswunsch von Vorteil waren, da er so
über einiges mehr an Lebenserfahrung und Menschenkennt-
nis verfügte als seine viel jüngeren Kommilitonen. Für seinen
Abschlussfilm an der Akademie für Film & Fernsehen, an der er
vier Jahre zuvor als ältester Student seines Jahrgangs aufgenommen worden war, hatte er sich Großes vorgenommen. Dies war
auch der Grund, warum er sich an einem sommerlichen Vormittag auf den Weg in einen südlichen Berliner Vorort machte,
in dem er nie zuvor gewesen war und der ihn, als er schließlich
dort angekommen war und durch die ruhigen Straßen lief, auf
die Kinder mit Kreide Hinkelkästchen gemalt hatten, so heftig
an das Münchner Viertel erinnerte, in dem er aufgewachsen war,
dass er ganz gegen seine Gewohnheit ein wenig melancholisch

wurde und sich fest vornahm, später am Tag noch seine Eltern anzurufen, mit denen er für gewöhnlich nur sonntags sprach.

Nachdem er von der S-Bahnhaltestelle aus gesehen zweimal links und einmal rechts abgebogen, dann noch knapp einhundert Meter geradeaus und etwa die Hälfte davon wieder zurückgelaufen war, hatte er sein Ziel erreicht. Gartenstraße 14 b, ein Reihenhaus, viel unauffälliger und ärmlicher, als er es sich vorgestellt hatte. Es musste Jahrzehnte zurückliegen, dass das Haus weiß gewesen war, und auch der Zaun hätte einen neuen Anstrich vertragen können. Doch der Name an der Klingel ließ keinen Zweifel zu: Dies war die Adresse, die er gesucht hatte, hier wohnte der große Herrmann Voss, den man »Jahrhundertschauspieler« genannt hatte, lange bevor sich jenes Jahrhundert zu Ende neigte und ein neues anbrach, das ihn dann vollends in Vergessenheit geraten ließ.

Blacher war nur durch Zufall darauf gestoßen, dass Voss noch lebte. Nachdem sie im Drehbuchseminar einen Film gesehen hatten, in dem er eine Hauptrolle spielte – (übrigens als Negativbeispiel für Dialoge) –, hatte Blacher, stets wissbegierig, im Internet nachgesehen und war über das fehlende Todesdatum gestolpert. Ein paar Anrufe später hatte er nicht nur Gewissheit, sondern sogar eine Telefonnummer, die ihm die ehemalige Sekretärin eines großen Filmstudios mit einem merkwürdigen Auflachen gegeben hatte, und nachdem er es wochenlang immer wieder vergeblich versucht hatte und nicht einmal auf einem Anrufbeantworter gelandet war, hatte er Voss schließlich am Apparat gehabt, ihm in einem sehr knappen Gespräch sein Ansinnen erklären können und die Erlaubnis bekommen, ihm das Drehbuch für seinen Abschlussfilm schicken zu dürfen. Genauer gesagt, hatte Voss nicht Nein gesagt, bevor er einfach aufgelegt hatte. Wieder verstrichen einige Wochen, bis er ihn erneut erreicht und Voss ihm seine Postadresse genannt hatte. Und ein weiteres Telefonat später, das war erst am Vortag gewesen, hatte Voss ihm vorgeschlagen, sich am heutigen Vormittag bei ihm einzufinden. Es hatte geklungen wie ein Befehl.

Natürlich war Blacher nervös. Er bildete sich ein, mit Herrmann Voss in der Hauptrolle einen Coup landen zu können, vielleicht im Ansatz vergleichbar mit jenem, der Tarantino seinerzeit mit John Travolta geglückt war, natürlich unter ganz anderen Voraussetzungen. Vorhin beim Frühstück hatte Blachers Freundin zum wiederholten Mal darauf hingewiesen, welch unglückselige Rolle Voss während der Nazizeit gespielt habe, und Blacher hatte sich darauf hinausgeredet, dass ja wohl niemand etwas dafür konnte, wenn Goebbels Gefallen an einem fand. Um einen größeren Streit abzuwenden, hatte er ihr das Versprechen gegeben, Voss bei dem Treffen auf dessen Zusammenarbeit mit dem Propagandaministerium anzusprechen. Dabei beabsichtigte er in Wahrheit keineswegs, dies zu tun. Er war, obwohl im Grunde ein guter Charakter, nicht unwesentlich von seiner eigenen künstlerischen Bedeutung durchdrungen, ein Zug, der erst im Laufe des letzten Studienjahres so richtig Besitz von ihm ergriffen hatte, und ob der fast hundertjährige Herrmann Voss vor siebzig Jahren in mehreren böswillig antisemitischen Propagandafilmen mitgewirkt hatte, wie es aussah sogar, anders als einige andere, ohne Protest, war Blacher offen gestanden vollkommen egal. Hauptsache, er würde einwilligen, in seinem, Blachers Film die Hauptrolle zu übernehmen. Es wäre seine erste Filmrolle seit nunmehr drei Jahrzehnten und, vieles sprach dafür, wohl auch seine letzte. Genial.

Bevor Blacher den Klingelknopf betätigte, sah er auf seine

Armbanduhr. Er war pünktlich auf die Minute, wollte aber nicht übereifrig erscheinen und hielt es für besser, noch einen Augenblick abzuwarten. Er strich sich das Hemd glatt, das über dem Bauch schnell eine Falte warf. Zog die weit sitzende Cordhose an der Gürtelschnalle etwas nach oben. Schulterte die Tasche neu. Hauchte gegen seine dicht vor den Mund gehaltene Hand. Suchte in seiner Tasche nach einem Kaugummi, fand aber keinen. Räusperte sich. Fuhr sich durch die dichten Locken, die ihm an diesem Vormittag, frisch gewaschen, noch wirrer vom Kopf abstanden als sonst. Dann fühlte er sich gewappnet.

Er wollte eben zum zweiten Mal klingeln, als ein Knacken in der Gegensprechanlage ertönte, gefolgt von einem krächzenden »Ja bitte?«. »Ruben Blacher, wir sind verabredet.« Aus der Gegensprechanlage ertönte ein erneutes Knacken, gefolgt von einem weiteren »Ja, bitte?«, das exakt so klang wie das erste. »Hallo?«, sagte Blacher. »Ruben Blacher ist mein Name, wir sind verabredet?« Diesmal hob er am Ende die Stimme, ließ es klingen wie eine Frage. Aus dem kleinen Lautsprecher kam keine Reaktion. Es knackte auch nicht mehr. Es klang, als wäre die Leitung tot. Blacher brachte seinen Mund näher an die Einsprechstelle. »Hallo?« Er bewegte die Hand wieder in Richtung Klingel, zögerte jedoch. Aus dem Lautsprecher kamen plötzlich wieder Geräusche, eine Art Stöhnen oder Ächzen, dann knackte es wieder, deutlich lauter als bisher. Anschließend Stille. »Hallo?« Blacher wartete kurz, dann klingelte er erneut. Aus dem Nachbarhaus trat eine Frau mit einem Einkaufskorb und musterte ihn streng.

Als er wieder zum Haus sah, stand in der halb offenen Eingangstür ein hagerer alter Mann, der keinerlei Ähnlichkeit mit dem Bild aufwies, das Blacher von Voss im Kopf hatte. Selbst in seinen späteren Filmen hatte er noch etwas Heldenhaftes gehabt, ein breitschulteriger blonder Haudegen, der in den drittklassig produzierten italienischen Abenteuerfilmen aus den siebziger Jahren immer als Größter, Stärkster herausstach. Doch in der Tür stand ein zerbrechlich aussehender Greis. Blacher hob überrascht die Hand wie zu einem Winken und senkte sie wieder. »Ja?«, rief der Alte und räusperte sich. Seine weißen Haare sahen ungekämmt aus, er trug eine grobe Strickjacke, seine Füße steckten in Filzpantoffeln. »Herr Voss?«, fragte Blacher. Weil der Alte darauf keine Reaktion zeigte, sprach er lauter weiter. »Ich bin Ruben Blacher. Herr Voss?« Der Alte guckte ihn nur an, oder vielleicht sah er auch auf eine Stelle hinter ihm, Blacher vermochte das auf die Entfernung nicht zu erkennen und widerstand dem Impuls, sich umzudrehen, nur mit Mühe. »Ich glaube, wir sind verabredet.« »Voss, ja. Was gibt es?«, rief der Alte, verwirrt oder ungehalten. »Ruben Blacher«, rief Blacher, noch lauter. »Ich komme wegen des Drehbuchs…« Herrmann Voss, der er ja nun zu sein schien, sah nicht aus, als verstünde er. »Ich hab Ihnen neulich mein Drehbuch geschickt…« Kein Ausdruck in den fein geschnittenen, hängenden Gesichtszügen, die früher einmal so anders und berühmt gewesen waren. »Ich bin auf der Filmhochschule… Es geht um meinen Abschlussfilm?« Inzwischen klangen fast alle seine Sätze wie Fragen. »Ich möchte Sie mit der Hauptrolle besetzen? Erinnern Sie sich? Es geht um meinen Abschlussfilm… Für die AFF? Ich habe Ihnen vor einer Woche das Buch geschickt?«

Voss stand immer noch regungslos, aber sein Gesichtsausdruck hatte sich aufgehellt, kam es Blacher vor. »Darf ich…?« Blacher schob vorsichtig das Gartentor auf, und ging, nachdem kein Einspruch erfolgte, erst zögernd, dann immer mutiger den kurzen Steinweg entlang zum Haus. Drei Stufen hinauf ging es zur Tür. »Guten Tag, Herr Voss.« Dieser ergriff die ausgestreckte Hand so zögernd, als könne er immer noch nicht ganz ausschließen, dass es sich hier um einen Irrtum handelte. Seine Hand fühlte sich wächsern und kalt an. Blacher nannte nochmals seinen Namen und deutete mit dem Kopf eine kleine Verbeugung an. »Jaja«, sagte Voss und trat einen Schritt zur Seite. Blacher schlüpfte an ihm vorbei in den dunklen Hausflur und wartete, bis Voss die Tür hinter ihnen geschlossen hatte. »Jaja-jaja«, sagte Voss und glitt, die Pantoffeln geräuschlos über den Dielenboden ziehend, an Blacher vorbei, ohne ihn noch einmal anzusehen. Blacher folgte ihm und bemühte sich, dabei ebenfalls kaum ein Geräusch zu machen.

Der Eingangsbereich war höhlenhaft dunkel. Gefliester Terracottaboden. Von einer Stehlampe ging ein matter Schein aus. Auf einem Beistelltischchen sah Blacher mehrere Benachrichtigungskarten liegen, die Postboten in den Briefkasten werfen, wenn sie einen nicht angetroffen haben. An den Wänden holzgerahmte japanische Kalligraphien. Eine Treppe führte ins Obergeschoss, in dem es noch dunkler zu sein schien als im Parterre. Mehrere Türen, alle geschlossen. Es roch wie lange nicht gelüftet. Voss deutete auf ein kleines Regal, in dem ordentlich nebeneinandergereiht mehrere Filzpantoffeln standen, dasselbe graue Modell, das er selbst trug. Blacher, froh, an diesem Morgen frische Strümpfe angezogen zu haben, entledigte sich rasch seiner Straßenschuhe und schlüpfte in ein Paar Pantoffeln, das ihm viel zu groß war, doch die anderen Paare sahen nicht kleiner aus. In den Filzschonern fühlte er sich plötzlich all seiner Zuversicht beraubt. Voss, der ihn während des Schuhwechsels nicht aus den Augen gelassen hatte, murmelte etwas, wovon

Blacher nur das Wort »Arbeitszimmer« verstand, glitt langsam, aber nicht ohne Grazie durch den Flur und öffnete die gegenüberliegende Tür. Blacher folgte ihm in höflichem Abstand.

Im Inneren stoppte ein roter Teppich Voss' Gleitschritt, und er bewegte seine Füße nun in normalen Schritten vorwärts. Der Raum wurde von meterhohen Bücherregalen dominiert, es roch nach einer Mischung aus Staub und Marzipan. Große Fenster gingen auf Blautannen, mehr war unter den halb heruntergelassenen Jalousien nicht zu sehen. An den Wänden hingen gerahmte Schwarz-Weiß-Fotografien, die Herrmann Voss in seinen berühmtesten Theaterrollen zeigten. Blacher trat näher heran.

»Wann war das?«, fragte er und zeigte auf ein Foto. Voss antwortete nicht. »Ach, und hier ...« Blacher ging zum nächsten Foto. »Ist das ...?« Er drehte sich nach Voss um, doch der setzte sich gerade auf einen Ledersessel, der hinter dem Schreibtisch stand, und schien ihn nicht zu hören. »Gründgens«, sagte Blacher, »ach, und hier ...« Nachdem er das letzte Foto betrachtet hatte, das Voss in Strumpfhosen und offenem Hemd neben einer Frau mit geflochtenen Haaren zeigte, die vielleicht Maria Schell war, kam Blacher der mit dem Kinn gegebenen Aufforderung des Hausherrn nach, sich auf den ihm gegenüberliegenden Stuhl zu setzen, der um einiges tiefer war als der Sessel. Blacher musste an die Szene aus dem »Großen Diktator« denken, was ihn wiederum an das morgendliche Gespräch mit seiner Freundin denken ließ, schnell konzentrierte er sich auf seine direkte Umgebung.

Auf dem Schreibtisch stand allerlei Nippes, ein Tintenfass aus weißem Porzellan, ein Buddha aus Jade, eine Mondkugel, auf der sämtliche Krater und Gebirgszüge verzeichnet waren und die hätte leuchten können, wäre das Stromkabel nicht ausgesteckt und um ihren Sockel gewickelt gewesen. Ein altes Telefon, noch mit Wählscheibe. Unter einer Blumenvase entdeckte er ein ringgebundenes Buch. Die Blumen, Tulpen, waren welk und hatten die Mehrzahl ihrer Blütenblätter darauf abgeworfen, es konnte, musste aber nicht sein Drehbuch sein.

»Ich habe es nicht gelesen«, sagte Herrmann Voss, der seinem Blick gefolgt sein musste.

»Nein?«, sagte Blacher. Es war also sein Drehbuch.

»Ich habe die ersten Seiten gelesen«, verbesserte Voss sich.

»Ja?«

»Ich habe kein Wort verstanden.« Voss lehnte sich nach vorne, Ellbogen aufgestützt, und faltete die Hände wie zum Gebet.

»Nein?«, sagte Blacher leise. Voss antwortete nicht. Von draußen waren Schritte zu hören, dann klopfte es an der Tür.

Blacher, der sich bemüht hatte, alles über seinen Wunsch-Hauptdarsteller in Erfahrung zu bringen, hatte über dessen Privatleben wenig gefunden. Es hatte früh eine erste Ehe gegeben, die allerdings noch während der Nazizeit geschieden wurde, der Name der Frau, Esther, deutete einen unschönen Hintergrund an. Eine zweite Frau, während seiner großen Theaterzeit in Hamburg geehlicht, war in den späten achtziger Jahren gestorben, von Kindern war nirgends die Rede gewesen, und so hatte Blacher sich Voss als allein lebenden Witwer vorgestellt. Seine Idee, ihn zu besetzen, war ihm vor diesem Hintergrund als geradezu unendlich rührend erschienen, gab er doch einem einsamen alten Mann wieder Gelegenheit, mit Menschen zusammenzukommen, sich gebraucht, geliebt zu fühlen. Wer also mochte da klopfen? Eine Haushälterin? Ein Zivildienstleistender? Eine Nachbarin, die den Schlüssel hatte und ab und zu nach dem Rechten sah?

Voss sang sein »Herein«, eine sauber intonierte Quart. Einen Augenblick darauf erschien im Türspalt eine Frau mit asiatischen Gesichtszügen und langen schwarzen Haaren, die sie in der Mitte gescheitelt trug. »Nur herein, nicht so schüchtern«, rief Voss, auf einmal glänzend aufgelegt. Die Frau schob die Tür ganz auf und trat ein. »Ich will nicht stören, bin gleich wieder weg«. Ihr Deutsch war das einer Muttersprachlerin. Blacher schätzte sie auf Anfang dreißig, sein Alter also, genauso gut aber mochte sie jünger oder älter sein, jedoch keineswegs alt. Sie trug ein weites Leinenkleid und ein locker um den Hals geschlungenes Tuch, und war in Strümpfen, in den Händen hielt sie ein voll beladenes Tablett. Blacher beobachtete, wie Voss der Frau dabei zusah, wie sie die Speisen und Getränke gekonnt durchs Zimmer balancierte. Ein zärtlicher Ausdruck legte sich währenddessen über seine Gesichtszüge. Es dauerte, bis sie die zwei Gläser, zwei Tassen, eine Flasche Sprudelwasser, eine silberne Kaffeekanne mit dazu passendem Milchkännchen, Zucker, Süßstoff, Löffel und einen Teller mit Gebäck auf dem Schreibtisch arrangiert hatte, sie tat es so vorsichtig, dass die Blütenblätter sich nicht einmal bewegten. »Danke, mein Engel«, sagte Voss. Und zu Blacher gewandt: »Yoko, meine Frau. Und Ihren Namen habe ich vergessen, würden Sie ihn bitte freundlicherweise …« »Ruben Blacher«, sagte Blacher. Er hatte Mühe, die neue Information zu verarbeiten. »Blacher«, wiederholte Voss nickend, »Herr Blacher«. »Guten Tag, sehr erfreut«, sagte die Frau, die Voss' Ehefrau war. Blacher wollte aufstehen, um ihr die Hand zu geben, stieß jedoch in der Aufregung heftig mit dem Knie gegen die Tischkante, was so wehtat, dass er sich wieder setzte. »Haben Sie sich wehgetan?« Frau Voss sah ihn besorgt an. »Bitte, bleiben Sie sitzen.« Blacher lächelte verwirrt, ihm war eben etwas eingefallen. Er griff in seine Tasche, die er immer noch über der Schulter trug, zog sein Portemonnaie hervor und nahm eine Visitenkarte heraus. Diesmal zog er den Stuhl ein Stück zurück, bevor er aufstand, um sie Voss zu überreichen. Während er dies tat, hielt er den Kopf bescheiden gesenkt, bis ihm auffiel, dass er gerade eine japanische Sitte imitierte und er sich schnell wieder aufrichtete. Voss nahm die Karte und studierte sie kurz. »Ruben Blacher«, murmelte er. »Schön, schön«. Er zog eine Schublade auf und ließ die Karte darin verschwinden. Blacher setzte sich wieder. »Sie haben dieses schöne Drehbuch geschrieben«, sagte Frau Voss im Ton einer Feststellung. »Es hat meinem Mann gut gefallen.« Blacher sah zu Voss. Dem war nicht anzumerken, ob er zuvor gelogen hatte oder seine Frau es gerade tat. »Ach so?«, sagte Blacher. Keine Reaktion von Voss. »Also dann.« Mit diesen Worten verabschiedete sich Frau Voss, bewegte sich anmutig einige Schritte rückwärts in Richtung Tür, bis sie sich schließlich umdrehte und den Raum verließ. Die Männer schwiegen, bis sie die Tür hinter sich geschlossen hatte.

»Ich wusste gar nicht, dass Sie wieder geheiratet haben«, sagte Blacher und steckte sein Portemonnaie wieder in die Tasche. Voss ließ diese von Blacher sofort bereute Indiskretion unkommentiert und goss sich eine Tasse Kaffee ein, ohne seinem Gast etwas anzubieten, was vielleicht doch ein Kommentar war. Er ploppte zwei Süßstofftabletten aus dem Döschen und rührte um. Absolute Stille im Raum, kein Geräusch außer dem Löffel, der gegen das Porzellan pochte. Dann lehnte Voss sich in seinem Ledersessel zurück. »Also«, sagte er. »Erzählen Sie mir von sich. Wer sind Sie, was treibt Sie um?«

Blacher, überrascht: »Mich? Von mir?«

Keine Reaktion von Voss.

»Ja, was kann ich da erzählen ... Also, ich heiße ...«

Voss winkte ab.

»Also«, setzte Blacher neu an, »ich studiere seit vier Jahren Regie an der AFF, der Akademie für Film und Fernsehen. Ich komme ursprünglich aus München. Mein Vater war Inspizient an den Kammerspielen, vielleicht kennen Sie ...«

Voss hob abwehrend die Hand und deutete dann auf das unter Blütenblättern begrabene Drehbuch.

»Ja, also ...« Blacher setzte sich auf seinem Stuhl etwas weiter nach vorne. Erst jetzt nahm er die Ledertasche von der Schulter, wobei er mit dem Kopf unter dem Träger durchtauchen musste, eine Geste, die ihm ungeschickt und linkisch vorkam. »Sie haben es nicht gelesen?«, vergewisserte er sich nochmals, nachdem er die Tasche auf den Knien zurechtgerutscht und den Riemen geschlossen hatte.

In Voss' Gesicht regte sich nichts.

»Also ...«, sagte Blacher. »Hm ... Wie fange ich am besten an ... Ich erzähle es einfach noch mal ganz, ja? Es ist ein Einpersonen-Stück.« Voss' Blick irritierte ihn, und er sprach lauter weiter. »Ein Einpersonen-Stück. Es handelt von einem Mann, von einem älteren Mann, der alleine lebt und relativ einsam ist. Um nicht zu sagen verdammt einsam. Er hat keine Freunde, keine Bekannten, jedenfalls tauchen keine auf, vielleicht sind alle schon gestorben, das bleibt offen. Auf jeden Fall entwickelt er im Laufe des Films eine Beziehung zu den Geräuschen, die er aus der Wohnung über ihm hört.«

Strenger Blick von Voss.

»Der Mann wohnt in einem Mehrparteien-Mietshaus. Die Stadt ist egal, es kann Berlin sein. Er kennt seine Nachbarn nicht, weiß nicht, wer über ihm wohnt. Aber er weiß, dass dort jemand wohnt. Denn er hört, wann diese Person aufsteht. Er hört, wann sie in der Wohnung herumläuft. Und auch, wann sie zu Bett geht. Und er entwickelt eine Beziehung... Wie ja bereits gesagt.«

Leises Knurren von Voss.

»Soll ich weiter...? Oder reicht das erst mal?«

»Es ist immer schlecht, wenn der Schauplatz nicht geklärt ist.« Voss' Tonfall tendierte ins Ungehaltene. »Je genauer, desto besser. Schon Shakespeare wusste das.«

»Ja? Aber...« Sehr strenger Blick von Voss.

»Gut, Sie haben bestimmt recht. Also sagen wir, es spielt sicher in Berlin.«

»Das Wort Beziehung...«

»Ja«, sagte Blacher schnell, »das ist eben die Herausforderung an den Schauspieler – glaubhaft eine Beziehung darzustellen zu keinem richtigen Gegenüber. Also, der Mann beginnt zum Beispiel, mit den Geräuschen zu sprechen. Er sagt Guten Morgen, wenn er sie morgens hört. Und am Abend Gute Nacht.« Voss unterdrückte ein Gähnen und Blacher sprach schnell weiter. »Billy Wilder hat einmal gesagt, im Film brauche man für Monologe immer jemanden zum Ansprechen, ein Gegenüber. Ich weiß nicht, ob Sie seinen Film über Lindberghs Atlantiküberquerung kennen, ›The Spirit of St. Louis‹?«

Weder ein Nicken noch ein Kopfschütteln von Voss.

»Mit James Stewart als Charles Lindbergh? Der Film ist von... Also theoretisch könnten Sie den...« Nun immerhin ein Stirnrunzeln. »Und...« Blacher machte eine kurze Pause. »Jetzt hab ich den Faden verloren.«

Voss schüttelte langsam den Kopf.

»Wenn ich etwas ganz Persönliches sagen darf«, sagte Blacher, »ich hoffe, das klingt nicht kitschig, aber ich habe den Film mit Ihnen im Kopf geschrieben. Sie sind meine absolute Traumbesetzung. Es wäre mir nicht nur eine ungeheure Ehre ...«

Zischlaut von Voss.

Einen Moment sagten beide nichts, dann sprach Blacher weiter. »Es gibt heute nicht mehr so viele Schauspieler Ihres Formats.« Er sagte es vorsichtig, tastend. »Ich wüsste gar nicht, wer sonst ... Wenn Sie in meinem Film spielen könnten, das wäre, das wäre, was soll ich sagen, das wäre einfach großartig und fantastisch und bombastisch und das Allerallerbeste, was mir passieren könnte.« Nun hatte er sich wieder gefangen und sprach fast unbefangen. »Ich habe Sie ja leider nie im Theater gesehen, aber ich habe Videos gesehen und natürlich alle Ihre Filme. Herr Voss ...«

Der trank gerade von seinem Kaffee und sah nicht von der Tasse auf.

»Wenn Sie einem kleinen unbekannten Studenten die Ehre erweisen würden, in seinem Film mitzuspielen ... Ich weiß, das könnte etwas ganz Großes werden. Ich will mich nicht selber loben, aber ich weiß, dass die Geschichte gut ist. Da steckt viel drin. Da geht's um Einsamkeit, um Altwerden, um Hoffnung, das ist eine ganz zärtliche, leise Liebesgeschichte, die sich natürlich nur in der Vorstellung des Mannes abspielt, aber das macht ja nichts, jede Liebe ist schließlich zu einem Großteil Projektion ...«

Voss stellte die Tasse ab und räusperte sich. Es klang drohend.

Blacher fuhr etwas kleinlauter fort. »Liebe besteht doch oft vor allem daraus, was man im anderen sieht, oder auch was man denkt, dass der andere in einem sieht ... Es verlieben sich, liest man doch immer wieder, Frauen in Männer, die im Gefängnis sitzen und die sie noch nie gesehen haben. Oder Stalker…«

Sehr, sehr strenger Blick jetzt von Voss. »Na, jedenfalls erzählt mein Film auch eine Liebesgeschichte. Die von einem al…, einem älteren Mann zu einem von ihm imaginierten Gegenüber, von dem er nur Geräusche hört. Aber schon das hilft ihm. Er ist dadurch weniger einsam. Das Ganze ist auch, ich will nicht zu vollmundig klingen, aber es ist schon auch eine Abrechnung mit der Anonymität, die in unseren Großstädten heute herrscht. Auch damit, wie mit alten Menschen heute…«

»Das Ende hat mir nicht gefallen«, unterbrach ihn Voss.

Blacher, überrascht: »Also haben Sie es doch…«

»Warum muss der Mann sterben? Eine solch dünne Geschichte braucht ein starkes Ende. Ihre hat kein starkes Ende.«

»Finden Sie nicht?«

»Nein.«

Blacher, nun sehr verunsichert. »Ich finde das Ende ehrlich gesagt gar nicht so schwach«, sagte er leise. »Eines Tages verstummen die Geräusche aus der Nachbarwohnung, und kurze Zeit darauf stirbt der alte Mann. Das ist doch ein starkes Ende. Es ist radikal und konsequent. Und auch stimmig in der inneren Logik?« Beim letzten Satz ging er wieder mit der Stimme hoch.

Voss räusperte sich.

Blacher, inzwischen weit vorne auf seiner Stuhlkante sitzend, stützte sich kurz mit dem Arm auf dem Schreibtisch ab, dann nahm er ihn wieder herunter und kratzte sich stattdessen am Hals. »Über den Schluss könnten wir ja noch reden, da könnte man bestimmt, da würden wir sicher – aber könnten Sie sich denn vorstellen, die Rolle zu spielen?«

Voss nahm die Blumenvase vom Drehbuch, wofür er beide Hände brauchte, da es sich dabei um massives Glas handelte, und fegte die Blütenblätter mit der Handkante vom Deckblatt. Er zog das Begleitschreiben ab, in dem Blacher in stimmungsvollen Worten versucht hatte, ihn für sein Projekt zu begeistern und das noch genauso am Umschlag steckte, wie er es vor Wochen befestigt hatte, und sah lange auf das Deckblatt. »Was bedeutet der Titel?«, fragte er schließlich.

»Ja, das ...«

»Warum Englisch? Spielt der Film in England? Sie sagten Berlin. Ich verstehe das nicht. Was soll das? Der Text ist auf Deutsch. Der Spielort ist Berlin, wie Sie sagen. Was also hat dieser Titel zu bedeuten?« Voss klang ungehalten.

»You remind me of a friend I never had«, sagte Blacher, »das bedeutet: Du erinnerst mich an ...«

»Das Englische ist mir geläufig«, unterbrach Voss ihn scharf. »Aber: Was bedeutet es?« Er sprach das Verb gespreizt aus.

»Ich dachte, das versteht man«, sagte Blacher, der bereits von zwei seiner Professoren darauf hingewiesen worden war, dass ein englischer Titel deutsche Zuschauer abschrecke und der dennoch daran festhalten wollte, einen größeren, internationalen Markt im Kopf. »Damit sind die Projektionen gemeint, die ...« »Was hat es zu bedeuten, dass der Titel auf Englisch ist? Ist das modern? Macht man das heute so? Oder ist das nur ein ...« Voss verzog plötzlich schmerzverzerrt das Gesicht.

»Herr Voss?«

Er gab ein lautes Stöhnen von sich und griff sich mit einer Hand ans Herz.

»Ist alles in Ordnung?«

Alle Farbe war aus seinem Gesicht gewichen, er hatte die Augen geschlossen und lehnte sich in seinem Sessel zurück. Mit einem Mal sah er aus wie seine eigene Totenmaske.

»Herr Voss? Geht es Ihnen nicht gut?«

Der Alte regte sich nicht. Aber er atmete noch, die Strickjacke hob und senkte sich leicht, wie Blacher erleichtert sah. Er spielte mit dem Gedanken hinauszulaufen und Voss' Frau zu holen, war kurz davor, den Stuhl zurückzuziehen und aufzuspringen, als Voss die Augen wieder öffnete. »Ein Spiel?«

»Ein Spiel?« Blacher war verwirrt.

»Der Titel.«

»Ach.«

Pause.

Voss: »Der Titel.«

»Ja.«

Blacher kämpfte gegen den Impuls, in Tränen auszubrechen, ein Gefühl, das er seit seiner Schulzeit nicht mehr gekannt hatte.

»Ist das eine neumodische Spielerei? Oder ist mir Wesentliches entgangen? Mag sein, dass ich etwas überlesen …«

»Nein, nein. Natürlich kann man über den Titel noch nachdenken, ich nehme Ihren Einwand da natürlich ernst.« Blachers Blick, soeben ermattet zu Boden gesenkt, war auf einen kleinen gelben Fleck auf seinem Hemd gefallen, gleich unter dem Kragen, vermutlich Eigelb, reglos verharrte er auf seiner Stuhlkante. Voss, der seinen Schwächeanfall überraschend schnell verwunden hatte, begann, in dem Drehbuch zu blättern, las sich irgendwo fest, las eine Seite, noch eine, noch eine, wobei er das Werk auf Armlänge entfernt von seinen Augen hielt, er las in einem ruhigen Tempo, und ihm war nicht anzusehen, wie er das Gelesene fand. »Natürlich kann man über den Titel noch nachdenken«, sagte Blacher irgendwann in die Stille, den Versuch, den Fleck mit dem Fingernagel abzukratzen, hatte er aufgegeben. »Ich fand nur, auf Deutsch klingt es nicht so schön.

Du erinnerst mich an einen Freund, den ich nie hatte. Ich weiß nicht. Es klingt auf Deutsch gleich so bedeutungsschwer. Oder Sie? *Sie* erinnern mich an einen Freund? Vielleicht müsste man den Film dann gleich ganz anders nennen ...« Voss, der immer noch las, stieß plötzlich ein »Ha!« aus und nahm weiterlesend den Zeigefinger zu Hilfe, mit dem er die Zeilen entlangfuhr, die er gerade las. Einmal lachte er kurz auf und schüttelte den Kopf. Blacher konnte nicht erkennen, auf welcher Seite Voss gerade war, denn dafür hielt dieser das Buch zu steil. Nachdem er ihm noch eine weitere Seite beim Lesen zugesehen hatte, bat er Voss leise, ihn zu entschuldigen, und erhob sich von seinem Stuhl. Erst jetzt fiel ihm wieder ein, dass er Filzpantoffeln trug. Sie waren inzwischen körperwarm. Er schlüpfte tiefer in sie hinein, um sie im Gehen nicht zu verlieren, und durchquerte dann zügig den Raum.

Nachdem das Gefühl von Erleichterung wieder verflogen war, das ihn nach dem Schließen der Tür ergriffen hatte, kam ihm zum ersten Mal der Zweifel, ob sich das Projekt mit Voss überhaupt durchführen ließ. Dieser schien sich keineswegs so darüber zu freuen, gefragt worden zu sein, wie Blacher es sich ausgemalt hatte, er schien sich im Gegenteil beinahe gestört zu fühlen. Und vollkommen gesund schien er auch nicht zu sein. Sein Blick fiel auf die gerahmten Kalligraphien. Was um Himmels willen mochte diese Yoko dazu bewogen haben, sich in Berlin-Steglitz mit einem Hundertjährigen zurückzuziehen? Ob Herrmann Voss in Japan ein großer Name war? Wenn sie überhaupt Japanerin war, korrigierte er sich, da ihr Deutsch klang, als sei sie hier aufgewachsen. Ob Voss wohlhabend war, ihr ein schönes Leben bieten konnte? In Steglitz? Den Kopf voller Fragen durchquerte Blacher den Flur. Aus der Küche, deren Tür nur angelehnt war, war das Klappern von Geschirr zu hören. Blacher lief leise vorbei, die Pantoffeln nun exakt so über den Boden ziehend, wie er es zuvor beim Hausherrn gesehen hatte. Er öffnete eine Tür, hinter der er die Toilette vermutete, wie sich herausstellte zu Recht, und verschwand dahinter.

Als er wieder hinaus in den Flur trat, war der gelbe Fleck auf seinem Hemd deutlich dunkler als vorher und von einem großflächigen Wasserrand umgeben. Die Tür zur Küche war nun geschlossen. Plötzlich war aus dem Arbeitszimmer ein dumpfes Geräusch zu hören. Es klang, als wäre etwas Schweres zu Boden gefallen.

Blacher eilte zur Tür, so schnell es die Pantoffeln zuließen. Er fand Voss neben dem Schreibtisch gebückt, die leere Blumenvase in Händen. Die Tulpenstängel lagen auf dem Teppichboden verteilt, auf dem sich ein dunkler Wasserfleck abzeichnete. Blacher eilte zu ihm, doch der Alte verwehrte ihm seine Hand und richtete sich alleine auf, wobei er sich auf der Schreibtischplatte abstützte und zu schnaufen begann. »Ein Missgeschick«, sagte er knapp und stellte die leere Vase zurück auf den Schreibtisch. Er machte keinerlei Anstalten, sich hinzusetzen, also blieb auch Blacher stehen. »Nun denn«, sagte Voss und streckte Blacher, der in diesem Moment keineswegs in Reichweite stand, eine Hand entgegen. »Rufen Sie bitte morgen Vormittag an.« »Heißt das?«, fragte Blacher im Näherkommen. »Jaja«, knurrte Voss. »Dann ist das also…?« Die Hand des Alten fühlte sich jetzt noch wächserner und kälter an als zuvor. »Die Termine koordinieren Sie bitte telefonisch mit meiner Frau«, sagte Voss. Seinem Gesichtsausdruck nach hätte er ihm soeben genauso gut eine Absage erteilen können, doch seine Worte ließen keinen Zweifel zu. Herrmann Voss würde also, sollte ihn, was Gott verhüten möge, kein Herzschlag ereilen, in seinem, Blachers Film mitspielen. Blacher fühlte sich, als hätte er gerade eine Schulnote mitgeteilt bekommen, von der er wusste, dass sie nur ein Irrtum sein konnte.

»Sie sagen also zu? Ganz sicher?«, fragte er vorsichtig.

»Ihre Tasche«, sagte Voss.

»Meine Tasche«, sagte Blacher und lief schnell, bevor der Alte es sich anders überlegen könnte, um den Schreibtisch und nahm seine Tasche vom Stuhl. Auf einmal fühlte er sich in den Pantoffeln eigentlich ganz wohl. »Herr Voss, ich freue mich so. Das ist unglaublich. Herrmann Voss spielt in meinem Film, ich fasse es nicht, das ist einfach großartig.« Es kam noch immer kein Widerspruch. »Und wegen dem Titel überlege ich gerne noch mal!« »Des«, bellte Voss.

Da Voss keine Anstalten machte, ihn zur Tür zu begleiten, sondern neben seinem Schreibtisch stehen blieb, als wäre er dort angeschraubt, winkte ihm Blacher nur noch einmal zu, was erwartungsgemäß unerwidert blieb.

Die Tür zur Küche stand jetzt weit offen, sie schien leer zu sein, vorsichtshalber fragte er dennoch: »Frau Voss?« Keine Antwort, er wagte einen Schritt hinein. Auf dem Tisch lag aufgeschlagen eine Berliner Boulevardzeitung, ein Teller mit einem angebissenen Butterbrot daneben. Die Einbauschränke schienen aus den siebziger Jahren zu sein, ihr Weiß längst vergilbt, dasselbe galt für die Kaffeemaschine, deren Rot ausgeblichen war. Der Kühlschrank schien dagegen neu, ein großes, silberfarbenes Modell, an dem mit Magneten ein paar Fotos befestigt waren. Blacher ging näher heran. Auf allen war, wie es aussah, dieselbe Person zu sehen, eine junge Frau mit leicht asiatischen Gesichtszügen und dunklen Locken. Auf einem Foto stand sie neben einem geschmückten Weihnachtsbaum und lachte, ein Geschenkband um die Stirn gewickelt, in die Kamera; andere Aufnahmen zeigten sie in Yogaposen. Eine dicke Fliege schlug laut krachend von innen gegen das Fenster, und Blacher hatte es plötzlich eilig, das Haus zu verlassen. Gerade noch rechtzeitig fiel ihm ein, die Schuhe wieder zu wechseln. Seine eigenen kamen ihm auf einmal schwer und klobig vor. Er sah sich noch einmal um, dann schlüpfte er leise durch die Haustür.

Mit beschwingten Schritten machte er sich auf den Rückweg. Die drei Treppenstufen nahm er in einem Satz, im Handumdrehen hatte er das Gartentor passiert. Fünfzig Meter geradeaus, einmal links, zweimal rechts, zurück ging es viel schneller. Als das grüne S-Bahn-Schild in sein Blickfeld kam, griff er in seine Tasche, um schon einmal das Kleingeld für die Fahrkarte zusammenzusuchen. Doch sein Portemonnaie war nicht am vermuteten Platz. Er griff nach links, griff nach rechts, das Portemonnaie war nicht da. Er nahm die Tasche von der Schulter, kniete sich neben ihr auf den Bürgersteig und begann, Gegenstand für Gegenstand herauszunehmen. Eine neue Fassung des Drehbuchs, die er, wie ihm jetzt auffiel, Voss zu geben vergessen hatte (egal, er würde sie ihm zuschicken); ein Füllfederhalter ohne Kappe; eine Kugelschreiberkappe ohne Kugelschreiber; eine benutzte Eintrittskarte fürs Freibad; ein Mäppchen, in dem Stifte sein sollten, das aber leer war; sein Telefon; ein geschmolzenes und wieder hart gewordenes Schokoladen-Osterei, das inzwischen die Form eines Fladens angenommen hatte und an der Rückseite eines Notizbuchs klebte, in dessen Ringbindung sich sein Schlüssel verfangen hatte. Alles da. Nur das Portemonnaie fehlte. Er stand auf und dachte nach. Wann hatte er es zuletzt gesehen? Nachdem er die Visitenkarten herausgenommen hatte,

hatte er es wieder in die Tasche gesteckt, daran erinnerte er sich, und später hatte er die Tasche nicht mehr geöffnet. Er bückte sich über die Gegenstände und hob einen nach dem anderen an, blätterte Seiten durch, schüttete das Mäppchen aus: nichts. Noch einmal klopfte er seine Hosentaschen ab, fasste hinein, sogar in die kleinen Vordertaschen: nichts. Wieder und wieder ging er in Gedanken durch, wie er das Portemonnaie in seine Tasche zurückgesteckt hatte, wie er die Tasche dann wieder auf den Boden gestellt und sie zuletzt wieder an sich genommen hatte, ohne sie nochmals abzusetzen, und wenn etwas herausgefallen wäre, hätte er das doch gemerkt, zumal sein Portemonnaie wegen all der Zettelchen und Rechnungen, die darin steckten, ziemlich dick war. Er meinte sich außerdem erinnern zu können, den Riemen der Tasche geschlossen zu haben, nachdem er das Portemonnaie wieder darin verstaut hatte. Er räumte alles wieder in die Tasche zurück und ging noch einmal zurück. Er nahm denselben Weg, den er eben gekommen war, er ging jetzt langsam, den Blick auf den Bürgersteig gerichtet.

Dieses Mal wurde die Tür gleich geöffnet, im Nachhinein wollte es ihm vorkommen, als hätte Frau Voss hinter der Tür stehend schon auf sein Klingeln gewartet, so schnell hatte sie aufgemacht. »Ja bitte?« Ihr war nicht anzusehen, ob sie ihn wiedererkannte. Er brachte sein Anliegen vor. Ob es wohl sein könne, dass er sein Portemonnaie vergessen habe, er sei ja gerade bei ihnen gewesen, und … »Bitte warten Sie einen Augenblick«, unterbrach sie ihn und zog die Tür hinter sich zu. Sie blieb lange fort. Als sie die Tür wieder öffnete, lag auf ihrem Gesicht ein Ausdruck tiefen Bedauerns. »Leider, bei uns ist nichts liegen geblieben«, sagte sie. »Nein?« »Nein.« »Sicher nicht?« »Nein, wir haben überall nachgesehen.« »Darf ich noch mal kurz rein-

kommen?«, fragte Blacher. »Vielleicht ist es unter den Schreibtisch gerutscht, oder liegt auf dem Stuhl, auf dem ich gesessen
habe, oder ist hinten in die Ritze...?« Frau Voss lächelte. »Leider
nein.« Sie schüttelte den Kopf. »Wir haben wirklich überall gesucht. Es ist nichts liegen geblieben.« Blacher wollte insistieren,
aber irgendetwas an ihrem Blick hielt ihn zurück. »Ja, dann...«
Sie schien nichts mehr sagen zu wollen. »Dann entschuldigen
Sie bitte die Störung. Ich rufe Sie dann morgen an, ja?« Aber
Frau Voss war schon im Haus verschwunden.

DIE PRAKTIKANTIN

Angie hatte große Brüste, viel größere, als man annehmen würde, wenn man ihre zierliche Gestalt von hinten sah, und sie hingen ein bisschen, nicht viel, gerade eben so, dass es den Männern gefiel. »Siebziger Jahre Modell« sagte sie selbst dazu, und auch das schien den Männern zu gefallen. Sie hatte ein rundes, ausdrucksloses Gesicht, aschblonde, schulterlange Haare und obwohl sie sich sogar meistens extra nicht körperbetont anzog, hatte sie irgendetwas an sich, das Frauen feindselig auf sie reagieren ließ. Irgendwann hatte Angie beschlossen, sich einfach nichts daraus zu machen. Männer waren in dem Beruf, den sie zu ergreifen beschlossen hatte, sowieso mächtiger. Und praktischerweise gab es da von ihnen auch viel mehr.

Dies war jetzt ihr viertes Praktikum, und wann immer sie in eine neue Redaktion kam, veränderte sie sich. Als sie bei einem Stadtmagazin war, hatte sie auf ihre Jugend gesetzt, war viel ausgegangen, hatte sich, was Musik anging, auf den neuesten Stand gebracht, und es so zu einer eigenen kleinen Kolumne gebracht, schlecht bezahlt, aber mit Foto, immerhin. Im Feuilleton einer Sonntagszeitung hatte sie sich für Literatur interessiert, nachdem ihr klar geworden war, dass die Sparte Film, auf die sie spekuliert hatte, personell bereits überbesetzt war. Auf einmal trieb sie sich auf Lesungen herum, bevorzugt auf solchen, auf denen kein Redakteur sich je blicken ließ, setzte in Konferenzen eine Brille auf, die sie eigentlich nicht brauchte, und trug meistens schwarz. Während ihrer drei Monate beim Lokalteil einer großen Wochenzeitung hatte sie dann Theater als ungenügend besetzte Nische erkannt. Sie hatte angefangen, Stanislawski zu lesen, sich eine Orientierung über die laufenden Produktionen verschafft und selbst für obskure Off-Inszenierungen Pressekarten besorgt.

Seit zwei Wochen war sie beim Kulturteil einer auflagenstarken Tageszeitung, seit zwei Wochen interessierte sie sich für Kunst. Dass ihre Wahl darauf gefallen war, lag daran, dass sie dem dafür zuständigen Redakteur zu gefallen schien. Obwohl er erst Anfang 30 war, hieß er Herrmann, was auf ein freudloses Elternhaus schließen ließ. Seinem Aussehen nach war er Erfolg beim anderen Geschlecht nicht gewohnt, und das waren Angie die liebsten. Sie war begabt darin, sich in andere Menschen hineinzuversetzen, ihre Therapeutin vermutete, dass das daran lag, dass sie ein Scheidungskind war. Scheidungskinder lernen intuitiv zu erspüren, was dem Vater und was der Mutter gefällt, hatte sie ihr erklärt, es war noch gar nicht so lange her. Und dann hatte die Therapeutin sie mitfühlend angesehen und dieses traurig erworbene Talent zu einem Geschenk fürs Leben erklärt.

Bisher war Angie zweimal mit Herrmann im Bett gewesen, und zu ihrer Überraschung hatte er sich gar nicht mal so ungeschickt angestellt. Ihrer Traumvorstellung von Sex, die darin bestand, auf einer öffentlichen Toilette von hinten genommen zu werden und vom Mann dabei den Mund zugehalten zu bekommen, kam die Sache zwar nicht unbedingt nahe – beide

Male hatten sie es bei gelöschtem Licht in Herrmanns Bett getan, und auch erst beim zweiten Mal und nur ganz zum Schluss von hinten – aber er hatte sich als begabt in Cunnilingus herausgestellt. Schade nur, dass er Raucher war. Das brannte bei ihr immer so.

Wie bei allem im Leben sah sie auch in der Affäre mit Herrmann Krauße Pros und Contras. Dafür sprach, dass er sie mit immer wichtigeren Terminen betraute und ihr geduldig beim Umschreiben ihrer Texte half. Dagegen, dass er augenscheinlich drauf und dran war, sich in sie zu verlieben. Und das war ein Problem. Denn Angie hatte nicht vor, den Rest ihres Lebens oder auch nur des Praktikums ausschließlich lokale Theaterproduktionen zu rezensieren. Ihr schwebte Größeres vor, Themen von nationaler Reichweite, Essays, vielleicht sogar ein eigenes Buch. Sie hatte sich längst ausgeguckt, wer ihr bei den nächsten Schritten behilflich sein könnte: der Leiter der Kulturredaktion. Nur hatte sich dieser ihren Reizen gegenüber bislang unempfindlich gezeigt, obwohl sie partout nicht verstand, wieso. Selbst wenn sie ihm interessierte Fragen stellte, seine Artikel lobte oder ihn bei einem Text, bei dem sie angeblich nicht weiter wusste, um Hilfe bat – Herr Bartholomé schien in ihr nur eine Praktikantin zu sehen. Und das wurmte sie. Sehr.

Nachdem sie im Internet entdeckt hatte, dass Bartholomés Ehefrau blond war, ging sie zum Friseur und ließ sich die Haare aufhellen. Nicht so, dass es jemandem aufgefallen wäre, doch sie selbst nahm sich jetzt als Blondine wahr, und das war ja schon mal ein erster Schritt. Als zweite Maßnahme begann sie, ohne BH in die Redaktion zu gehen. Zwar waren ihre Oberteile immer noch formloser und bescheidener als das, was sie privat zum Ausgehen trug, doch wenn sie sich während der Konferenzen, zu denen sie jetzt immer sehr zeitig erschien, um sich einen Platz gegenüber der Redaktionsleitung zu sichern, wenn sie sich während der Konferenz also vorbeugte und blitzschnell wieder zurück, konnte sie ihre Brüste nachbeben spüren und an den Blicken der Männer, vor allem aber der Frauen im Raum ablesen, dass der Effekt auch sichtbar war. Nur Herr Bartholomé schien es nicht zu bemerken.

Weil sie noch nicht herausgefunden hatte, ob ihm stille oder ehrgeizige Praktikantinnen lieber waren, hatte sie sich lange irgendwo im Mittelfeld aufgehalten. Nun plante sie, ihm ein Thema vorzuschlagen, das nichts mit Kunst zu tun hatte, also nicht unter Herrmanns Betreuung fiel, mit der mutigen Prämisse, ob das nicht unter Umständen ein Aufmacher sei. An einem ansonsten stinklangweiligen Oktobertag klopfte sie an Bartholomés Tür.

»Ja bitte?«

»Herr Bartholomé, darf ich Sie kurz stören?«

»Das tun Sie doch schon.«

»Oh.«

»Jetzt kommen Sie schon hinein. Bin ich so furcherregend, oder was ist los?«

Sie wusste, dass ihm der Ruf vorauseilte, trotz seines oft polternden Tonfalls im Grunde ein gutmütiger Charakter zu sein. Daran hielt sie sich jetzt fest.

»Soll ich die Tür zumachen?«

»Das steht Ihnen vollkommen frei.«

Angie entschied, die Tür offen zu lassen, da war sie wieder, ihre Scheidungskind-Intuition. Unsicher näherte sie sich seinem Schreibtisch. Bartholomé hatte ein kleines, gut geschnittenes Gesicht, das immer verdächtig gebräunt war, seine vollen ergrauten Haare waren so lang, dass er sich oft ordnend mit der Hand hindurchfuhr, was vor allem geschah, wenn er über sich sprach. Seine frisch gebügelten, weißen Hemden trug er stets ein bis zwei Knöpfe weiter offen, als man es von einem Mann seiner Position erwarten würde, er war sehr groß. Der Typ Mann, dem ein Hermelinmantel stehen würde. An diesem Tag, der kühl war, trug er über seinem Hemd ein braunes Tweed-Jackett.

Als Angie nahe genug an ihn herangekommen war, um sein nach Lavendel duftendes Eau de Cologne wahrnehmen zu können, sah Bartholomé von dem Schriftstück auf, das er gerade las, rollte seinen Bürostuhl ein paar Zentimeter nach hinten und lehnte sich an, wobei die Rückenlehne ergonomisch nach hinten kippte. »Irgendwelche Probleme?«, sagte er und verschränkte die Arme hinter dem Kopf. »Beschwerden, Anregungen, Ideen, was kann ich für Sie tun?«

Vor seinem Schreibtisch stand für Besucher ein Stuhl bereit, doch Angie wagte es nicht, sich zu setzen, und von Bartholomé kam keine Aufforderung dazu. Sie selbst trug an diesem Tag ein weißes Hemd zu schwarzen Hosen und flachen schwarzen Schuhen und fühlte sich ein wenig wie in ihrem Lieblingsfilm »Die unerträgliche Leichtigkeit des Seins«, es fehlte nur der Hut. Auf den BH zu verzichten, hatte sie wieder aufgegeben, da die Nachteile deutlich überwogen hatten.

»Ich habe vielleicht eine Idee für ein Thema …«, sagte sie.

»Ein Thema ist ein Thema«, sagte Bartholomé fröhlich. »Wenn es nur vielleicht ein Thema ist, oder, noch schlechter, vielleicht eine Idee zu einem Thema, dann ist es mit Sicherheit keins.«

»Ich habe vielleicht ein Thema«, sagte Angie. »Nicht vielleicht«, verbesserte sie sich, »ein Thema. Ich habe möglicherweise ein Thema«, sagte sie.

Bartholomé nahm seine Beine hoch und legte sie quer über den Tisch.

»Nicht dran stören«, sagte er, »sind frisch gewaschen.« Seine Schuhe glänzten wie neu.

»Zufällig habe ich erfahren, dass Liza Minnelli heute Abend ein Geheimkonzert in Berlin gibt.«

»Die gute Liza«, seufzte Bartholomé, »lebt sie denn noch?«

»Ich habe von dem Konzert über Twitter erfahren«, sagte Angie.

Wie zu erwarten, war Bartholomé sofort hellwach.

»So, twittern die das.« Sein Stuhl wippte unter der Bewegung, als er die Füße wieder vom Schreibtisch nahm. »Was twittern die denn da so?«

In Wahrheit hatte Angie ganz normal aus der Stadtzeitung von diesem Konzert erfahren, doch sie wusste, wie elektrisierend die digitalen Kommunikationswege immer noch auf Menschen der Generation ihrer Eltern wirkten.

»Die tweeten, dass Liza Minnelli heute Abend in Berlin ein Geheim…«

Bartholomé winkte ab, er hatte auffällig kleine, gepflegte Hände.

»Und dass es eben sehr exklusiv ist. Ich glaube nicht, dass da viele Journalisten sind. Und deshalb…«

»Journalisten sind nicht auf Twitter, meinen Sie?«

»Ich meine, es ist eben irgendwie geheim.«

»Aber Sie wissen davon.«

»Ja.«

»Und nur Sie.«

»Wahrscheinlich nicht, nein.«

»Ich weiß nicht, was genau Sie unter geheim verstehen, Frau Ritter, aber Sie haben recht, das klingt nicht uninteressant.«

Was für eine überraschende Wendung das Gespräch genommen hatte: er kannte ihren Namen. Sie musste sich Mühe geben, nicht zu lächeln.

»Soll ich darüber also schreiben?«

»Gemach, gemach. Nun gehen Sie doch einfach erst mal hin und dann werden Sie schon sehen, ob es ein Thema ist.«

»Ja.«

»Ich meine, wenn Liza Minnelli noch lebt, wird es ja nicht das einzige Konzert sein, das sie gibt.«

»Okay. Aber sie gibt nur ein Konzert in …«

»Anders sieht die Sache natürlich aus, wenn es ihr letztes ist.« Sein Lachen klang wie eine Drohung.

»Okay.«

»Na dann viel Spaß beim Geheimkonzert.«

Er sah aus, als könne sie jetzt gehen.

»Danke.«

»Mit allen Ihren Twitterfreunden.«

Sein Gelächter geleitete sie zur Tür hinaus, die sie leise hinter sich schloss.

Sie war kaum ein paar Schritte weit, als sie ihn ihren Namen rufen hörte. Eilig lief sie zurück und öffnete wieder die Tür.

»Ja?«

»Ich war immer ein großer Fan von ›Cabaret‹. Besorgen Sie mir doch bitte auch eine Karte, ja?«

»Okay, mache ich.«

»Schön.« Er vertiefte sich wieder in seine Lektüre, und sie zog erneut die Tür hinter sich zu.

Mit klopfendem Herzen ging Angie zurück in das Büro, das ihr die Sekretärin für diesen Tag zugewiesen hatte (sie musste immer bis nach der Konferenz abwarten, welcher Redakteursstuhl frei blieb). Nun hatte sie mehrere Probleme. Die nächsten Stunden verbrachte sie damit, verschiedene Pläne zu ersinnen und wieder zu verwerfen.

Als Herrmann kurz vor eins in ihr Zimmer kam, um sie zum gemeinsamen Mittagessen abzuholen, das immer mehr die Regel zu werden schien, setzte sie einen leidenden Gesichtsausdruck auf. »Was ist denn, geht's dir nicht gut?«, fragte er. »Doch, doch«, sagte sie in einem Ton, den sie sich von ihrer Mutter abgeguckt hatte und der tapfer klang, ohne das darunterliegende Leiden auch nur im Ansatz zu kaschieren. Nachdem er sich vergewissert hatte, dass gerade niemand den Gang entlangkam, umarmte er sie rasch und gab ihr einen Kuss, den sie mit geschlossenen Lippen entgegennahm. »Wirklich alles in Ordnung?«, fragte er. Sie nickte, während sie sich von ihm in ihre Jacke helfen ließ.

Ihr war nicht entgangen, dass Herrmann sich mit seiner Kleidung neuerdings Mühe gab. Hatte sie ihn früher, bevor sie sich persönlich kannten, auf Lesungen oder Konzerten meistens in Cordhosen und schlabberigen Wollpullovern gesehen, immer ganz hinten, ein Bier in der Hand, trug er seit ein paar Tagen eine neue, recht gut sitzende Jeans, und unter seinem Pullover spitzte ein Hemdkragen hervor. Er roch auch anders, Angie nahm an, dass es ein Haarprodukt war. Er war weder besonders groß noch schlank, hatte fast mädchenhaft weiche Gesichtszüge, an denen das einzig herausragende seine Nase war, die aussah, als wäre sie für einen anderen Menschen gedacht. Seine Augen blickten immer ein bisschen traurig, vor allem wenn er lächelte, aber seine Haare fassten sich seidig an, er duschte täglich, war am Körper kaum behaart, und Angie fand seine Hände schön, vor allem die Fingernägel, die die ganze Breite der Kuppen bedeckten.

Wenig später saßen sie in einem Sushi-Restaurant, das außer von Journalisten hauptsächlich von japanischen Touristen besucht und deshalb von den Journalisten für gut gehalten wurde, und Angie pustete lange in ihren grünen Tee. »Du hast so schöne Haut«, sagte Herrmann, der sie nicht aus den Augen ließ. »Danke.« »Und so tolle Zähne.« »Danke.« Da das Essen auf sich warten ließ, machte er sich schon mal über die eingelegten Ingwerscheiben her, die in einem Lackgefäß auf dem Tisch bereitstanden. Angie wartete, bis er ausgehustet hatte. »Hast du zufällig die Karten für heute Abend dabei?« »Ja, warum?« »Zeig mal.« Er sah sie verwundert an, zog aber sein Portemonnaie hervor und legte die Karten vor sie auf den Tisch. »Kann ich die nehmen?«, fragte sie. »Klar«, sagte er zögernd, »warum?« »Damit ich auch sicher sein kann, dass du kommst«, sagte sie. Seine Augenwinkel zogen sich zu einem Lächeln herab. »Du bist süß«, sagte er. Sie machte eine Grimasse, und er fasste ihr unter dem Tisch mit der Hand aufs Knie.

Eine knappe Stunde vor Konzertbeginn rief Angie bei Herrmann an. Glücklicherweise ging er sofort dran. »Hallo?« »Ich bin's.« »Ach du bist's, hast du Rufnummer unterdrückt?« »Ich rufe vom Festnetz an.« »Ach so.« »Du?« »Ja?« »Mir ist irgendwie nicht gut.« »Nein?« »Nee.« »Was hast du denn?« »Ich weiß auch nicht.« »Hm.« »Bauchschmerzen.« »Oh je. Schlimm?« »Total. Ich fürchte, ich kann nicht zum Konzert.« »Echt, oh je.« »Ja, so schade.« »So schlimm?« »Hm, hm.« »Soll ich vorbeikommen?« »Hm, ich weiß nicht. Musst du nicht.« »Würde ich aber.« »Echt? Musst du aber wirklich nicht.« »Aber mache ich gern, wenn's dir schlecht geht.« »Ich weiß nicht. Ja, vielleicht. Echt?« »Klar. Wo wohnst du noch mal genau?« Sie nannte ihm die Adresse. »Aber dann verpasst du ja Liza Minnelli.« Er sagte, dass ihm das vollkommen egal sei, und dass er sich sofort zu ihr auf den Weg machen würde, woraufhin sie ihn bat, in frühestens einer Stunde loszufahren, sie wolle sich noch mal hinlegen und ein bisschen schlafen, was er natürlich verstand.

Nachdem sie aufgelegt hatte, wickelte sich Angie das Handtuch vom Kopf und föhnte sich die Haare. Anschließend legte sie ein wenig Rouge und Lipgloss auf, tuschte die Wimpern und tupfte sich Chanel No. 5 auf Ohrläppchen und Handgelenke. Vorsichtshalber gab sie noch einen Tropfen auf die Schamhaare, die sie sich, seit sie beim Kulturteil war, wieder stehen ließ. Dann schlüpfte sie in ein Kleid, das für die Temperaturen zu dünn war, ihr aber schon viele Komplimente eingebracht hatte. Nach langem Überlegen entschied sie sich für Schuhe mit extrem hohen Absätzen. (Dagegen sprach, dass sie den beabsichtigten unschuldigen Eindruck des Kleides zunichtemachten; dafür, dass sie toll aussahen und auf Kommunikationsebene praktische Dienste leisten würden, denn Herr Bartholomé war ja sehr groß.) Sie legte sich den blasslila Paschmina-Schal um die Schultern, den sie preiswert auf Ebay erstanden hatte und der ihr für den Abend passender erschien als eine Jacke.

Ihre finanziellen Möglichkeiten eigentlich übersteigend, leistete sie sich ein Taxi zu dem Club in Schöneberg, in dem Liza Minnelli auftreten würde, denn sie wollte den Moment, an dem ihre Füße zu schmerzen begannen, möglichst lange hinauszögern. Sie hatte Herrn Bartholomé eine knappe Mail mit dem Inhalt geschickt, dass sie eine Karte für ihn habe auftreiben können und zehn Minuten vor Konzertbeginn vor dem Eingang auf ihn warten würde. Der finalen Version war nicht anzumerken gewesen, wie lange sie an der Formulierung gesessen hatte. Aus *Sehr geehrter* war *Lieber Herr Bartholomé* geworden, aus *herz-*

lichen freundliche und schließlich *viele liebe Grüße*, bis sie mit *besten* endlich zufrieden gewesen war.

Irgendetwas musste an diesem Abend in der Stadt los sein, es herrschte dichter Verkehr, und auf der Torstraße stand das Taxi so lange im Stau, dass Angie schon anfing, sich Sorgen zu machen, doch dann nahm der Taxifahrer, der entweder kein Deutsch sprach oder keine Lust hatte, mit seinen Fahrgästen zu reden, eine unvermutete Abzweigung, und pünktlich auf die Minute waren sie da. Das Chin Chin war ein plüschiger kleiner Club, der sich im Erdgeschoss eines Wohnhauses befand und von außen an seiner roten Markise zu erkennen war. Angie war einmal in Begleitung eines schwulen Freundes dort gewesen, hatte von jenem Abend aber nur in Erinnerung, sich zwischen all den Schnurrbartträgern und Dragqueens aus lauter Langeweile fürchterlich betrunken zu haben. Irgendwann hatte sie sich einfach auf eine Bank gelegt. Der Geschmack von Whiskey war für sie seither untrennbar mit rotem Samt verknüpft.

Vor dem Eingang standen etwa zwanzig Leute, und da es in der Mehrzahl Männer um die 30 in Cordhosen waren, durchzuckte sie der Gedanke, Herrmann könne unter ihnen sein. Doch nachdem sie alle der Reihe nach durchgesehen hatte, war sie beruhigt. Herrn Bartholomé hatte sie allerdings auch nicht entdeckt. Sie stellte sich abseits der Wartenden auf den Bürgersteig und ging im Geiste durch, was sie sich für den Abend vorgenommen hatte:

- wenig trinken, vor allem nichts Hochprozentiges
- freundlich und interessiert wirken
- möglichst nicht über die Arbeit sprechen
- den Schal an der Garderobe abgeben
- nichts selbst initiieren, sondern ihn kommen lassen

– falls sich Gelegenheit ergäbe, erwähnen, dass sie Bernard Henri-Lévy einmal die Hand geschüttelt hatte, dies anders formulieren

Sie hatte das Gefühl, irgendeinen Punkt vergessen zu haben, doch in diesem Moment tippte sie jemand von hinten an die Schulter. Sie drehte sich um. »Oh hallo.« Vor ihr stand Christine, die während Angies erster Woche in der Kulturredaktion dort auch Praktikantin gewesen war; soweit Angie wusste, machte sie jetzt ein Praktikum bei der direkten Konkurrenz. »Was machst du denn hier?«, fragte Christine. »Schreibst du was? Ich dachte, du sollst Kunst machen.« »Ja«, sagte Angie kühl. Sie wusste, was Christine von ihr hielt, seit sie eine Mail gelesen hatte, die Christine einer anderen Praktikantin zugedacht hatte, welche dummerweise vergessen hatte, sie zu löschen. (Die Praktikanten teilten sich eine Mailadresse.) »Ich schreibe darüber. Du auch?« »Ja«, sagte Christine, nun ebenso kühl. Dann verdrehte sie auf einmal die Augen. »Was macht der denn hier?« Angie, die mit dem Rücken zur Straße stand, drehte sich um. Herr Bartholomé war gerade aus einem Taxi gestiegen. Er trug einen langen dunklen Mantel und Lederhandschuhe und sah aus, als wolle er in die Oper gehen.

Was nun folgte, traf Angie unvorbereitet. Christine winkte und lief Bartholomé ein paar Schritte entgegen. Er schien sie zunächst nicht zu erkennen, plötzlich aber hellte sein Gesicht sich auf. »Frau Haag!«, sagte er, wie zum Beweis. »Schön, schön.« Er schüttelte ihre Hand. »Wollen Sie auch zu Liza Minnelli?«, fragte sie. »Na unbedingt«, sagte Bartholomé, »man weiß schließlich nicht, wie oft man dazu noch die Gelegenheit hat.« Diesmal lachte er selbst nur kurz über seinen eigenen Witz, was Christine Gelegenheit gab zu beweisen, wie lustig sie seine

Bemerkung fand. »Das ist in der Tat wahr«, sagte sie, nachdem sie wieder zu Atem gekommen war. »Oh, und da ist ja auch Frau Ritter. Guten Abend.« Flüchtig nickte er ihr zu. »Ist das hier eine Art Praktikantinnentreffen oder was? Ach nein, Sie sind ja gar nicht mehr bei uns. Erzählen Sie doch mal, was macht die Konkurrenz?«

»Ach«, sagte Christine einleitend, doch Bartholomé hatte sich schon abgewendet und klopfte einem Mann mit schwarzer Hornbrille, der gerade an ihnen vorbeikam, kräftig gegen den Oberarm. »Alle da, schön, schön«, sagte er. Dann wandte er sich wieder Christine und Angie zu, die stumm nebeneinanderstanden. »Gut, wer hat denn jetzt meine Karte?« »Ich«, sagte Angie. Sie fühlte Christines Blick auf sich, während sie in großer Eile versuchte, die Karten aus ihrem Portemonnaie zu holen, das sie erst noch aus der kleinen Tasche nehmen musste, die sie unter ihrem Schal über der Schulter trug. »Nur keine Hast«, hörte sie Bartholomé sagen. Schließlich hielt sie die Karten in der Hand. »Dann wollen wir mal«, sagte Bartholomé und ging in Richtung Eingang, vor dem sich inzwischen eine Schlange gebildet hatte, ohne daran zu denken, den Damen den Vortritt zu lassen.

Angie hatte nun endlich Gelegenheit, Christine, die vor ihr lief, einer genaueren Betrachtung zu unterziehen. Sie war immer in hohen Schuhen in die Redaktion gekommen, doch so hohe wie diese hatte Angie an ihr noch nie gesehen. Es waren eng anliegende schwarze Plateaustiefel, die ihr bis übers Knie reichten, dazu trug sie ein dunkles Strickkleid, unter dem sich ihr Po deutlich abzeichnete. Ihre langen blonden Haare trug sie offen, augenscheinlich hatte sie ein Glätteisen bemüht. Selbst wenn sie langsam lief, so wie jetzt, hatte sie die Angewohnheit, die Arme beim Gehen zackig zu schwenken, was ihrem Gang etwas modelhaftes Entrücktes verlieh. Das Tribal-Tattoo auf ihrem Steiß wollte so gar nicht zu ihrem Auftreten passen. Angie wusste davon, seit Christine sich im Redaktionsflur einmal nach einem Feuerzeug gebückt hatte, das einem der Redakteure heruntergefallen war. Als sie Christine darauf angesprochen hatte, hatte diese sie aber nur verständnislos angesehen.

Ihr entging nicht, dass die Blicke der Männer sie nur streiften, während sie an Christine hängenblieben. Vor allem aber kam es ihr vor, als schenke Herr Bartholomé Christine mehr Aufmerksamkeit, er hatte sich schon zweimal nach ihr umgesehen. Aber das mochte daran liegen, dass er sie länger kannte, dachte sie, und das wiederum konnte ihr, Angies, Vorteil sein. Sie beschloss also, sich vorerst nichts daraus zu machen, schob sich aber trotzdem vorsichtshalber unter dem Paschminaschal die Brüste in ihrem BH zurecht. Dann beeilte sie sich, zu Herrn Bartholomé aufzuschließen, der vor dem Mann, der die Karten abriss, auf sie wartete. Sie zeigte die Karten vor, und gemeinsam betraten sie den Club.

Während Herr Bartholomé und Angie an der Garderobe anstanden, verloren sie Christine, die ohne Jacke gekommen war. Angie wertete es als einen ersten Punktsieg. »Hübsch hier«, sagte Bartholomé, nachdem er sich umgeblickt und dabei ziemlich lange in den Spiegel gesehen hatte, der an der gegenüberliegenden Wand hing, »waren Sie schon mal hier?« »Ja«, sagte sie, »ist meistens ganz nett hier, vor allem donnerstags.« Er nickte. »Aber besonders geheim scheint das Konzert ja nun nicht zu sein. Ich meine, es ist ja Hinz und Kunz hier heute Abend.« Dann waren sie an der Reihe, und sie nahm den Schal von den Schultern. Einen Moment sah es so aus, als würde Herr Bartholomé seinen Mantel mit abgeben, doch er wartete, bis die

Garderobenfrau ihren Schal aufgehängt und ihr eine Marke gereicht hatte, bevor er ihr seine Sachen gab.

»Bitte.« Er ließ Angie den Vortritt in den kurzen Gang, der zum Saal führte. An den Wänden hingen mit Autogrammen versehene Fotos von Menschen, die offenbar schon mal hier gewesen waren. Einige kannte Angie aus Fernsehserien, die sie als Kind gesehen hatte, die meisten sagten ihr nichts. Die Saaltür ließ sich schwer öffnen, und sie überließ diese Aufgabe gerne Herrn Bartholomé. Innen war es dunkel. Menschen standen dicht an dicht, noch war die Bühne leer, ein aufgeregtes Murmeln lag in der Luft. Angie bahnte sich einen Weg durch die Menge, die in der Überzahl aus Männern bestand. Herr Bartholomé folgte ihr. An der gegenüberliegenden Wand, vor der es nicht ganz so eng war, blieb sie stehen. Kopfschüttelnd stellte Herr Bartholomé sich neben sie. »Sogar von der Onlineredaktion ist jemand hier.«

Auf einmal riss ein pfeifendes Rückkoppelungsgeräusch die Leute aus ihren Gesprächen. Es dauerte einen Augenblick, bis der Lichtkegel des Scheinwerfers den Mann im Smoking gefunden hatte, der, ein Mikrophon in der Hand, auf die Bühne getreten war. »Ich freue mich sehr, dass Sie …«, sagte er, begleitet von einem erneuten Rückkoppelungsgeräusch. Er hielt sich eine Hand über die Augen und machte eine Abwärtsgeste mit der Hand, das Pfeifen verstummte. »Ich freue mich sehr, dass Sie heute Abend so zahlreich erschienen sind. Ich habe die außerordentliche Ehre, Ihnen den Star des heutigen Abends anzusagen, den ich wohl niemandem mehr vorstellen muss. Ihre Karriere ist auf einzigartige Weise mit Berlin verknüpft, ich sage nur ›Life is a Cabaret, ol' chump‹« Die letzten beiden Worte sprach er mit tieferer Stimme. »Meine Damen und Herren, put down the knitting, the book and the broom ...« An dieser Stelle gab es vereinzelte Klatscher. »Bitte begrüßen Sie die einzigartige, die unvergleichliche, the one and only: Liza Minnelli!«

Er streckte seinen Arm zur linken Bühnenseite hin aus, von wo in diesem Augenblick unter riesigem Applaus eine kleine, schwarz glitzernde Gestalt das Podium betrat, einen Zylinder auf dem Kopf. Sie bewegte sich seltsam ruckartig vorwärts, schien möglicherweise ein Bein nachzuziehen, genau konnte Angie das nicht erkennen, da einige größere Männer direkt vor ihr standen, die nun auch noch die Arme hoben, um Liza Minnelli, die es ja wohl war, mit ihren Telefonen zu fotografieren. Das erinnerte Angie an etwas, und sie nahm ihr Handy aus ihrer Tasche und klickte sich zu den Kurznachrichten. Den Text hatte sie am Nachmittag bereits vorformuliert: »Bin doch zum Konzert, trotz schlimmer Bauchschmerzen, aber soll plötzlich was schreiben drüber. Sorry, dass ich nicht angerufen hab, war total spontan. Verpasst aber nichts. Total langweilig. Bis morgen, denk an dich, A.« Sie drückte auf Senden. Dann schaltete sie ihr Telefon aus und steckte es in die Tasche zurück, der sie einen Notizblock und einen Stift entnahm.

In diesem Moment setzte Musik ein, die vom Band kommen musste, denn es war weit und breit keine Band zu sehen. Es waren die ersten Takte von »Life is a Cabaret«, in enormer Lautstärke, und auf der Bühne begann der Hut im Rhythmus hin und her zu wackeln. Mehr sah Angie nicht. Nachdem sie sich »Cabaret« auf ihrem Block notiert hatte, versuchte sie, sich auf die Zehenspitzen zu stellen, was in ihren Schuhen jedoch unmöglich war. Immerhin gelang ihr ein flüchtiger Blick auf das Gesicht unterhalb des Zylinders. »Sieht aus wie aus Holz geschnitzt. Falsche Wimpern, pinke Rougebalken, komische ...«, notierte sie. Sie wurde davon unterbrochen, dass Herr Bartholomé ihr etwas zurief, doch außer ihres Nachnamens konnte sie nichts verstehen, die Musik war wirklich sehr laut. »Bitte?«, rief sie. Sich eine Hand wie einen Trichter an den Mund haltend, rief er wieder etwas, diesmal glaubte sie immerhin das letzte Wort zu verstehen – »hinten« – und drehte sich um. Hinter ihnen standen noch einmal so viele Menschen wie vor ihnen, alle sahen zur Bühne, ein paar sangen mit, es war nichts Auffälliges zu sehen.

Fragend sah sie Bartholomé an. »Wo denn?«, rief sie. »Was?« Er drängte sich an einem jungen Mann vorbei, der halb zwischen ihnen stand und kam so dicht vor ihr zu stehen, dass sie die geplatzten Adern in seinem Hemdausschnitt direkt vor ihren Augen hatte. Es sah aus wie ein schlimmer Sonnenbrand. »Was ist hinten?«, fragte sie und sah zu ihm auf. »Was wollen Sie trinken?« »Ach so«, sagte sie. »Gerne ein Wasser. Soda.« Er nickte und begann sich seitlich einen Weg durch die Menge zu bahnen, was keine Schwierigkeit darzustellen schien, da die Menschen bei seinem Anblick freiwillig einen Schritt zur Seite traten. Er gehörte deutlich zu den Ältesten im Saal. Schon bald sah sie ihn vor der Bar stehen, die sich auf der anderen Seite befand, hell stach sein weißes Hemd aus dem allgemeinen Dunkel heraus.

Vor ihr war eine Lücke entstanden, sodass Angie jetzt freie Sicht auf die Bühne hatte. Liza Minnellis Gesicht sah tatsächlich aus wie aus Holz geschnitzt. Ihre Nase verlief seltsam aufwärts ragend, und die Wangen schienen mit irgendetwas unterpolstert zu sein. Angie notierte »Pinocchio-Nase, Augenbrauen sehen angeklebt aus« und sah dann wieder zur Bühne. Um die dünnen Beine der Sängerin schlabberte die Anzugshose, die wie das Jackett mit schwarzen Pailletten besetzt war, und dennoch nicht glamourös aussah, sondern eher wie das einzige Showtaugliche, das ihr gepasst hatte. Ihre Arme schienen überproportional lang, und sie hatte auffallend große Hände. Ab und zu hob sie ruckartig einen Arm und senkte ihn wieder. Die Bewegung wirkte, als würde sie von unsichtbaren Stöcken vom Bühnenboden aus geführt. Ticks hatte sie offenbar auch. Einen Augenblick lang schien sie zu grinsen, aber nur links, während der rechte Mundwinkel davon unberührt blieb. Und hin und wieder zuckte sie leicht mit dem Kinn zu einer Seite. Unmöglich zu sagen, wie alt sie war. Vielleicht 70? Genauso gut konnte sie weit über 100 sein. »Alter?«, notierte Angie.

Die großen Showgesten hatte sie aber noch drauf. Ein Bein hoch und zur Seite gekickt, anderes Bein auch und zur Seite gekickt, den Hut gelüftet und mit den Hüften gekreist. Doch sie wirkten wie ein böser Witz, und alles, was von ihrer berühmten Stimme übrig geblieben war, war Luft, peinvoll genau artikulierte Luft. Da sie die Konsonanten regelrecht ausspuckte, war, was sie sang, relativ klar zu verstehen. Angie notierte »Marionette, drolliger Zwerg, tragisch«. Doch als sie sich umguckte, sah sie nur begeisterte Gesichter. Als der Song zuende war, wurde frenetisch applaudiert, es gab »Bravo«-Rufe, irgendjemand schmiss eine rote Rose auf die Bühne. Das Publikum begann, »Liza« zu rufen, bis irgendjemand »Lauter« rief, und alle lachten. Auch das notierte Angie sich.

Liza Minnelli nahm den Applaus mit gesenktem Kopf entgegen und verharrte so lange regungslos in dieser Haltung, dass Angie schon zu befürchten begann, es wäre ihr etwas zugestoßen. Als das Klatschen routinierter wurde, richtete sie sich auf, und im Saal wurde es abrupt leiser und schließlich still. Langsam führte sie das Mikrophon an ihren Mund. »As you know«, sagte sie mit dunkler, rauer Sprechstimme, »Berlin will always hold a special place in my heart…« Jemand rief »We love you«, und sie zog einen Mundwinkel nach oben. »And I'm happy to see so many lovely people in the house tonight.« Ein paar Leute applaudierten. »But…« Sie ließ den Mundwinkel sinken und sah ins Publikum. Einundzwanzig, zweiundzwanzig. »But…« Sie klappte die Augen wieder auf. »There is another city in my life…« Jemand rief »New York, New York«. Liza Minnelli fasste sich an die Hutkrempe, und die berühmten ersten Takte erklangen. »Zweiter Song: New York, New York«, notierte Angie sich auf ihrem Block.

Plötzlich, sie hatte gar nicht bemerkt, wie er herangetreten war, stand Herr Bartholomé neben ihr und hielt ihr ein Glas entgegen. »Danke«, sagte sie. Er selbst hatte sich offenbar einen Whiskey geholt, den er nun in die Luft prostend hochhielt. »›Chin Chin‹«, sagte er, in Anführungszeichen. »Chin Chin.« Sie trank einen großen Schluck. Es schmeckte anders, als sie erwartet hatte, schmeckte bitter, und sie verzog das Gesicht. »Was ist das?« »Vodka mit Soda«, sagte er. »Ah, ich wollte eigentlich… Macht nichts, egal.« Im selben Moment begann Liza Minnelli zu singen. »Start spreading the news / I am leaving today.« Angie konnte Herrn Bartholomé mitbrummen hören.

Die Sängerin kam jetzt mit weit ausgestrecktem Arm ein paar Schritte aufs Publikum zu. Sie schien Hüftprobleme zu haben, bewegte sich vorwärts, indem sie ihren gesamten Körper von Seite zu Seite wuchtete und obwohl sie dabei flink war, fand Angie nicht auszuschließen, dass sie binnen weniger Minuten zusammenbrach. Ihr Oberkörper sah massiv aus, und sie schien Mühe zu haben, nicht unter seiner Last nach vorne zu sinken.

»Freak Show«, notierte Angie, »gehört nicht auf die Bühne, sondern in ein nettes kleines Schweizer Hospital.«

»King of the hill… top of the heap«. Herr Bartholomé sang jetzt laut mit. Er sah glücklich aus. Die Ärmel seines Hemdes hatte er aufgekrempelt, er bewegte den Kopf im Takt der Musik. Zum ersten Mal gelang es Angie, sich ihn als kleinen Jungen vorzustellen. Sie sah ihn mit vor Eifer geröteten Wangen an einem Küchentisch sitzen und unter dem Lob seiner Mutter eine Modelleisenbahn zusammenbauen. »Brand new start of it«, sang Bartholomé, »in old New York.«

Nachdem auch dieser Song unter stürmischem Applaus zuende gegangen war, folgten zwei ruhigere Songs, die Angie nicht kannte, womit sie aber die Einzige im Saal zu sein schien. Angie stand mittlerweile so dicht neben Herrn Bartholomé, dass ihr Arm manchmal den seinen streifte. Sie fand es aufregend, ihn so dicht neben sich zu spüren und stellte sich vor, wie sie auf andere wirken mussten, der gut aussehende, große Mann und seine zierliche Begleiterin. Als sie irgendwann nach links sah, stand da Christine und lächelte sie ironisch an.

Bartholomé hatte Christine nun auch entdeckt und tippte sich salutierend mit flachen Fingern an die Stirn. »Super Konzert, oder?«, rief Christine ihm zu. »Was?«, rief er über Angies Kopf hinweg zurück. »Super Konzert«, rief Christine lauter. Als Antwort streckte Bartholomé einen Daumen nach oben. Angie nahm noch einen Schluck von ihrem Vodka-Soda. Neben ihr zog Christine ein Notizheft aus der Tasche und schrieb sich etwas auf. Dann steckte sie das Heft wieder weg. »Und für was schreibst du darüber?«, fragte sie, mit gespreiztem Du. »Für hinten oder was Größeres?« Angie zuckte mit den Achseln. »Mal sehen. Und du?« »Normale Rezension, circa achttausend Zeichen«, sagte sie. »Ist Herrmann eigentlich auch hier?« »Keine Ahnung, warum?« »Ach nur so«, sagte Christine.

Liza Minnelli saß inzwischen auf einem Barhocker, den jemand auf die Bühne getragen haben musste, während Angie nicht hinsah, und sah mit aufgerissenen Augen ins Publikum. In einer ausholenden Bewegung führte sie das Mikrophon an den Mund. »There was a man«, sagte sie und ließ eine Pause folgen. »His name was Berlin.« Sie ließ das Mikrophon sinken, doch aus dem Publikum kam keine Reaktion. »Irving Berlin.« Immer noch keine Reaktion aus dem Publikum, nur Rascheln und Husten. Sie schloss die Augen und wiegte mit dem Kopf, als erinnere sie sich an etwas, legte den Kopf in den Nacken und lachte. Als sie sich wieder aufrichtete, setzte eine von Klavier gespielte Melodie ein, und ein neuer, Angie unbekannter Song begann. »Irwin Berlin«, notierte sie sich mit Fragezeichen versehen auf ihrem Block.

Neben Herrn Bartholomé stand jetzt ein Mann, der ungefähr im gleichen Alter war. Er trug ebenfalls ein weißes Hemd, allerdings weiter zugeknöpft, hatte wenig Haare und einen leicht blasierten Gesichtsausdruck. Bartholomé fasste ihn mit einer Hand an der Schulter und beugte sich zu Angie. »Kennen Sie sich? Das ist Theodor Quast, Kollege und Freund aus alten Zeiten. Und das ist …« Er wandte sich dem Mann zu und sagte etwas, von dem Angie nur das letzte Wort verstand, »Praktikum«. Quast nickte ihr zu, und sie lächelte rasch. »Frau Ritter hat behauptet, das sei ein Geheimkonzert heute Abend.« Herr Bartholomé sprach deutlich so, dass Angie ihn verstehen sollte. »Sie hat davon auf Twitter erfahren.« Herr Quast schien amüsiert. »Kommt drauf an, was man unter geheim versteht«, sagte er. Von seinen folgenden Worten wurde das meiste von der lauten

Musik übertönt. »Die gute Liza kriegt morgen die goldene … Lebenswerk … sozusagen … Auftakt.« Den Rest, der ziemlich lang war, verstand Angie nicht.

Der Song endete mit einem ewig gehaltenen Ton, dessen Vibrato verschiedene Schwingungszustände durchlief, bevor er unter lautem Applaus verklang. Nach einer angedeuteten Verbeugung ging Liza Minnelli von der Bühne ab, schnell begann der Applaus, einen Rhythmus zu finden, dazu wurde im Takt immer wieder ihr Vorname skandiert. Christine stupste Angie an. »Ich geh dann mal«, sagte sie und schob sich an ihr vorbei zu Herrn Bartholomé. Angie sah extra nicht hin, wie sie sich von ihm verabschiedete. Sie packte den Block in die Tasche, nahm ihn noch mal heraus und notierte sich ein Wort, das ihr eben eingefallen war: »Pailletten-Wahnsinn«. Als sie wieder aufsah, war Christine nicht mehr zu sehen, Herr Quast war auch fort, und Herr Bartholomé sah nachdenklich aus. »Ich überlege gerade, ob ich nicht was Kleines schreiben soll über den heutigen Abend, was meinen Sie?« Er sah sie an. »Will man das lesen? Ich über Liza Minnelli? Könnte das irgendjemanden interessieren?« Eine tiefe Sorgenfalte grub sich senkrecht zwischen seine Brauen.

Angie hatte sich schnell wieder gefangen. »Natürlich«, sagte sie, »das will man unbedingt lesen. Ich würde das total gerne lesen. Ich meine, Sie kennen sich doch auch wirklich sehr gut aus.« Er schien noch nicht restlos überzeugt. »Haben Sie sich denn Notizen gemacht, mit denen ich etwas anfangen könnte?«, fragte er. »Ja, klar, die kann ich Ihnen geben«, sagte Angie, »ich hoffe nur, Sie können meine Schrift entziffern.« »Hm, ich weiß nicht, ich weiß nicht.« Er schüttelte den Kopf, »Quast hatte sie heute Nachmittag zum Exklusiv-Interview.« »Aber man will doch wissen, wie *Sie* das Konzert fanden«, sagte Angie, die in diesem Moment fühlte, dass der Vodka zu wirken begann. »Man will unbedingt wissen, wie Sie das Konzert fanden, ganz egal, wer die sonst noch alles getroffen hat oder wer sonst noch schreibt. Das wollen die Leser doch wissen. Von Ihnen.« »Meinen Sie?«, fragte er zweifelnd. »Hm, ja, vielleicht haben Sie recht.«

In diesem Moment brandete der Applaus wieder auf, denn Liza Minnelli hatte die Bühne wieder betreten und bewegte sich zurück in die Mitte des Scheinwerferkegels. Sie wartete, bis der Applaus sich beruhigt hatte, kletterte wieder auf den Hocker und hauchte »Thank you« ins Mikrophon. Dann fasste sie sich in einer großen Geste ans Herz. »You know«, sagte sie, »there are good times and there are bad times, but it's really true, what they say ...« Sie schien durch die hintere Saalwand hindurch in eine weite Ferne zu sehen. »The dreams that you dare to dream really do come true.« In den vorderen Reihen wurde wissend geklatscht, und schon erklangen die ersten Takte von »Somewhere over the Rainbow«.

Angie schloss die Augen und versuchte, sich trotz des leichten Schwindelgefühls, das sie plötzlich überkam, zu konzentrieren. Okay, würde sie also nicht über das Konzert schreiben. Umso besser, dann musste sie sich auch »Cabaret« nicht noch schnell ansehen. Okay, er wollte ihre Notizen haben. Sie würde sie morgen früh ins Reine schreiben, um hoffentlich intelligente Anmerkungen ergänzt. Dafür war Christine weg, dieser Herr Quast ebenfalls, jetzt war sie endlich mit Herrn Bartholomé allein. Ganz plötzlich drehte sie sich zu ihm. »Herr Bartholomé?« »Ja?« Auf einmal verließ sie der Mut, doch jetzt war es zu spät, der Satz, den sie im Kopf hatte, war in ihren Gedanken bereits ausgesprochen und sich jetzt noch zu stoppen, hätte eine Entschlusskraft erfordert, die sie im Moment nicht hatte. »Sie können alles mit mir machen.« Oh Gott, zu spät, nun hatte sie es gesagt. Herr Bartholomé sah wieder in Richtung Bühne. Ob er sie verstanden hatte? Sie spürte den Impuls, den Satz zu wiederholen, doch irgendetwas hielt sie zurück.

Liza Minnelli sang immer noch »Somewhere over the Rainbow«, es war warm im Saal, und auf einmal erschien ihr alles um sie herum wie ein Traum. »Ich sehe Sie morgen in der Redaktion«, hörte sie Herrn Bartholomé sagen, und als sie zu ihm sah, nickte er ihr zu, es wirkte aufmunternd, vielleicht lag auch etwas wie Mitleid in seinem Gesichtsausdruck. Bevor sie reagieren konnte, hatte er sich umgedreht. Nach ein paar Schritten wandte er sich noch mal nach ihr um. Er machte eine Geste, die aussah, als schriebe er auf einen Block und rief »Notizen«. »Bring ich mit«, rief Angie. Er hob einen Daumen.

Als sie ihn Sekunden später durch die Saaltür hinausgehen sah, meinte sie, vor ihm eine blonde Frau gehen zu sehen. Sie versuchte, noch einen Blick auf sie zu erhaschen, doch es standen zu viele Leute im Weg.

JELENA

Im Bett, sagte sie, pfeife sie auf die Genfer Menschenrechtskonvention. Da wusste er, dass er bei ihr richtig war.

Er hatte sie vor zwei Stunden kennengelernt. Sie war blond und schlank, ihr Atem roch nach Zigaretten und Kaugummi, und sie machte exakt das beim Küssen, was Christoph verrückt machte: näherte ihren Mund, leicht offen, verharrte jedoch eine Weile, ohne ihn auf seine Lippen zu bringen. Sie standen ganz hinten auf der Tanzfläche einer Bar, in der es an diesem Abend zum Tanzen zu voll war, ihre Hände steckten in den hinteren Taschen seiner Jeans, und hätte er sie losgelassen, wäre sie vermutlich hintübergefallen, doch er ließ sie nicht los, dachte gar nicht daran. Ihr rechter Zahn neben den Vorderzähnen, oben, war leicht gezackt, ein Eckchen fehlte, es sah sexy und jung und verwegen aus. Sie küsste langsam, manchmal fordernd, saugte an seiner Oberlippe, Unterlippe, um dann wieder ihre Zunge in seinen Mund zu stecken. Und machte all das so hingebungsvoll, dass er nach einer Weile dachte, okay, komm, was soll's, wir gehen zu mir und so weiter, der Rest war eher undeutlich gedacht in dem kleinen Raum, in dem die Musik so laut war wie die Luft dünn, und in dem niemand auf die beiden achtete, die genau so gut allein hätten da sein können, ihre jeweiligen Begleiter hatten sie längst im Gedrängel verloren.

Als sie dann – selbe Nacht, etwas später – nackt auf ihm saß, bat er sie, Russisch zu sprechen. Sie zog die ohnehin hohen Augenbrauen noch höher, und einen winzigen Moment lang dachte er, dass das ein Fehler gewesen sei, doch dann begann sie sich wieder mit den Hüften zu bewegen, etwa so, als reite sie ein extrem geschmeidiges Pferd, und trotz der Dunkelheit konnte Christoph sehen, dass sie ihre Augen geschlossen hatte, als sie plötzlich zu sprechen begann. Ihre Stimme war dunkel und hart, und sie sagte: еби меня und жестче!, und dann etwas, das wie eine Frage klang. Нравится ли тебе это, скажи, тебе это нравится, да? Aber auch, nachdem sie es wiederholt hatte, wusste Christoph nicht darauf zu antworten, denn er verstand ja kein Russisch, und sie um eine Übersetzung zu bitten, hätte den ganzen Effekt zerstört.

Das Letzte, was er noch von ihr hörte, bevor sie, ihre Hand zu Hilfe nehmend, begann, laut und immer lauter zu stöhnen, klang in etwa so: Посмотри, как мокрая моя киска, только для тебя. Так мокрая только для тебя.

Anschließend rollte sie sich neben ihm ein wie eine Katze und war allem Anschein nach sofort eingeschlafen. Und als Christoph aufwachte, war sie fort. Und als er ins Badezimmer ging, stand dort quer über den Spiegel mit Lippenstift geschrieben ihr Name – Jelena – und eine Handynummer. So machte man das also in Usbekistan, dachte er, lächelnd, und danach dachte er, dass sich Lippenstift verdammt schwer von einem Spiegel entfernen lässt, jedenfalls mit zusammengeknülltem Klopapier.

Natürlich rief er sie an.

Natürlich landeten sie ziemlich schnell wieder in seinem Bett.

Dieses Mal zeigte Jelena ihm, wie er sie lecken sollte. Mit zwei Fingern die Haut vor der Klitoris hochziehen, und dann, sanft, auf der Klitoris mit der Zunge hin- und herfahren. Und/oder: mit ein bis zwei Fingern in sie eindringen, ruhig schnell und fest, und währenddessen mit dem Mund an der Klitoris saugen, oder ganz sanft lecken, *wie eine Katze*, sagte sie, als sei nichts dabei. Und all die deutschen Frauen, die Christoph schon geleckt hatte, kamen ihm im Nachhinein himmelschreiend verklemmt vor. Was war denn schon dabei, einem Mann zu erklären, wie er es richtig machte? Was war denn verdammt noch mal schon dabei?

Als sie dann seinen Schwanz lutschte, bat er sie seinerseits, es schneller zu machen, schneller und ihn dabei vorne fest mit den Lippen zu umschließen, und am besten nicht zusätzlich noch eine Hand zu benutzen, einfach nur den Mund, genau so, ja, und er musste noch nicht einmal viel sagen dafür.

Jelenas Deutsch hatte nur einen leichten Akzent. Hier und da benutzte sie einen falschen Artikel, und sie sprach die Konsonanten weich und betonte gelegentlich eine falsche Silbe, was Christoph gefiel.

Dieses Mal hatten sie beim Sex das Licht an, und als Christoph irgendwann zur Seite sah, während Jelena auf allen vieren vor ihm kniete, traf sein Blick den ihren im Spiegel an der Wand, und weil sie nicht wegsah, sondern ihm direkt in die Augen, tat er dasselbe, sah ihr in die Augen, und so sahen sie sich an, als sie kamen, was so ziemlich gleichzeitig geschah.

Und etwa eine halbe Stunde später kam er in ihrem Mund noch mal.

So, sagte sie, als er fertig war. So.

Und dann zog sie sich, ohne zu fragen, Christophs T-Shirt an, das in ihrer Griffweite auf dem Bett lag, rollte sich zusammen und schlief ein.

In dieser Nacht schlief Christoph schlecht. Das regelmäßige Atmen neben ihm bedrückte ihn. Vor nicht allzu langer Zeit hatte da, genau da, wo jetzt Jelena lag, noch eine andere Frau gelegen, und nicht nur hin und wieder, sondern jede Nacht, es sei denn, sie war mal verreist. Sie war größer gewesen als Jelena, hatte einen runderen Körper gehabt und einen anderen Geruch. Sie hatte auch anders dagelegen im Schlaf, nicht zur Seite gedreht, sondern immer auf dem Rücken, im Grunde, als sei sie tot. Christoph guckte Jelena eine Weile an. Dann tippte er ihr auf den Oberarm und sagte: Du.

Hm?

Du, ich muss mal mit dir reden.

Hm.

Du kannst hier nicht schlafen.

Hm.

Nee, im Ernst, das geht so nicht.

Die kleine Person neben ihm hob den Arm, als wolle sie etwas abwehren, dann lag sie wieder ruhig da, und nach kürzester Zeit waren wieder ihre regelmäßigen Atemzüge zu hören. Ein. Und Aus. Ein. Und Aus.

Christoph stand auf und ging in die Küche, wo er rauchend auf den hässlichen Hinterhof sah. Draußen wurde es langsam hell, aber es war ja auch Sommer, und da passierte das schon mal mitten in der Nacht. Er hatte schlechte Laune, und das machte ihm noch schlechtere. Seine Gedanken drehten sich im Kreis. Er rauchte drei Zigaretten, dann war die Schachtel leer, und er legte sich wieder zu der schlafenden Usbekin in sein Bett.

Er lag wach neben ihr, bis von der Straße der aufkommende

Verkehrslärm zu hören war. Dann tippte er Jelena wieder an die Schulter.

Jelena.

Hm?

Du musst jetzt gehen. Bitte.

Sie schlug die Augen auf und sah ihn an. Dann setzte sie sich auf. Zog sich ihre Jeans an. Ihre Bluse. Schlüpfte in ihre hohen Schuhe und ging aus dem Zimmer, ohne sich noch mal nach Christoph umzusehen. Er konnte hören, dass sie ins Bad ging. Kurz darauf die Toilettenspülung. Als die Wohnungstür ins Schloss fiel, zog er sich das Kopfkissen übers Gesicht und schlief, endlich, ein.

Die nächsten Tage dachte er manchmal an Jelena, aber er rief sie nicht an. Irgendwann fand er ein Haargummi, das sie bei ihm vergessen haben musste. Es lag unter dem Bett. Er hob es auf und warf es weg.

Als er sie wiedersah, war es ein ungünstiger Moment. Er saß mit Steffi in einer Bar bei ihm um die Ecke. Es war ihr erstes Treffen seit Langem, seit Steffi ausgezogen war, das erste Wiedersehen. Sie hatten schon zusammen gegessen, und allmählich war die Stimmung zwischen ihnen etwas unverkrampfter geworden, sodass er schließlich vorgeschlagen hatte, noch etwas trinken zu gehen. Auf ein Getränk, hatte sie eingewilligt.

Da saßen sie nun, und die Tür ging auf, und Jelena kam herein. Kurzer Rock, helle Jeansjacke. Sie lief direkt zum Tresen, wo sie einen der Barkeeper begrüßte. Danach sah sie sich um und entdeckte Christoph. Dass er so tat, als habe er sie nicht gesehen, hielt sie nicht davon ab, sich seinem Tisch zu nähern.

Hey, sagte sie, als sie herangekommen war. Sie war außer Atem. Na?

Oh hallo, sagte Christoph.

Steffi – Jelena, stellte Christoph sie einander vor, und die beiden schüttelten sich die Hand.

Darf ich mir kurz zu euch setzen, oder störe ich?

Klar, du störst gar nicht, sagte Steffi.

Es kam Christoph so vor, als sei sie nicht unglücklich über Jelenas Erscheinen.

So eine Scheißwetter, sagte Jelena, als sie saß.

Woher kommst du?, fragte Steffi.

Von zuhause.

Nee, ich meine …

Tashkent.

Echt, ich hätte Schweden getippt, sagte Steffi, und Jelena schien sich zu freuen.

Ich habe den ganzen Tag gerannt, sagte sie. Sie sah Christoph an, aber der guckte weg.

Warum denn?, fragte Steffi.

Ach, sagte Jelena und schüttelte den Kopf. So eine Liste Erledigungen. Kennst du nicht diese Tage?

Sie zog sich die Jacke aus und hängte sie hinter sich über die Lehne. Unter ihrem weißen T-Shirt zeichnete sich ein hellgelber BH ab. Sie stützte die Ellbogen auf den Tisch, klatschte einmal in die Hände und sah von Steffi zu Christoph und zurück.

Woher kennt ihr euch?, fragte sie.

Ich bin seine Exfreundin, sagte Steffi.

Echt? Und wie lange wart ihr zusammen?

Vier Jahre.

Jelena nickte. Ganz schön lang.

Ja. Naja. Wie man's nimmt.

Christoph machte dem Kellner ein Zeichen, dass sie noch ein zusätzliches Glas brauchten.

Und woher kennt ihr euch?, fragte Steffi Jelena.

Aus dem Kingsize.

Ach, sagte Steffi mit einem ironischen Unterton, der Christoph ärgerte – und seit wann?

Wann haben wir einander kennengelernt, Christoph, weißt du das, ich bin eine Katastrophe mit Dingen wie Zahlen und so.

Er zuckte mit den Schultern.

Vielleicht vor zwei Wochen, sagte Jelena. Oder drei?

Und wie gut kennt ihr euch?, fragte Steffi, lehnte sich in ihrem Stuhl zurück, verschränkte die Arme vor der Brust und guckte amüsiert.

Jelena lachte. Christoph, wie gut kennen wir uns?

Was ist das hier, weibliche Inquisition?, sagte Christoph, der nicht lachte, auch wenn er die Mundwinkel nach oben zog.

Ich glaube, es heißt Intuition, sagte Steffi.

Initiation, sagte Christoph.

Ich interessiere mich halt für dich, sagte Steffi.

Er zog eine Grimasse. Wir kennen uns flüchtig, okay?

Flüchtig, sagte Jelena.

Flüchtig, soso, sagte Steffi.

Kennen sich jetzt alle, sagte Christoph, können wir jetzt über was anderes reden, zum Beispiel ... Was fändet ihr einen besseren Titel für meine Ausstellung, Herr Penis auf Brautschau oder Das Problempferdchen?

Nee, warte mal, sagte Steffi, ich will doch noch wissen, was bedeutet denn das: ihr kennt euch flüchtig? Hattet ihr Sex?

Sie wirkte angriffslustig, was Christoph nur von ihr kannte, wenn sie ein bisschen betrunken war.

Ah, das mag ich, so direkt, sagte Jelena. Ja, hatten wir.

Siehst du, sagte Steffi irgendwie triumphierend zu Christoph. Dann beugte sie sich zu Jelena und fasste ihr sanft mit der Hand auf den Arm.

Weißt du was, sagte sie, ich finde dich nett, nee wirklich, du bist mir sympathisch, und deshalb sage ich dir jetzt mal was, und du sollst das bitte nicht falsch verstehen.

Okay, sagte Jelena lächelnd.

Pass mal ein bisschen auf dich auf, sagte Steffi.

Jelena sah sie einfach nur an.

Nee, im Ernst, bei so Typen wie Christoph ...

Pff, machte Christoph.

Entschuldigung, aber stimmt doch. Ich mein das nur nett.

Jelenas Lächeln inzwischen ein Grinsen. Alles klar, sagte sie.

Ach, ich wollte dich einfach nur warnen, sagte Steffi. Ist nett gemeint, echt.

Okay, sagte Jelena.

Ja. Entschuldigung, dass ich das sage, aber du bist doch noch so jung. Du verstehst, wie ich das meine, oder? Steffi schien nun ernsthaft besorgt.

Ja, sagte Jelena, ich verstehe schon. Der Kellner brachte das neue Glas. Steffi wartete, bis er Jelena eingeschenkt hatte, dann erhob sie ihr Glas – Nastrovje! – und stieß mit ihr an.

Ваше здоровье!, verbesserte Jelena.

Ich geh mal kurz raus, eine nachdenken, sagte Christoph, hielt sich zwei Finger vor den Mund, als stecke eine Zigarette dazwischen, und stand auf.

Als er wieder zurück an den Tisch kam – es hatte doch etwas länger gedauert –, waren die Frauen in ein Gespräch vertieft, es sah aus, als verstünden sie sich.

Hey, da bist du ja, sagte Steffi, als er wieder saß. Sie strahlte. Ich hab noch nie jemanden getroffen, der Hirnforschung macht! Sie schien hin und weg über diese Nachricht zu sein.

Ja, cool, oder?, sagte Christoph.

Endlich mal jemand, der was Richtiges macht. Ach, ich liebe Leute, die so total gegen die Klischees … Ich meine, schau sie dir an. Hirnforschung! Ist doch Wahnsinn. Die solltest du mal malen eigentlich. Nicht immer nur tote Sänger. Auch mal Leute, bei denen die Ton-Bild-Schere weiter auseinanderklafft, also ich fänd das spannend … Hey, wir haben noch ne Flasche Wein bestellt. So aufgekratzt hatte Christoph sie den ganzen Abend nicht erlebt.

Tipptopp, sagte er.

Steffi hatte ihr linkes Auge jetzt oft geschlossen, gelegentlich drückte sie mit zwei Fingern auf dem Lid herum, ein sicheres Zeichen dafür, dass sie betrunken war.

Schau, du könntest sie doch bei der Arbeit malen, oder? Jelena, was hast du da an? Einen Kittel?

Jelena hatte ihren Stuhl so verrückt, dass sie ihr frontal zugewandt war. Sie lachte.

Sag doch mal, einen Kittel und Mundschutz oder ganz normal?

Du riechst so schön teuer, sagte Jelena. Darf ich fragen, was für ein Parfüm hast du?

Etwas später, als Steffi gerade dabei war, ein wenig umständlich zu erklären, wie sie immer mit dem Fahrrad zum ARD-Hauptstadtstudio kam, bat Jelena sie plötzlich mitten im Satz stillzuhalten und nach oben, ins Licht, zu sehen. Du hast grüne Augen, sagte sie und kam näher heran. Da ist Orange um die Pupille, fast Gold, wie ein kleines Feuer. Dann setzte sie sich wieder, und Steffi sprach weiter. Es war ihr anzusehen, dass sie sich darüber freute, dass die Sprenkel in ihren Augen bemerkt worden waren.

Irgendwann hatte Christoph genug. Er setzte sich an den Nebentisch, an dem er Leute kannte. Natürlich hatte er vorher um Erlaubnis gefragt, und weder Steffi noch Jelena hatten etwas einzuwenden gehabt.

Er hatte den beiden jetzt den Rücken zugewandt. Hin und wieder hörte er eine von ihnen lachen, dann eine Weile nicht, und als er sich umdrehte, setzten sich die beiden gerade wieder an den Tisch, und nun trug Jelena Steffis gepunktetes Kleid, das ihr zu groß war, aber irgendwie trotzdem stand, und Steffi hatte Jelenas Sachen an. Okay, dachte er. Okay … Und versuchte, sich wieder auf das Gespräch an seinem Tisch zu konzentrieren.

Er sah erst wieder zu ihnen, als dort irgendetwas vor sich ging, das das Interesse seiner Tischnachbarn auf sich zog. Die geht ganz schön ran, die Kleine, sagte Lars, der neben ihm saß, und in diesem Moment wechselte auch die Musik, oder war erst jetzt zu hören oder wurde lauter, jedenfalls nahm Christoph jetzt erst wahr, dass überhaupt Musik zu hören war.

Jelena hatte sich so weit zu Steffi vorgebeugt, dass sie kaum noch auf ihrem Stuhl zu sitzen schien. Sie küsste sie auf den Mund, es sah forsch und ungeduldig aus. Steffi hatte die Arme erhoben, als sei sie in einer Bewegung überrascht worden und hätte sie dort vergessen. Jelena strich ihr durch die Haare, fasste ihr auf die Oberschenkel, hielt ihr Gesicht zwischen den Händen, stand irgendwann auf, ohne den Kuss zu unterbrechen, küsste sie nun von oben herab, und Steffi bog sich immer weiter nach hinten dabei und rutschte gleichzeitig nach vorne, bis sie auf ihrem Stuhl beinahe ins Liegen kam.

Auf die Torstraße, sagte jemand, und lachend wurden Gläser gegeneinandergeklackt.

Christoph stand auf und ging in Richtung der Toiletten. Im Männerklo rauchte er aus dem gekippten Fenster eine Zigarette, obwohl ein Schild darauf hinwies, dass das verboten war.

Als er zurück in den Barbereich kam, hatte sich die Stimmung wieder beruhigt. Auf dem Platz, auf dem er gesessen hatte, saß jetzt jemand anderes, aber er wollte sowieso nicht mehr dorthin zurück.

Jelena und Steffi hatten es sich auf der Bank bequem gemacht. Beide drückten die Knie gegen die Tischplatte, beide sahen nach oben und lachten über irgendetwas, das an der Decke war. Christoph sah auch nach oben, konnte aber nichts Lustiges erkennen.

Hey, sagte er, ich gehe jetzt.

Steffi sah ihn an, als sei sie gerade aufgewacht.

Wo warst du denn?, fragte Jelena und setzte sich auf.

Wohin gehst du?, fragte Steffi.

Wohin wohl, ins Bett, sagte Christoph.

Wir kommen mit, sagte Jelena, ließ Steffis Hand los und stand auf.

Aha. Christoph nahm seine Jacke von seinem Stuhl und winkte dem Kellner zum Zahlen.

Gehen wir schon? Steffi setzte sich auf.

Als der Kellner kam, zahlte Christoph für alle, was aber niemand zu bemerken schien, da Steffi gerade ihr Gesicht im Spiegel ihrer aufgeklappten Puderdose betrachtete, und Jelena unter den Tisch geklettert war, um nach ihrem Schuh zu suchen.

Es dauerte, bis sie wieder aufgetaucht war und bis Steffi sich die Lippen neu nachgezogen, die Mascara-Ränder unter den

Augen weggewischt und ihre Haare geordnet hatte. Solange sagte niemand von ihnen ein Wort. Als Steffi schließlich stand, schien sie auf einmal unsicher wegen der geborgten Kleider und fragte Jelena zweimal, ob das auch wirklich gehe. Ist der Rock echt nicht zu kurz? Nein. Echt nicht? Nein.

Als sie zu dritt an dem Tisch vorbeiliefen, an dem Christophs Bekannte saßen – Steffi voraus, dann Jelena, dann er –, nickte Christoph Lars nur zu, ohne das Gesicht zu verziehen und sah dann geflissentlich zu einem anderen Tisch.

Er hielt Steffi die Tür auf, als diese ins Freie trat.

Es hatte geregnet. Der Asphalt glitzerte nass. Steffi hielt den Blick fest auf den Bürgersteig geheftet. Christoph näherte sich ihr von hinten, zögerte kurz und legte einen Arm um sie. Ein paar Schritte gingen sie so nebeneinander, dann beschleunigte sie ihre Schritte und schloss zu Jelena auf.

Vor Christophs Haustür blieben die beiden stehen.

Kommst du?

Er fand den Schlüssel nicht gleich, fand ihn dann doch in der Innentasche seiner Jacke.

Die Haustür fiel hinter ihnen mit einem satten Knall ins Schloss.

Während sie auf den Aufzug warteten, pfiff Jelena eine kurze, rhythmische Melodie, es war eher intonierte Luft als echte Töne.

Die Tür öffnete sich mit dem üblichen Ächzen. Der Innenraum war so klein, dass sie dicht an dicht standen. Es war sehr hell. Steffi senkte den Kopf und hielt sich eine Hand vor die Augen. Ich hasse diesen Lift, sagte sie.

Christoph stand so eng hinter ihr, dass er den Duft ihrer Haare wahrnahm. Er hatte nicht mehr daran gedacht, seit sie ausgezogen war, auf einmal fiel es ihm wieder ein: ihr Haarwachs, das in einer flachen runden Blechdose war, auf der eine gezeichnete Kokosnuss abgebildet war. Die Dose war rot und schon ziemlich verbeult gewesen.

Steffi pfiff nun dieselbe Melodie, die Jelena gepfiffen hatte.

Nach ein paar Takten brach sie ab. Was ist denn das noch mal, fragte sie.

Star Wars, sagte Jelena.

Trotz ihrer hohen Schuhe reichte sie Steffi nur bis ans Kinn. Als sie bemerkte, dass Christoph sie ansah, lächelte sie und sah weg.

Im vierten Stock kam der Aufzug mit einem Ruckeln zum Stehen und die Tür öffnete sich und spuckte Christoph als Ersten aus.

Er schloss die Wohnungstür auf und machte das Licht im Flur an.

Hier riecht's noch genauso wie früher, sagte Steffi und trat vorsichtig ein.

Christoph ging in die Küche und öffnete die Kühlschranktür.

Noch jemand ein Bier?, rief er. Niemand antwortete.

Sie hatten kein Licht angemacht. Steffi saß auf dem Bett, das einmal ihres gewesen war, und Jelena beugte sich über sie. Sie schienen nicht bemerkt zu haben, dass Christoph ins Zimmer getreten war. Er ging zum Bett, setzte sich ans Fußende und zog sich die Schuhe aus.

Dann legte er sich auf die Seite, den Kopf in die Hand gestützt, und sah zu, wie Jelena Steffi aus dem T-Shirt half. Sie selbst hatte Steffis Kleid schon ausgezogen, es lag auf dem Boden vor dem Bett. Nur ihre Unterwäsche hatte sie noch an. Ihre Unterhose war weiß.

Christoph, sagte Jelena.

Ja?

Lässt du uns allein. Sie sagte es nicht als Frage.

Du, ich wohne hier.

Bitte.

Ja, geh weg, sagte Steffi. Bitte, geh weg.

Er setzte sich auf, unschlüssig, doch die beiden schienen darauf zu warten, dass er ginge. Also stand er auf, langsam, nahm die Bierflasche, die er auf den Boden gestellt hatte und ging aus dem Zimmer. Im Wohnzimmer setzte er sich auf die Couch und machte den Fernseher an.

Natürlich konnte er sich nicht konzentrieren.

Natürlich ging er wieder zum Schlafzimmer zurück.

Diesmal löschte er das Licht im Flur, bevor er leise die Tür aufzog.

Es dauerte, bis seine Augen sich an die Dunkelheit gewöhnt hatten.

Jelena trug immer noch ihre Unterwäsche. Ihre weiße Unterhose und der BH schienen im Dunkeln zu leuchten. Sie lag mit dem Kopf nach unten auf Steffi, die inzwischen nackt war und auf dem Rücken lag. Beide hatten den Kopf zwischen den Beinen der anderen versenkt.

Christoph blieb regungslos stehen. Nach einer Weile kam ihm das Zimmer nicht mehr dunkel vor, durch einen Spalt zwischen den zugezogenen Vorhängen fiel ein fahles Licht, das entweder vom Mond stammte oder aus einer der Wohnungen aus dem Hinterhof.

Besonders viel konnte er trotzdem nicht sehen, da waren Beine, Arme und Haare, zwei Köpfe bewegten sich, und hin und wieder hörte er ein saugendes oder schmatzendes Geräusch. Irgendwann setzte Jelena sich auf und zog sich die Unterhose aus. Dann den BH, was schneller ging. In diesem Augenblick musste Christoph sein Gewicht vom einen auf den anderen Fuß verlagert haben, jedenfalls knarzte der Holzboden, und Jelena sah zur Seite und entdeckte im Spiegel Christophs Reflexion. Ha, sagte sie, woraufhin Steffi sich aufrichtete. Mann Christoph, kannst du uns nicht einfach allein lassen. Sie nahm das Kopfkissen und warf es nach ihm.

Er ging zurück ins Wohnzimmer. Der Fernseher lief noch, und er streckte sich davor auf dem Sofa aus.

Als ihn das Geräusch der knarzenden Dielen weckte, wurde es draußen bereits hell. Einen Moment später hörte er, wie jemand leise die Haustür zuzog.

Er machte den Fernseher aus und stand auf.

Im Schlafzimmer konnte er im Dämmerlicht die nunmehr fast schon vertraute Silhouette sehen. Sie hatte sich wieder zusammengerollt, wie ein zufriedenes Kind lag sie da.

GRATISLOVER IN BRATISLAVA

Johann, 37, sitzt in einem Restaurant, in dem um diese Zeit, es
ist Viertel nach eins, außer ihm nur Journalisten sitzen und blättert in einer Zeitung. Schon zweimal hat er der Kellnerin gesagt,
dass er noch auf jemanden warte, danke, und jetzt kommt sie
schon wieder und fragt, ob er schon etwas zu trinken bestellen will. Diesmal gibt er nach. Er bestellt eine Flasche Wasser.
Mit Kohlensäure, obwohl er lieber ohne mag. Aber er nimmt
an, dass Viktor, 27, mit dem er hier seit einer Viertelstunde verabredet ist, sein Wasser sprudelnd mag, und er will höflich sein.

Viktors neues Buch war eins der Top-Gesprächsthemen auf
den Parties der letzten Buchmesse. Der Verlag, für den Johann
arbeitet, hat angeblich ein Vermögen für den Vorschuss gezahlt,
und nachdem Johann am Vortag die erste Fassung gelesen hat,
findet er nicht, dass dies eine lohnende Investition gewesen ist.
Während in Viktors Debüt, das im Herbst vor zwei Jahren erschienen war, wenn auch kaum literarisches Feingefühl, so doch
wenigstens eine geballte Ladung Wut und eine tiefe Traurigkeit
zu finden war – es ging um einen jungen Mann mit einem im-
mensen Drogenproblem –, versuchte es der Autor jetzt offenbar zur Abwechslung mit etwas möglichst Unautobiographi-
schem. Der neue Roman handelte von einer alten Frau, die seit

einem missglückten Selbstmordversuch an den Rollstuhl gefesselt ist und in unendlich gezierten Sätzen über 300 Seiten lang ihr Leben Revue passieren lässt. Der Arbeitstitel – »Gratislover in Bratislava« – ist so ziemlich das Einzige, das Johann bei dem heutigen Treffen nicht zu kritisieren vorhat, wenn er sich inhaltlich auch nur auf eine kurze Passage bezieht, in der sich die Protagonistin an ein amouröses Erlebnis erinnert, das sich in den vierziger Jahren in der Slowakei zutrug, die damals freilich noch – Johann würde den Autor darauf hinweisen müssen – Tschechoslowakei hieß. Es ist der mit Abstand unerfreulichste Termin, den er seit langem zu absolvieren hat.

Als auf einmal die Journalisten an den Nebentischen ihre Gespräche unterbrechen und gleichzeitig wie in einer Choreographie ihre Köpfe in Richtung Eingangstür wenden, weiß Johann auch ohne hinzusehen, dass seine Verabredung das Lokal betreten hat. Viktor gilt als Star-Autor. Vielmehr tat er das für zwei Saisons, bis im vergangenen Herbst eine noch viel jüngere Autorin vor die Scheinwerfer der Literaturkritik geriet, Janine Schimmelpfennig, deren Debüt, »Dramentoilette«, eine noch viel krassere Innenansicht einer vollends kaputten Jugend lieferte. Bei ihr war es nicht mit einer ordinären Kokainsucht und melancholischen Aufenthalten in Entzugskliniken am Bodensee getan. Ihre Protagonistin, die gewitzterweise genauso hieß wie sie, war außerdem von ihrem Vater missbraucht worden und nahm vollgedröhnt an Gangbang-Parties teil, die so realistisch beschrieben waren, dass gemutmaßt wurde, die Autorin habe das alles selbst erlebt. Ein Bombenerfolg, das Buch verkaufte sich mehr als eine halbe Million Mal. Janine Schimmelpfennig hatte wasserstoffblond gefärbte Haare, die sich in einer Rockabilly-Welle über ihrem sechzehnjährigen Kindergesicht auftürmten, trug Springerstiefel zu kurzen Kleidern und scheute sich nie, in Interviews für ihre ganze Generation zu sprechen. Johann kam sie wie die Erfindung einer PR-Agentur vor. Und mit Entschlossenheit kämpfte er seinen sich hin und wieder meldenden Zweifel nieder, ob er selbst nicht einfach ein riesengroßer Spießer war. Natürlich schrieb Schimmelpfennig schlechter als Kafka, war Viktor M., wie dieser sich geheimnisvoll nannte (in Wahrheit hieß er schlicht Meier, wie Johann wusste, sogar ohne Ypsilon), kein neuer Goetz, aber immerhin schufen sie etwas, schrieben, wagten sie etwas, während er, Johann, nur anderer Leute Manuskripte lektorierte, unsichtbar in zweiter Reihe wirkend, mittelmäßig bezahlt, höchstens in parasitärer Weise originär.

Als die Journalisten ihre Gespräche wieder aufnehmen, sieht nun auch Johann zur Tür. Viktor steht im Eingang und spricht mit der Frau, die die Plätze zuweist. Offenbar sagt er etwas Witziges, denn die Frau wirft lachend ihren Kopf in den Nacken, ihr Pferdeschwanz hüpft vor Begeisterung. Obwohl es ein kühler Tag ist, trägt Viktor keine Jacke über seinem himbeerfarbenen Pullover, der bestimmt teuer war. Dagegen sehen seine Jeans abgerissen aus, wobei, wie Johann annimmt, vor allem die Löcher jeweils ein Vermögen gekostet haben. Über der Schulter hat er eine Tasche, und dass er braune Segelschuhe trägt, bestätigt Johanns Vorurteile aufs Schönste. Blöder Popper, denkt er zufrieden und macht sich bereit für ein Lächeln, das lässig und gewinnend wirken soll, wegen des Mürrischbleibens der Augenpartie in der B-Note aber deutliche Punkt-Abzüge erzielt. Viktor sieht ihn nun auch, lächelt seinerseits, nein, lacht, winkt sogar, nickt der Empfangsdame zu und setzt sich in Bewegung. Er tut, als bemerke er die Blicke der Journalisten gar nicht, an deren

Tischen er vorbeigeht, nein, -schlendert. (So also geht ein Star-Autor.)

Johann, der die Zeitung schnell weggelegt hat, hatte vorgehabt aufzustehen, um Viktor zu begrüßen, er hatte ein joviales Händeschütteln geplant, sogar ein Schulterklopfen einkalkuliert, doch Viktor setzt sich so schnell, dass Johann sitzen bleibt. »Grüß Gott«, sagt Viktor, und Johann wiederholt es im gleichen herzlichen Tonfall, obwohl keiner von ihnen aus Bayern kommt. Und schon hält Viktor die Speisekarte in der Hand, die Johann zuvor extra noch nicht angesehen hatte, er hatte es gemeinsam machen wollen, auf dem Tisch liegt aber nur eine, weshalb er nun suchend nach der Kellnerin Ausschau hält, die gerade weit hinten an einem anderen Tisch steht und keinerlei Interesse daran zeigt, ob jemand nach ihr guckt. Also beschließt Johann, dass er einfach dasselbe nehmen wird wie immer, wenn er hier einen seiner Autoren trifft, also Penne all'arrabiata, dazu einen kleinen gemischten Salat.

»Ich nehme Risotto mit Garnelen«, beschließt Viktor seine Lektüre nach wenigen Sekunden und legt die Speisekarte ab, wobei er versehentlich das Messer vom Tisch schiebt, das mit lautem Knall auf dem Marmorboden aufschlägt. Johann und er bücken sich gleichzeitig, stoßen mit den Köpfen zusammen, Viktor sagt »Aua«, Johann »Verzeihung«. Als sie wieder gerade sitzen, und das Messer wieder neben Viktors Teller liegt, fühlt Johann die Schwere der bevorstehenden Situation in sich aufsteigen. Nun würde diplomatisches Können gefragt sein, das Kerngeschäft eines guten Lektors, für den er sich durchaus hält, und dies erforderte ungeheure Konzentration. »Ja, dann bestellen wir vielleicht erst mal«, sagt er, doch so leicht lässt sich sein Autor nicht austricksen. »Haben Sie es ganz gelesen?« Johann weicht seinem Blick aus. »Wollen wir nicht erst mal?« Er richtet seinen Blick erneut nach der Kellnerin suchend in den Raum, auf keinen Fall will er vor dem Bestellen schon über das Manuskript sprechen, denn was zu allem anderen noch erschwerend hinzukommt, ist, dass er schrecklichen Hunger hat. »Nur ein erster Eindruck«, sagt Viktor, drängelnd, »ich konnte die ganze Nacht kaum schlafen, weil ich so aufgeregt bin.« Es habe ja noch niemand gelesen, fügt er entschuldigend hinzu.

In diesem Moment tritt die Kellnerin mit der Flasche Wasser an den Tisch und fragt, ob die Herren schon bestellen wollen. Vor lauter Dankbarkeit vergisst Johann, höflich zu sein, und diktiert seinen Wunsch. Dann fällt ihm seine Unachtsamkeit auf und er bestellt noch das Risotto für Viktor, der sich unterdessen ein Glas Wasser einschenkt, seinerseits auch nicht höflich, denn er schraubt anschließend den Verschluss wieder auf die Flasche und denkt offenbar nicht daran, dass sein Lektor auch durstig sein könne. Leider dauert der Auftritt der Kellnerin insgesamt nicht einmal eine Minute, dann ist sie wieder fort und Johann an derselben Stelle, wo er vor ihrem Erscheinen gewesen war. Ein Autor fordert seine Meinung. Genauer: ein Autor, dessen Werk Johann ebenso gering schätzt wie seine Person, erwartet eine erste, allererste Reaktion auf seine Arbeit der letzten Monate, vielleicht Jahre, und es ist nun an Johann, sich seine Ablehnung nicht anmerken zu lassen, denn das wäre in höchstem Maße unprofessionell und auch nicht im Sinne seines Verlags, dem natürlich alleine schon wegen des zu erwartenden finanziellen Erfolgs an der Zufriedenheit dieses Autors gelegen ist. Nein, er muss hier nun konstruktiv Kritik üben, nicht im vollen Ausschlag, sondern fein-getuned, muss hier und dort auch etwas lobend hervorheben, um den Star-Autor nicht zu verärgern. Aber was?

Viktor hat sich Johann inzwischen mit seinem ganzen Oberkörper zugewandt, sitzt leicht nach vorne gebeugt und sieht ihn voller Erwartung an. Nun muss Johann etwas sagen. Weil ihm aber nicht sofort einfällt, was, und er diesen Umstand damit zu überspielen versucht, dass er sich nun seinerseits ein Glas Wasser eingießt, ist es erneut Viktor, der das Wort ergreift. »Sie mögen es nicht.« »Doch, doch«, lügt Johann. »Ich mag es, ich mag es.« »Ja?« Das Gesicht vor ihm hellt sich auf. »Ich habe es gestern gelesen. Ein sehr schöner Titel.« Er ärgert sich. Eigentlich hatte er sich das für später aufheben wollen. Nun gut, er würde sich also noch etwas weiteres Positives einfallen lassen müssen, später. »Ja?«, sagt Viktor, der jetzt wirklich nervös scheint. Er rutscht auf seinem Stuhl hin und her, mal hat er die Hände auf dem Tisch, dann sind sie wieder darunter, dann wieder nestelt er an seinem Schnurrbart, den er sich offenbar vor Kurzem erst hat stehen lassen, auf keinem der jüngeren Fotos in der Presse hatte Johann ihn damit gesehen. »Ich bin mir gar nicht so sicher mit dem Titel«, sagt Viktor. »Ich hatte auch noch andere Vorschläge. Aber er gefällt Ihnen, ja?« Johann nickt. »›Gratislover in Bratislava‹, ja, das finde ich sehr ...«

»Ich dachte zum Beispiel ›Mein liebes Leben‹ wäre vielleicht besser? Passender? Wegen der Doppelbedeutung ... liebes Leben, Liebesleben. Oder ›Außer Revue nichts passiert‹.«

»Hm.«

»Ich dachte, wegen Revue passieren«, sagt Viktor schnell.

»Ja, das habe ich schon verstanden.«

»Oder wie finden Sie ...« Viktor überlegt kurz. »›Berg und Spital‹?« Er scheint selbst nicht überzeugt. »Ich finde ›Gratislover in Bratislava‹ einen wirklich guten Titel«, sagt Johann. »Er ist originell und einprägsam. Nein, an dem Titel würde ich nichts ändern.« Viktor hat seine Hände nun beide auf dem Tisch und knetet sie so fest, dass Johann seine Knöchel knacken hört. »Okay, Titel also gut«, fasst er zusammen und sieht sein Gegenüber misstrauisch an. »Und sonst?«

Johann nimmt seine Gabel in die Hand und beginnt, mit ihr auf dem Teller Kreise zu ziehen. Er beginnt mit einem kleinen in der Mitte und lässt ihn nach außen hin immer größer werden, bis er sich in einer unsichtbaren Spirale über die gesamte Fläche ausgebreitet hat. Er macht es vorsichtig, um kein unangenehmes Geräusch zu erzeugen. Er weiß, dass er jetzt etwas Substanzielles sagen muss. »Also«, fängt er an. »Also, zunächst einmal danke ich Ihnen natürlich für Ihr Vertrauen, erneut mit mir zusammenzuarbeiten. Beim letzten Mal hatte ich ja gewissermaßen nichts zu tun, Sie kamen mit einem fertigen Manuskript, der Rest ist, wie sagt man so schön, Geschichte.« Viktor erwidert sein Lächeln nicht. »Das zweite Buch ist ja bekanntlich immer das schwerste«, fährt er fort, mit der Gabel nun zärtlich den Tellerrand entlangstreichend. »Beim zweiten Buch zeigt ein Autor, ob mehr in ihm steckt als nur eine Geschichte, die raus *musste*. Hier hört das Werk auf, therapeutisch zu sein und …« Er stockt und nutzt den Moment, um die Gabel an ihren Platz zurückzulegen. »Und die wahre Arbeit beginnt«, beendet er den Satz. Wenn er Glück hat, kommt gleich die Kellnerin und bringt Brot und Olivenöl. Er hat Hunger. Er hat so großen Hunger, dass es ihm schwerfällt, an etwas anderes zu denken als an Essen. Viktor sieht ihn an, den Mund einen Spalt geöffnet, als höre er dadurch besser. »Die wahre Arbeit beginnt«, sagt Johann noch einmal, diesmal in einem versöhnlicheren Ton. Ein kleines Lächeln hebt den Schnurrbart unmerklich an und ist sogleich wieder verflogen. Johann merkt, wie er dem Autor gegenüber weicher gestimmt wird, ein klitzekleines bisschen nur, aber immerhin. Doch dann fällt ihm das erste Kapitel ein, das damit beginnt, dass Lydia, die 90-jährige, schwer gelähmte Protagonistin in einem Krankenhaus in Luzern ihr Nachtessen verweigert (Viktor schreibt tatsächlich »Nachtessen«), was eine Schlauchlegung für künstliche Ernährung nach sich zieht, welche ihr im Folgekapitel mithilfe einer biegsamen Plastikkanüle durch den Rachen eingeflößt wird, womit Viktor sowohl sachliche als auch stilistische Probleme hat. »Insgesamt finde ich, ist es interessant, was Sie erzählen wollen …«, sagt er, und weil in diesem Moment tatsächlich die Kellnerin kommt und einen Korb mit geschnittenem Weißbrot auf den Tisch stellt, findet er, dass damit erst einmal genug gesagt ist.

Das scheint Viktor jedoch anders zu sehen. »Erzählen wollen?« Er betont das hintere Wort. Johann nimmt sich ein Stück Brot. Es ist noch warm, offenbar frisch aufgebacken. Er hält Viktor den Korb hin. »Könnten Sie noch Olivenöl?«, ruft er der Kellnerin nach, die sich schon wieder umgedreht hat. Viktor möchte kein Brot. »Erzählen wollen? Also finden Sie mein Buch misslungen.« Als Johann nicht sofort antwortet, spricht Viktor weiter. Ob Johann also sein, Viktors, Buch insgesamt für nicht gelungen halte, wenn er sage »erzählen *wollen*«, weil wenn das so sei, solle er ihm das am besten gleich direkt sagen, dafür säßen sie ja hier, und er, Viktor, könne Kritik vertragen, das sei ja schließlich, genau wie Johann gesagt habe, ein Arbeitsprozess. Er spricht noch etwas in diesem Sinne weiter, während Johann versucht, ihn durch zunächst nur angedeutetes, wenig später ausholend gestikulierendes Abwinken zu unterbrechen. Doch Viktor hört erst auf zu reden, als plötzlich eine junge Frau neben ihrem Tisch steht. Sie hält einen Stift in der Hand und eine

Papierserviette in der anderen und sieht Viktor freundlich an. Ob er ihr wohl ein Autogramm geben könne, fragt sie. Zerstreut nimmt Viktor Serviette und Stift entgegen und malt ein paar Striche, die offenbar seinen Namen bedeuten. Er gibt der Frau Serviette und Stift zurück, sieht sie erst jetzt richtig an, bemerkt, dass sie enttäuscht scheint, nimmt beides noch einmal an sich, fragt nach ihrem Namen und widmet seine Unterschrift »Ann-Katrin«, und eine Ausstreichung später, korrekt »Ann-Kathrin«. »Ein i ist immer gut«, sagt er, »da kann man nämlich ein Herz drübermachen«, was er auch tut. Die Frau strahlt nun, bedankt sich und geht ab, die Serviette so vorsichtig vor sich hertragend, als würde sie zerbrechen, wenn sie zu Boden fiele.

»Passiert Ihnen das oft?«, fragt Johann. Viktor scheint nicht zu verstehen, versteht dann doch, nickt, sagt ja, das komme schon vor, aber was ihn im Moment viel mehr interessiere, sei, und hier lenkt er das Gespräch wieder auf das unterbrochene Thema. »Also, ich will ganz ehrlich sein ...« »Ja«, sagt Viktor, obwohl Johann gar keine Pause gelassen hatte. In diesem Moment erscheint die Kellnerin mit dem Olivenöl. Sie stellt es auf den Tisch, sagt »bittesehr« und geht wieder ab.

»Ja?«, wiederholt Viktor. »Ich glaube, da kommt noch ein ganz schönes Stück Arbeit auf uns zu.« Wieder sagt Viktor ein schnelles Ja, diesmal unsicher, fragend. »Ich bin zum Beispiel mit dem Aufbau nicht hundertprozentig glücklich. Ich glaube, der Anfang müsste gestrafft werden« – was er eigentlich meint, ist: gestrichen –, »damit man schneller in die Handlung springt.« »Aber das Buch hat keine Handlung«, sagt Viktor. »Ganz genau darüber könnte man vielleicht noch einmal nachdenken«, sagt Johann im Tonfall eines Arztes, der einem Patienten mitteilt, dass seine Krankheit leider nicht heilbar ist. »Aber das ist doch die Idee: ein Buch ohne Handlung«, sagt Viktor im Tonfall eines Sterbenden, der noch ein Fünkchen Hoffnung in der alternativen Medizin sieht.

Johann tunkt endlich ein Stück Brot in Olivenöl, das er auf eine Ecke seines Tellers gegossen und mit etwas von dem grobem Meersalz gewürzt hat, das in einem Schälchen auf dem Tisch steht, und beißt ein großes Stück ab. Viktor sieht ihm schweigend dabei zu.

»Darf ich Sie fragen, warum Sie das Buch aus Sicht einer neunzigjährigen Frau geschrieben haben?«, fragt Johann, nachdem er fertig gekaut hat.

»Ich wollte diesmal etwas schreiben, bei dem niemand behaupten kann, es sei autobiographisch«, sagt Viktor, »und als dann meine Großmutter gestorben ist... Ich habe sie im Krankenhaus besucht. Sie hatte natürlich nicht versucht, sich das Leben zu nehmen, das habe ich erfunden, sie hatte einfach Krebs, aber alleine diese Atmosphäre... Wie diese alten Menschen daliegen und alle nur darauf warten, dass sie sterben, damit endlich ihr Bett frei wird... Ich fand das so deprimierend. Und dann habe ich mich da reingedacht. Ich habe mir vorgestellt, wie das sein muss, dazuliegen, nicht mehr laufen zu können, nicht mehr sprechen zu können. Zwangsernährt zu werden. Alt zu sein...« »Verstehe«, unterbricht Johann, wieder mit vollem Mund. Er kaut zuende, bevor er weiterspricht. »Es ist halt wirklich arg weit weg von Ihnen selbst, nein? Ich meine, an manchen Stellen merkt man schon, dass hier einfach ein junger Mensch erzählt.« Viktor hat jetzt wieder den Mund halb geöffnet. »Zum Beispiel?«, fragt er. Auf seinen Wangen sind plötzlich rote Stellen zu sehen. »Hm«, sagt Johann, eben einen neuen Bissen im Mund. Viktor lässt ihn nicht aus den Augen, während er kaut.

»Hm, ja, das müsste man sich dann im Text genau ansehen.«
»Und sonst?«, sagt Viktor, drängend. »Ja, sonst gibt es einige
Kleinigkeiten.« »Zum Beispiel?« Johann tunkt das zweite Stück
Brot in Olivenöl. »Zum Beispiel die Zwangsernährung...«, sagt
er. »Wird so eine Zwangsernährung nicht intravenös verab-
reicht?« Viktor sieht ihn fragend an. »Im zweiten Kapitel bekommt Lydia eine Kanüle in den Mund...«, sagt Johann. Viktor scheint auf einmal etwas im Auge zu haben, er zwinkert ein
paarmal, fasst sich mit dem Finger ans Lid und schließt kurz
die Augen. Als er sie wieder öffnet, glänzen sie feucht. »Aber das
ist doch nur ein Detail«, sagt er, »das kann man doch ändern«,
seine Stimme ist auf einmal höher, »das kann ich doch noch
recherchieren«. Dann steht er sehr plötzlich auf und geht, nein,
eilt in Richtung Toilette. Als er die Treppe erreicht, verfällt er in
einen Laufschritt. Johann kann seinen Hinterkopf in Richtung
Kellergeschoss abwärts hüpfen sehen wie einen immer kleiner
werdenden Ball.

Johann ist unsicher, hat er etwas falsch gemacht? War er
zu ehrlich? Er wird vom Erscheinen der Kellnerin aus seinen
Gedanken gerissen, die mit dem Essen kommt. Neidvoll sieht
Johann auf das Risotto, das ihm unendlich verlockender erscheint als seine eigene Bestellung. Die Kellnerin fragt ihn, ob
er Parmesan möchte und raspelt eine ordentliche Portion über
seine Nudeln. Dann wünscht sie einen Guten Appetit und lässt
ihn allein.

Viktors Risotto, das unberührt vor sich hindampft, verbrei-
tet einen nahezu unwiderstehlichen Duft. Safrangelb umgeben die sämigen Reiskörner vier große Garnelen, deren Fühler
und Schwanzflossen vor dem Verzehr noch zu entfernen wären.
Garniert ist das Ganze mit etwas Grün, vermutlich Koriander.

Johann ist versucht, davon zu probieren. Er glaubt, einen fehlenden Bissen dank der breiigen Konsistenz durch anschließendes Glattstreichen der Masse vertuschen zu können. Er blickt sich um, niemand sieht zu ihm herüber. Rasch lässt er seine Gabel in das Risotto gleiten und führt sich eine ordentliche Portion zum Mund. Es schmeckt wie es riecht, köstlich. Er nimmt noch eine zweite, kleinere Portion. Anschließend streicht er die entstandene Mulde glatt und wendet sich seinen Nudeln zu, die ihm im Direktvergleich vorkommen wie Schonkost.

Als Viktor zurückkommt, wirkt er gefasst. Er wünscht einen Guten Appetit, bevor nun auch er zu essen beginnt, und anschließend kauen beide eine Weile schweigend und hängen ihren eigenen Gedanken nach, wobei die von Johann in erster Linie bei Viktors Risotto sind. »Und, schmeckt es?«, fragt er irgendwann. »Joah, geht so«, sagt Viktor. Wenig später liegen nur noch die Garnelenschwänze und Fühler auf seinem Teller, sogar das garnierende Grün hat er gegessen. Johann weist ihn mit einem Fingerzeig auf ein paar Reiskörner hin, die sich in seinem Schnurrbart verfangen haben, und Viktor streicht sich mit der Serviette über die untere Gesichtshälfte. Daraufhin sind die Reiskörner verschwunden, bis auf eines. »So«, sagt Viktor, »erst noch Kaffee oder gleich zur Sache?« Johann sagt, dass sie gerne sofort zur Sache kommen können und entnimmt der Ledertasche, die er auf den freien Platz neben sich gelegt hat, das Manuskript. Er schiebt seinen Teller zur Seite und legt es vor sich auf den Tisch. »Gratislover in Bratislava« steht auf dem Deckblatt, in mindestens 48 Punkt großen, gefetteten Arial-Buchstaben. Er blättert es auf.

Bevor er ansetzen kann, etwas zu sagen, wird Johann dadurch unterbrochen, dass ein Mann an ihren Tisch tritt und Viktor mit einem »Hallo« begrüßt, das ironisch klingt. Er trägt eine schwarze Hornbrille, zweifelsfrei ein Journalist. »Wir haben mal ein Interview gemacht, ich weiß nicht, ob du dich erinnerst.« Viktor sieht aus, als erinnere er sich nicht. »Du hast dann deinen Anwalt eingeschaltet«, sagt der Mann. »Ja?«, sagt Viktor, etwas wackelig. »Um es mal ganz direkt zu sagen«, sagt der Mann, der sich jetzt mit beiden Händen auf ihrem Tisch abstützt, »ich halte dich für ein arrogantes kleines Arschloch. Das wollte ich dir immer schon mal sagen. Das war es auch schon. Schönen Tag noch.« Nach diesen Worten dreht sich der Mann um und geht zu einem Tisch nahe der Tür, von dem aus zwei Männer mit demselben Brillenmodell die Szene beobachtet haben. Feixend, wie Johann nicht umhin kann zu bemerken.

»Huch«, sagt Viktor leise. Er rutscht auf dem Ledersofa nach hinten, sein Kopf scheint plötzlich direkt auf seinen Schultern zu sitzen, von seinem Hals ist kein Stück mehr zu sehen. Überhaupt sieht er mit einem Mal um mindestens zwanzig Zentimeter kleiner aus. »Ach, Sie kennen doch die Journalisten«, versucht Johann ihn zu beschwichtigen. »Ganz offenbar liegt hier eine narzisstische Kränkung vor, Sie sollten sich das nicht·zu Herzen nehmen. Ist Ihnen nicht gut?« Bis auf die roten Flecken auf den Wangen, die inzwischen ins Violette spielen, ist alle Farbe aus Viktors Gesicht gewichen, der Schnurrbart sieht auf einmal viel zu dunkel aus und wie angeklebt. »Trinken Sie einen Schluck«, sagt Johann. Viktor greift zu seinem Glas, trinkt einen Schluck, setzt es wieder ab. »Mir ist irgendwie komisch«, sagt er. Dann verbirgt er sein Gesicht kurz in seinen Händen und als er wieder hochsieht, läuft ihm tatsächlich eine Träne die Wange hinunter. »Es tut mir leid, was da gerade passiert ist«, sagt Johann und spürt den Impuls, sich über den Tisch hinweg zu Viktor zu beugen und ihn zu umarmen. Natürlich tut er es nicht, aber den Impuls spürt er deutlich. »Machen Sie sich nichts draus. Bestimmt ist er nur neidisch. Und man weiß ja: Neid ist der Applaus der Kleinmütigen.« Viktor sieht ihn dankbar an. Dann macht er sich an seiner Tasche zu schaffen, einer Art Lederranzen, wie sie in Gymnasien ab der Oberstufe gern getragen werden. Eine Weile kramt er darin herum, zieht schließlich ein schmales Päckchen heraus, das in Geschenkpapier eingewickelt ist und mit einer sich lockenden Goldschleife verziert.

»Ich habe Ihnen was mitgebracht.« Er hält Johann das Päckchen entgegen. »Oh, für mich?« Johann nimmt es entgegen und hält es einen Moment in Händen. Ein neues Gefühl steigt in ihm auf. Was für eine süße Geste, denkt er und wundert sich über das Wort »süß«, das er normalerweise jungen Tieren vorbehält, und zwar nur solchen, die auch im ausgewachsenen Zustand nicht stechen oder beißen. »Soll ich es gleich auspacken?« Viktor nickt. Erst jetzt wischt er sich die Träne aus dem Gesicht, anschließend ist auch das Reiskorn verschwunden. Vorsichtig, als wäre schon die Verpackung kostbar, streift Johann die Schleife ab und entfernt das Papier, das sich angenehm seidig anfasst. Darunter erscheint eine längliche schwarze Schatulle, auf die das Markenzeichen eines Füllfederhalterherstellers aufgedruckt ist, und zwar des teuersten, den es gibt. Johann sieht Viktor ehrlich überrascht an, dann öffnet er den Deckel. Auf königsblauem Samt gebettet liegt ein Füller, das Meisterstück des Herstellers, Johann kennt es aus den Anzeigen in den Literaturmagazinen, die er abonniert hat. Johann schätzt, dass er bestimmt 300 Euro gekostet hat, Minimum. Wieder sieht er zu Viktor. Der scheint seine Fassung wiedergewonnen zu haben, zumindest sieht er im Moment ganz fröhlich aus. Er bedeutet Johann mit einem

Nicken, den Füller schon aus dem Etui zu nehmen, was dieser dann auch tut, vorsichtig, denn noch hat er nicht das Gefühl, das edle Stück gehöre ihm.

Der Schaft fühlt sich kühl an. Johann umfasst ihn mit Daumen und Zeigefinger, der Füller liegt sagenhaft gut in der Hand, nicht zu leicht, nicht zu schwer, gerade so, als wäre er für ihn gemacht – da fällt sein Blick auf die Gravur, die sich in altmodisch verschnörkelter Schreibschrift um die gesamte Breite zieht. Johann Knipphals steht da, sein Name. Er nimmt den Füller in die andere Hand und fährt die Buchstaben ehrfurchtsvoll mit dem Zeigefinger nach. Auch ein Blinder würde sie lesen können, sie sind eingraviert.

Die Umarmung fällt herzlich und kurz aus, wie es sich unter Männern gehört. »Danke«, sagt er.

Nachdem sich beide wieder gesetzt haben, betrachtet Johann den Füller noch einmal von allen Seiten. »So, aber jetzt sagen Sie doch, meinen Sie, man kann aus meinem Manuskript noch etwas machen?«, unterbricht Viktor ihn dabei. Johann legt den Füller vorsichtig auf sein Samtkissen zurück, verknotet sogar den kleinen Draht wieder, mit dem er an der Unterlage befestigt war, und macht sich im Folgenden daran, Viktor zu erklären, wie aus dessen interessantem Manuskript ein außergewöhnlicher Roman werden könne. Hier und da müssten Kleinigkeiten verändert werden, der Anfang gestrafft, das Thema Zwangsernährung noch einmal nachrecherchiert (die Sache mit der Tschechoslowakei vergisst er im Eifer seiner Ausführungen), aber im Großen und Ganzen sei Viktor da ein erstaunliches Werk gelungen. Er nennt das Buch »ergreifend« und »wichtig« und sagt, »Gratislover in Bratislava« sei ein Roman, »aus dem viel Wahrhaftigkeit spricht«.

Als die Kellnerin die leeren Espressotassen abräumt und die Rechnung bringt, hat Johann Viktor soeben das Du angeboten. Er wird sich später darüber ärgern, aber das weiß er in diesem Moment noch nicht. Allerbester Laune verlassen die beiden das Restaurant. Der Autor will sofort nach Hause gehen, er wohnt Bestlage Friedrichshain, und sich an die Arbeit machen, von der er nun glaubt, dass sie zu bewältigen ist. Johann, dessen Arbeitsstelle sich in entgegengesetzter Richtung befindet, verabschiedet ihn mit einem kräftigen Händedruck und bleibt noch einen Moment vor der Restauranttür stehen, um sich unter der windschützenden Markise eine Zigarette anzuzünden. Er fühlt sich angenehm beschwingt, als hätte er einen Schwips. In der rechten Tasche seines Jacketts kann er das Gewicht der Füllfeder-Schatulle spüren. Er zieht einmal kräftig an der Zigarette, dann setzt er sich in Bewegung. Als er sich noch einmal nach Viktor umdreht, ist nur noch ein Stück von dessen himbeerfarbenem Pullover zu sehen, das sich in der Ferne gerade zwischen dunkel gekleideten Passanten verliert. Einen Moment später ist er aus seinem Blickfeld verschwunden.

ADLON

Es war 8 Uhr 30 am Morgen, und Anna war mit den Nerven am Ende. Um kurz vor 6 Uhr hatte Lucy sie geweckt. Bis 8 Uhr hatte sie mit ihr ein Bilderbuch angeguckt, immer dasselbe, ungefähr dreihundert Mal. Dann war endlich Titus aufgestanden und hatte sie abgelöst. Während sie im Badezimmer war, hatte die Babysitterin ihr auf die Mailbox gesprochen, sie könne leider nicht kommen, müsse sich noch auf irgendeine Prüfung vorbereiten, es täte ihr leid, dass die Absage so kurzfristig sei. Und seither versuchte sie ihre Mutter zu erreichen, ob die ausnahmsweise einspringen könne, bisher vergeblich, wahrscheinlich schlief die noch. In einer halben Stunde würde der Fahrer kommen und sie abholen, und sie war noch nicht fertig angezogen, ihre Haare waren noch nass und die Nägel hatte sie auch noch nicht neu lackiert, an einigen Stellen war die Farbe schon ab.

»Was soll ich machen, ich erreiche Mama nicht«, brüllte sie Titus an, als der mit Lucy auf dem Arm in die Küche kam. »Guten Morgen«, sagte der übertrieben freundlich, und die Kleine echote es nach. »Um neun kommt der Fahrer, und ich bin frühestens um sechs wieder da. Was machen wir, wenn Mama nicht kann?« Titus setzte Lucy in den Kinderstuhl, die natürlich zu protestieren anfing, wie immer, wenn sie auf ihr Stühlchen sollte. »Sag, was machen wir dann?« Titus warf ihr einen Blick zu, der sagte, sie solle nicht so schreien. Anna verstand nicht, warum er so ruhig war. »Kannst du deinen Termin heute verschieben?«, fragte sie so ruhig es ihr möglich war, und schickte noch ein flehendes »Bitte, ja?« hinterher. Titus hatte Lucy inzwischen erfolgreich auf ihren Stuhl verfrachtet und sich auf seinen Platz am Frühstückstisch gesetzt. »Ist der Kaffee fertig?«, fragte er. Anna nahm die Kanne aus der Maschine und knallte sie vor ihm auf den Tisch. »Milch?«, fragte sie wütend und nahm die Packung aus dem Kühlschrank. »Danke, Schatz«, sagte Titus. Lucy hing hintenüber in ihrem Kindersitz, strampelte mit den Beinen, streckte die Arme weit von sich und äußerte lautstark ihr Uneinverstandensein. »Die Milch ist abgelaufen, haben wir noch eine neue?«, fragte Titus. Anna lief aus der Küche und knallte die Tür hinter sich zu, woraufhin Lucy zu weinen anfing.

Nachdem Anna noch eine Nachricht auf dem Anrufbeantworter ihrer Mutter hinterlassen hatte, rannte sie ins Bad und beendete ihr Make-up. Die Falten zwischen Mund und Nase waren an diesem Morgen nicht zu übersehen, überhaupt war es keiner ihrer besseren Tage. Sie sah verquollen aus, und Make-up und Puder machten es fast nur schlimmer. Wenigstens schienen ihre Haare gut zu trocknen, über den Schultern wellten sie sich leicht, was reine Glückssache war und normalerweise nur an Regentagen gelang. Anna beschloss, sie offen zu tragen und ging ins Schlafzimmer, um sich dementsprechend umzuziehen. Mit offenen Haaren würde sie Hosen tragen können, entschied sie, zog sich die Strumpfhose wieder aus und stieg in ihre Lieblingsjeans. Wenn sie die oberen zwei Knöpfe offen ließ, passte sie gerade noch eben so. Dann suchte sie im Schuhschrank nach einem Paar Pumps, fand es nicht und zog ein anderes an. Sie wechselte auch den BH noch mal, tauschte den schwarzen gegen ein hautfarbenes Modell und zog dann ein locker sitzendes weißes T-Shirt an, über dem sie einen dunklen Blazer tragen wollte, den sie nach einigem Suchen auch fand. Inzwischen war es Viertel vor neun, und sie hatte ihre Mutter immer noch nicht erreicht. Warum war eigentlich sie hier für alles allein verantwortlich?

In geladener Stimmung kehrte sie in die Küche zurück. Lucy hatte mittlerweile eine Flasche mit Kakao vor sich stehen, einen Schnuller im Mund und sah ganz zufrieden aus. »Mama«, rief sie und streckte die Arme nach ihr aus. »Ich kann jetzt nicht, Schatz«, sagte sie – und zu Titus gewandt, der gerade ein Käsebrötchen aß, »also, was ist jetzt? Hast du dir was überlegt?« Er biss erst noch einmal ab und kaute gründlich, bevor er antwortete: »Ich?« »Ja, du. Du! Warum denn nicht du? Was soll denn das für eine Haltung sein, die du hier an den Tag legst? Hast du nichts mit uns zu tun, nein, bist du ganz allein auf der Welt? Was ist denn das für eine Egoshow, ich glaube ich spinn, du hast sie ja wohl nicht mehr alle.« Natürlich fing Lucy auf der Stelle wieder zu weinen an, das tat sie immer, wenn Anna laut wurde, und Anna ging zu ihr und streichelte ihr über den Kopf. »Pscht, Lucy, nicht weinen jetzt. Mama meint das nicht so.« »Mama 'mein«, schluchzte Lucy, und Anna sagte »Nein, Mama nicht gemein, Mama nur ...« »Zickig«, sagte Titus. Anna sah ihn wütend an. »Mama 'mein«, wiederholte Lucy, nun schon gefasster. Anna lief aus der Küche und den langen Flur entlang zur Wohnungstür, wobei sie fast über Lucys Dreirad gestolpert wäre, das in der Mitte herumstand. »Fuck«, brüllte sie. Dann fiel ihr ein, dass sie ihre lange Goldkette noch anziehen sollte, die zu dem weißen T-Shirt bestimmt gut aussah. Kette, versuchte sie zu memorieren.

Sie ging aus der Wohnung, nahm die paar Schritte zur Nachbarwohnung im Laufschritt und klingelte. Es dauerte eine
Weile, und sie musste noch zweimal klingeln, bis Barbara endlich die Tür öffnete. Sie war im Nachthemd und sah verschlafen
aus. Anna entschuldigte die Störung und erklärte die Situation,
die sie einen »Notfall« nannte. Dann sah sie Barbara fragend an.
»Sorry, aber heute geht es bei uns gar nicht«, sagte die. Ihre Kinder seien bei den Großeltern in Hamburg, und sie und Matthias
hätten heute ihren lang geplanten freien Tag. »Ach so, klar, Mist,
aber macht nichts«, sagte Anna, die Mühe hatte, nicht in Tränen
auszubrechen. »Dann bis bald mal wieder, mit den Kleinen, ja?«
Sie drehte sich um, ohne die Antwort abzuwarten, und lief wieder in ihre Wohnung zurück, wo sie die Tür kontrolliert hinter
sich zuzog, anstatt sie, wie es ihrer Laune entsprochen hätte, zu-
zuknallen.

Sie fand Titus und Lucy im Kinderzimmer, wo Lucy sofort
wieder nach ihr rief. Diesmal ignorierte Anna sie und fuhr den
neben dem Bettchen knienden Titus an, dass Barbara keine Zeit
habe, und sie müsse gleich weg, und dass er bitte ihre Mutter
erreichen solle. Oder sein blödes Köln absagen. Titus stand auf
und griff sie fest ums Handgelenk. Wie oft solle er ihr noch sagen, dass sie vor Lucy nicht so schreien solle, sagte er leise, sein
Griff war fest, und dann sagte er etwas lauter, dass er gar nicht
daran denke, Köln abzusagen, er habe auch einen Beruf, es
könne sich nicht alles um sie drehen immer, und wenn sie ihre
Mutter nicht erreiche, solle sie doch bitte ihren Interviewtag absagen. In diesem Moment klingelte es an der Tür. Anna musste
schon wieder aufs Klo, aber weil sie Titus um nichts bitten
wollte, lief sie nach vorne, sagte in die Gegensprechanlage, dass
sie gleich komme, lief wieder zurück und ins Badezimmer,

dachte sogar an die Goldkette, die sie erst fand, nachdem sie die ganze Schmuckschatulle ausgeleert hatte und die wirklich gut zu dem T-Shirt aussah, aussehen würde, wenn sie sie erst mal entwirrt hätte, was sie sich für die Autofahrt vornahm. Noch ein prüfender Blick in den Spiegel, wie gerne hätte sie sich noch mal neu geschminkt, vielleicht sogar geduscht oder wenigstens kurz geweint, aber für all das war jetzt keine Zeit, also lief sie wieder zum Kinderzimmer, Titus angelegentlich ignorierend, während sie Lucy aus dem Bettchen hob, wobei ihr das Bilderbuch auf den Boden fiel, das Titus ihr wortlos reichte, dann lief sie, Lucy auf dem Arm, die vor Überraschung ganz still war, noch mal ins Bad, um Windeln zu holen, die sie sich unter den Arm klemmte. »Machst du eine Flasche«, rief sie, sah noch mal in den Spiegel, griff mit der freien Hand nach ihrem Parfümflakon und sprühte sich ein wenig davon auf den Hals. »Hm, das riecht gut«, sagte sie beruhigend zu Lucy. Im Flur stand Titus, ein volles Fläschchen in der Hand. »Arschloch«, zischte sie ihm zu, als sie es entgegennahm. Dann lief sie, so schnell ihre hohen Schuhe es zuließen, durch den Flur, angelte sich ihre Handtasche von der Garderobe und trat die Wohnungstür mit lautem Knallen hinter sich ins Schloss.

In der abgedunkelten Limousine, die sie ins Adlon bringen sollte, versuchte sie es erneut bei ihrer Mutter. Wieder war nur die Mailbox dran. Es waren Schulferien, weswegen auch der Kindergarten geschlossen war und ihre Agentin, die sonst bestimmt eingesprungen wäre, verreist. Hoffentlich würde ihre Mutter bald aufstehen, und hoffentlich, hoffentlich hätte sie Zeit. Lucy saß neben ihr in einem Kindersitz, den der Fahrer umstandslos aus dem Kofferraum geholt und montiert hatte und hielt ihr Bilderbuch in der Hand. Verkehrt herum, was

Anna nun korrigierte. Sie machte sich daran, die Kette zu ent-
knoten, was nicht gelang, und als ihr Blick dabei auf ihre Nägel
fiel, erschrak sie, als wäre etwas viel Schlimmeres passiert. Ihr
fiel ein, dass sie gar nicht wusste, ob Fotos gemacht werden würden. Sie sah auf die Uhr. In einer halben Stunde würde der erste
Journalist ihr Fragen nach einem Film stellen, den sie zu ver-
drängen versucht hatte, so gut es ging. Die Dreharbeiten lagen
eineinhalb Jahre zurück, es war der Debütfilm des Regisseurs
gewesen, der nie ein nettes Wort gesagt hatte, was sie sich damit
zu erklären versucht hatte, dass er wohl einfach unsicher war.
Der Kollege, der die männliche Hauptrolle spielte, hatte sich vor
ihrer gemeinsamen Liebesszene nicht die Zähne geputzt. (Erst
jetzt kam ihr der Gedanke, dass er vermutlich am heutigen Interviewtag auch da sein würde.) Die Maskenbildnerin, die sehr
jung war, Anfang zwanzig, hatte sie gleich am ersten Tag mit
der Frage beleidigt, ob sie schon mal erwogen habe, sich Botox
spritzen zu lassen – »das ist das Einzige, was gegen so ne Zor-
nesfalte hilft«. Das Catering hatte fast ausschließlich aus Brat-
würsten und Frikadellen bestanden, obwohl sie vorher über ihr
Management hatte ausrichten lassen, dass sie Veganerin war.
Und schließlich war ihr der ganze Film, der im Drehbuch geklungen hatte wie ein nicht sonderlich origineller, aber einigermaßen akzeptabler Thriller aus der Nazizeit, im Laufe der Dreharbeiten immer fragwürdiger vorgekommen.

Warum wurde der Schauspieler, der Hitler spielte, meist in
grünem Gegenlicht gefilmt? Warum zeigte Eva Braun so viel
Dekolleté? Und musste Göring unbedingt von einem bekann-
ten Fernseh-Comedian gespielt werden? Von ihrer eigenen
Rolle, der deutschen Jüdin Ruth Morgenstern, die sich für eine
BDM-Gruppenleiterin ausgab, war nach dem Schnitt nichts

Interessantes übrig geblieben, alle inneren Konflikte waren herausgenommen worden. Das Testpublikum habe bei den Previews beanstandet, dass sie keine reine Sympathieträgerin sei, hatte man ihr erklärt. Ihre Lieblings-Szene (deretwegen sie den Film überhaupt angenommen hatte), in der sie die männliche Hauptrolle, den SS-Hauptmann Hans, dazu überredete, einen jüdischen Jungen laufen zu lassen, um diesen anschließend ins sichere Verderben zu schicken, als sie ihm kein Obdach für die Nacht gewährte, war gar nicht mehr im Film. Dafür war die Liebesszene zwischen ihr und Hans zweieinhalb volle Minuten lang und mit dieser grauenhaften Klimperklaviermusik unterlegt, die außerhalb deutscher Filme nicht existierte, und warum auch. Anna hatte den fertigen Film nur einmal gesehen. Das war einen Tag vor der Premiere gewesen, die sie daraufhin abgesagt hatte (Magen-Darm), zehn Tage war das jetzt her. Leider war sie vertraglich zur Pressearbeit verpflichtet, da hatte ihr Management sie nicht mehr herausgekriegt. Und so sah sie nun mit Schrecken einem ganztägigen Interview-Marathon entgegen, zu dem eben erschwerend hinzu kam, dass sie ihre Tochter dabeihatte. Und zu allem Überfluss hatte sie auch noch deren Schnuller vergessen, wie ihr auf einmal siedend heiß einfiel. Sie wunderte sich, dass es Lucy noch nicht aufgefallen zu sein schien.

Mit nur einer Viertelstunde Verspätung fuhr der Wagen vor dem Adlon vor. An den erleichterten Gesichtern der beiden Frauen, die sie vor dem Eingang in Empfang nahmen, war abzulesen, dass man sich bereits Sorgen gemacht hatte, die Überraschung, sie mit Kind aus dem Wagen klettern zu sehen, schien groß. »Oh«, sagte die eine, kurz, stämmig und blond, die sich als Nina vorstellte, »heute mit Anhang?« »Tut mir leid«, sagte Anna, »wir haben heute leider einen Betreuungsnotstand.« Ihr entging der Blick nicht, den die beiden wechselten, bevor die andere, Nicole, groß, schlank, dunkle Hautfarbe, die Haare zu einem Siebziger-Jahre-Afro frisiert, versicherte, das sei doch überhaupt kein Problem, sie werde sich während der Interviews um sie kümmern. »Mein Bruder hat gerade ein Kind bekommen«, erklärte sie, als sage das irgendetwas aus.

Die beiden begleiteten Anna, die Lucy auf dem Arm hatte, die breite Treppe hinauf in den ersten Stock, wo eine Suite angemietet worden war. Vor der Tür stand ein Pappaufsteller des Filmplakats, Anna war nicht sonderlich überrascht, es noch einmal verändert zu sehen. Es zeigte sie mit vor Schreck geweiteten Augen, im Hintergrund das brennende Berlin. Neben ihr stand jetzt Hans, der zuvor neben einer Hakenkreuzfahne im Hintergrund gestanden hatte, nun war er genauso groß wie sie. »Berlin is burning« hieß der Film jetzt. (Der ursprüngliche Titel war »Ruth Morgenstern – eine deutsche Geschichte« gewesen). Lucy ließ sich überraschend protestlos von Nicole auf den Arm nehmen, die Anna auch Windeln und Fläschchen abnahm. Die andere, Nina, begleitete sie in das Zimmer nebenan. Seufzend ließ Anna sich auf das geblümte Sofa fallen, auf dem sie voraussichtlich den ganzen Tag verbringen würde. Die blonde Pressefrau schenkte ihr ein Glas Wasser ein. Diverse andere Getränke, darunter Thermoskannen mit Kaffee sowie frisches Obst und ein Sortiment von Schokoladenriegeln standen auf einem niedrigen Glastisch bereit. Auf einer Anrichte an der Wand gab es einen Wasserkocher für Tee, daneben eine Auswahl an Beuteln, die auf einem Teller aufgefächert war. Die Pressefrau, die Anna ganz selbstverständlich duzte, sah sich zufrieden um. »Alles okay?«, fragte sie. Anna nickte, obwohl sie Bauchweh hatte, ein Ziehen in der Unterleibsgegend, vermutlich Dehnungsschmerz.

Fünf Minuten vor dem ersten Interviewtermin ging Annas Mutter endlich ans Telefon. Sie habe einen wichtigen Friseur-Termin, den sie unmöglich so kurzfristig absagen könne, aber ab 12 Uhr habe sie Zeit, 12 Uhr 30 vielleicht. Auch auf mehr-maliges Bitten wich sie von diesem Vorhaben nicht ab. »Es ist verdammt schwer, in diesem Salon einen Termin zu bekom-men«, erklärte sie. Dass es ihr leidtäte, sagte sie nicht. Anna drückte sie weg, ohne sich zu verabschieden.

Als es klopfte, setzte sie sich aufrecht und sah mit dem Blick, den sie sonst eigentlich nur für Fotos reservierte – während eines melancholischen Lächelns beinahe unmerklich die Backen einsaugend –, in Richtung Tür. Es war aber nur ihr Kollege A., der Hans gespielt hatte und ihr Guten Morgen wünschen wollte sowie einen »erfolgreichen Interviewtag«. Er schien noch etwas sagen zu wollen, stand einen Moment unentschlossen in der Tür, die er schließlich leise hinter sich zuzog. »Darf man schon gratulieren?«, fragte er unsicher und kam ein paar Schritte auf sie zu. Sie nickte, und sein Gesicht hellte sich auf. Die letzten Meter bis zu ihr absolvierte er mit schnelleren Schritten, die Umarmung fiel linkisch, aber herzlich aus. Um ein Haar wä-ren ihr Tränen in die Augen geschossen, was sie den Hormo-nen zuschrieb, doch hinter fest zugedrückten Lidern ließen sie sich zurückdrängen, und genau in dem Augenblick, in dem ihr A.'s Berührung zu lang zu werden begann, klopfte es wieder an der Tür.

A. ließ von ihr ab und sah sie gerührt an. »Na dann«, sagte er. Sie strich sich ihr T-Shirt glatt. »Hey«, sagte A. und ballte die Faust – »mach sie fertig!« Das Gesicht, das er dazu aufsetzte, war dasselbe wie auf dem Filmplakat. Anna winkte ihm hinter-her, bis er sich nicht mehr nach ihr umdrehte. Durch die offene

Tür trat Nina in Begleitung eines unsicher wirkenden Mannes ein, den sie mit Nennung seines Namens und der Zeitung, für die er arbeitete, vorstellte, doch Anna hörte nicht richtig hin. Sie hätte Nina gerne gefragt, ob im Nebenzimmer mit Lucy alles okay war, doch der junge Mann hatte sich bereits auf den Sessel neben ihr gesetzt, also versuchte sie, allein durch einen Blick die Frage zu stellen. Nina sah sie an, als verstehe sie nicht – dann nickte sie. »Mit Sprudel?«, fragte sie und trat zum Tisch, wo die Getränke standen. »Danke nein, ich hab schon«, sagte Anna. »Und was möchten Sie?«, fragte Nina den Journalisten. Nachdem sie ihm die gewünschte Cola Zero gereicht hatte, verließ sie den Raum und ließ Anna mit dem Journalisten allein.

»Ich fange einfach gleich an«, sagte er, nachdem er sein Aufnahmegerät eingeschaltet und das Mikrophon zu Anna zeigend auf den Couchtisch gelegt hatte. Das Sprudeln in seinem Glas war deutlich zu hören.

»Gerne«, sagte sie, ihrem Gegenüber direkt in die Augen sehend, wobei sie versuchte, an Sex zu denken, ein Trick, den sie anwandte, wenn sie fotografiert wurde, der ihr an diesem Vormittag jedoch nur mäßig gelang. Das Ziehen in ihrem Unterleib war erneut stärker geworden und sie verspürte den Drang, auf die Toilette zu gehen.

»Zuerst mal, also ich fand das einen beeindruckenden Film. Und Ihre Darstellung war richtig mutig, fand ich.«

»Mutig.«

»Ja, fand ich.«

»Warum mutig?«

»Naja, es ist ja heutzutage schon eher selten, dass man eine Schauspielerin vollkommen ungeschminkt auf der Leinwand sieht.«

»In meinem hohen Alter, meinen Sie.« Sie lachte.

»Nein, das meine ich nicht, ich meine ... Sie sind ja ... Wie alt sind Sie noch mal ...« Er sah auf seinen Block.

»38.«

»Ja, das ist natürlich nicht alt, das will ich gar nicht ... aber ... Also, ich fand, in manchen Einstellungen wirkten Sie ziemlich... hart.«

»Okay. Also, zunächst einmal, aber das können Sie natürlich nicht wissen, ist man vor der Kamera nie vollkommen ungeschminkt. Und dann – wie glauben Sie, sieht jemand, der etwa in meinem Alter ist, im Krieg aus? Hübsch maniküert und mit perfekt aufgelegtem Rouge? Wenn Bomben fallen und die Welt, in der man lebt, untergeht?«

Sie hatte sich ja bemüht, freundlich zu klingen, aber ihr fiel selbst auf, dass es ihr nicht hundertprozentig perfekt gelungen war.

»Okay, Entschuldigung, das war vielleicht nicht die perfekte Einstiegsfrage. Ich wollte ja auch eigentlich anders anfangen ... Wo habe ich es denn ... Moment ...« Er blätterte in seinem Block nach hinten und wieder nach vorn. »Hier. ›Berlin is burning‹ ist der erste Film, den Sie seit zwei Jahren gedreht haben.«

»Entschuldigung, aber da muss ich Sie korrigieren. Ich habe dieses Jahr zwei Filme gedreht, die kommen allerdings erst nächstes Jahr ins Kino. Frühestens.«

»Gut, aber davor war eine längere Pause.«

»Dadurch bedingt, dass ich ein Kind gekriegt habe, ja.« Ihr Ton war relativ eisig gewesen, weswegen sie ein versöhnliches Lächeln hinterherschickte.

»Ja, dazu komme ich später. Was ich fragen wollte, ist – wie suchen Sie Ihre Projekte aus?«

Immer wenn er eine Frage gestellt hatte, runzelte er die Stirn und machte etwas mit seiner Nase, das Anna irritierte.

Sie erklärte ihm, dass das immer verschieden sei, mal reize einen das Drehbuch, mal interessiere einen der Regisseur, woraufhin der Journalist wissen wollte, wie es in diesem Fall gewesen sei. Anna versuchte, diplomatisch zu sein und lobte nicht nur den Regisseur, sondern hob auch hervor, dass er das Drehbuch selbst geschrieben habe und dass ein Debütfilm natürlich immer etwas ganz Besonderes sei. Die Worte Leidenschaft und Herzblut fielen sowie das mehrere Deutungen zulassende Adjektiv »roh«.

Als Nächstes wollte der Journalist wissen, wie es eigentlich sei, wenn ein Regisseur, der gerade erst anfängt, auf einen gestandenen Filmstar treffe wie sie.

Mit der Bezeichnung Filmstar fühlte Anna sich unwohl, und das sagte sie auch, doch der Journalist insistierte, woraufhin sie den Vergleich mit Frankreich bemühte, um ihm den Unterschied zu den hiesigen Verhältnissen zu erklären. Sie war selbst überrascht, dass der Journalist sich mit ihren Blabla-Antworten zufriedengab.

Er sah wieder auf seinen Block. »Ihr Kollege, der die männliche Hauptrolle spielt« – er nannte A.'s vollen Namen –, »ist für seine Darstellung des SS-Manns Hans ja für einen Filmpreis nominiert. Fanden Sie nicht, Sie hätten auch eine Nominierung verdient?«

Anna lachte. Ein glockenklares, ansteigendes und in der Höhe charmant verklingendes Filmstarlachen. Sie war sehr zufrieden damit. Dann sagte sie, dass das natürlich andere entscheiden müssten, dass sie sich aber für A. natürlich mitfreue und ihm für die Verleihung alle Daumen drücke. Sie sehe das auch als Ensemble-Leistung, fügte sie hinzu. »Wenn einer ausgezeichnet wird, muss ja das Drumherum irgendwie gestimmt haben, nicht?«

»Ja, aber Ihr Beruf ist doch ziemlich ...« Der Journalist suchte nach einem Wort. »Da herrscht doch schon ein großer Konkurrenzdruck, oder?«

»Ich sehe A. nicht wirklich als Konkurrenten.« Wieder lachte sie, diesmal mehr ins Belustigte spielend, auch kürzer. »Wir konkurrieren ja nie um dieselben Rollen. Es hätte mich zumindest gewundert, wenn ich zu einem Casting für den SS-Mann Hans eingeladen worden wäre.«

Der Journalist schien nichts daran lustig zu finden.

»Werden Sie denn zu Castings eingeladen oder bewerben Sie sich?«

Anna fühlte sich mit einem Mal schrecklich müde. Ihr Gegenüber wurde ihr von Frage zu Frage unsympathischer, wenn das bei diesem Einstieg überhaupt möglich war, und langsam verlor sie die Lust, sich das nicht anmerken zu merken.

»Hören Sie mal, worauf wollen Sie eigentlich hinaus?«

»Wieso, ich ...«

»Ihre Fragen haben alle so einen seltsamen Unterton ...«

»Wie, das verstehe ich jetzt nicht ...«

»Als hätten Sie irgendein vorgefertigtes Bild von mir im Kopf, das Sie jetzt bestätigt sehen wollen. Ach, egal, fragen Sie weiter. Ich sag Bescheid, wenn's mir wieder auffällt.«

Auf dem Gesicht des Journalisten zeigten sich rote Flecken. Erst jetzt fiel Anna auf, dass er eine Brille trug.

»Sie sind Mutter einer zweijährigen Tochter«, sagte der Journalist. Sein kleiner Kopf harmonierte hervorragend mit seinem kleinkarierten Hemd, fand Anna.

»Ja?«, sagte sie.

»Ihr Lebensgefährte ist ein erfolgreicher Architekt. Ich wollte mal wissen, wie Sie das unter einen Hut kriegen, Beruf und Familie. Ich habe übrigens selbst einen kleinen Sohn.« Es kam Anna so vor, als würde er peinlich genau darauf achten, dass sie nicht lesen konnte, was auf seinem Block stand. Sie schob sich das Kissen im Rücken zurecht und lehnte sich zurück. Die neue Pose sollte entspannt wirken, offen.

»Dann wissen Sie das ja selbst, es ist alles eine Frage der Organisation.«

»Hm-hm, hm-hm«, machte er. Er schien darauf zu warten, dass noch etwas kam, doch sie schwieg.

»Sie waren ja nach der Geburt gleich wieder so dünn ...«

»Danke.«

»Haben Sie Hilfe, Au-Pair-Mädchen oder so?«

»Nein. Ich finde, wenn man ein Kind hat, dann sollte man es auch selbst großziehen.«

»Wie machen Sie das bei Dreharbeiten? Kommt Ihre Tochter – Lucy, kommt Lucy dann mit ans Set?«

Anna setzte sich wieder gerade hin und schlug ein Bein über das andere. »Das ist sehr nett, dass Sie sich da Sorgen zu machen scheinen, aber ich kann Ihnen versichern, für meine Tochter ist bestens gesorgt.«

Aus dem Nebenzimmer war plötzlich Kinderweinen zu hören.

Der Journalist hob fragend einen Zeigefinger.

»Wissen Sie was«, sagte Anna, »ich weiß das zu schätzen, dass Sie sich so für mein Privat- und Familienleben zu interessieren scheinen, aber ich wäre Ihnen wirklich dankbar, wenn wir über den Film sprechen könnten.«

Das Weinen im Nebenzimmer hörte auf, allerdings so abrupt, dass Anna davon ausging, dass es sich nur um Bestechung handeln konnte. Der Journalist blätterte in seinem Block eine Seite weiter, und Anna sah mit Schrecken, dass auch die nächste Seite von oben bis unten dicht beschrieben war.

»In ›Berlin is burning‹ spielen Sie die Geliebte eines SS-Offiziers …« Im Nebenzimmer begann Lucy wieder zu weinen, diesmal klang es, als hätte sie sich wehgetan.

»Ja«, sagte sie, den Impuls aufzuspringen nur mit Mühe unterdrückend.

»War das schwer sich da reinzuversetzen, ich meine, wie, glauben Sie, hätten Sie in der damaligen Zeit gehandelt?«

»Was haben Sie gerade gefragt?«

Der Journalist sah auf seinen Block.

Im Nebenzimmer Sirenengeheul.

»Sie haben gefragt, wie ich damals gehandelt hätte. Wäre ich Jüdin gewesen, meinen Sie?«

»Ja, oder ganz allgemein.«

»Das wäre doch aber ein immenser Unterschied. Wäre ich Jüdin gewesen, hätte ich mich dann auch als Nazi ausgegeben, ist das die Frage?«

»Zum Beispiel.«

»Was ist denn jetzt genau die Frage. Sie müssten die bitte schon präzisieren.«

Das Weinen im Nebenzimmer beruhigte sich.

»Äh. Ja. Können Sie sich vorstellen, dass Sie sich in einen Nazi verliebt hätten?«

Diesmal war das Ziehen in Annas Unterleib so heftig, dass sie das Gesicht verzog.

Der Journalist sah sie überrascht an.

»Wo waren wir? Ob ich ein Nazi gewesen wäre. Ach nein, ob ich mich in einen Nazi…«

»Ich formuliere die Frage mal anders…«

»Gern.«

»Wie haben Sie sich auf die Rolle vorbereitet?«

Als der Schmerz abgeebbt war, war es, als sei er nie da gewesen.

»Ja, also…«

Sie wischte sich die Schweißperlen von der Oberlippe.

»… man kann ja immer nur von sich selbst ausgehen…«

»Ja?«

»Ich meine, natürlich haben auch Frauen, die in SS-Männer verliebt waren, oder die selbst mit dem Nationalsozialismus sympathisiert haben, Gefühle gehabt wie jeder andere Mensch auch. Ich glaube, es wäre total falsch, die zu irgendwelchen Unholden zu…« In diesem Moment begann Annas Handy zu vibrieren. Es lag vor ihr auf dem Glastisch und machte einen ziemlichen Lärm. »Entschuldigung, da muss ich kurz… Hallo?«

Es war ihre Mutter, die vom Friseur aus anrief, um mitzuteilen, dass sie leider an diesem Tag überhaupt nicht könne, da sie ja ganz vergessen hätte, dass… Im Hintergrund war das laute Brausen mindestens eines Föns zu hören. Anna drückte sie weg und schaltete das Telefon aus.

»Entschuldigung. Wo waren wir?«

Der Journalist starrte auf seine Notizen und schien es auch nicht mehr zu wissen.

»Ja, ich wollte wissen«, sagte er, »wie… Ähm, genau, wie man sich in so jemand reinversetzt, also in jemand, der einem nicht unbedingt…«

Von nebenan war ein lautes Krachen und Poltern zu hören.

Nach einer Sekunde, in der alarmierende Stille herrschte, fing Lucy wieder zu weinen an. Diesmal klang es gellend. Erschrocken. Anna hielt es nicht mehr auf ihrem Sitz.

»Ich bin gleich wieder da«, sagte sie, schon im Laufen.

Im Nebenzimmer empfing sie folgendes Bild. Nina hatte eine vollkommen aufgelöste Lucy auf dem Arm, die durch allerlei Windungen ihres kleinen Körpers versuchte, sich ihren streichelnden Zugriffen zu entziehen. Auf dem Parkettboden lag das weiße Tischtuch, das eine Spur der Verwüstung hinter sich hergezogen hatte. Tassen waren zu Bruch gegangen, eine Thermoskanne umgefallen, dazwischen Kekse, Teebeutel, Colaflaschen (noch ganz), Milchkännchen (noch ganz). Die andere Pressefrau, an deren Namen sich Anna nicht mehr erinnerte, sammelte im Knien Scherben ein. Sie stand auf, als sie Anna sah. Die würdigte sie jedoch keines Blickes, sondern lief, stürzte auf Nina zu, der sie ihre Tochter entriss.

»Was ist denn passiert«, rief Anna – und dann leiser, zu Lucy. »Was ist denn passiert, hm, was ist denn hier passiert, hm?«

»Sie hat …«, setzte die andere Pressefrau an, doch Nina fiel ihr ins Wort. »Sie hat das Tischtuch zu fassen gekriegt, meine Schuld. Aber wir haben hier alles im Griff.«

»Du kleine süße Maus, hm, Mama ist ja da, Lucyschatz, alles ist gut, es ist ja gar nichts passiert. Wie, sie hat das Tischtuch zu fassen gekriegt?«

»Es tut mir total leid, ich weiß auch nicht, wie das …«

»Was soll ich machen, sie mit ins Interview nehmen?« Annas Stimme war jetzt sehr laut. »Das wird doch wohl möglich sein, zwei Stunden auf meine Tochter aufzupassen, ohne dass irgendetwas passiert!«

»Aber es ist ja nichts …«

»Hier sind überall Scherben.«

»Aber ich hatte sie die ganze Zeit auf dem Arm.«

Zwei Frauen, die Schürzen trugen, kamen ins Zimmer und begannen unverzüglich und ohne die Miene zu verziehen mit dem Aufräumen.

Erst jetzt bemerkte Anna, dass auf einem Sessel auf der anderen Seite der Tür eine junge Frau saß. Sie hielt das Presseheft zum Film in den Händen.

»Das ist Frau Ritter vom Feuilleton der …« Sie nannte eine große überregionale Zeitung. »Sie macht das nächste Interview«, sagte Nina in einem um Deeskalation bemühten Tonfall.

Die Frau lächelte scheu. »Hallo.«

»Wir haben hier alles im Griff«, sagte Nina, immer noch in diesem beruhigenden Ton.

»Ja, das sieht mir aber nicht so aus«, sagte Anna. Nina ging zu ihr und nahm ihr Lucy ab, die im Moment vor allem müde schien.

Anna stand einen Moment unschlüssig herum.

»Wirklich, mach du mal in aller Ruhe dein Interview zu Ende«, sagte Nina.

Anna sah zu Lucy. Die rieb sich die Augen.

»Wo ist denn hier eine Toilette?«

»Warte, ich zeig sie dir«, sagte die andere Pressefrau und ging zur Tür. Anna folgte ihr.

»Und ich glaube, Lucy müsste dringend mal gewickelt werden.«

»Machen wir. Schau, da hinten den Gang entlang, durch die Glastür und dann gleich rechts, da sind die Toiletten.« Auch sie sprach beruhigend wie eine Krankenschwester.

»Ich glaube, das müsste man gleich …«

»Keine Sorge, wir machen das.«

»Und vielleicht kann sie sich irgendwo hinlegen?«

»Na klar, kein Thema, wir kümmern uns.«

Anna ging in die angezeigte Richtung. Der wartende Journalist fiel ihr ein, sie beschleunigte ihre Schritte.

In der Damentoilette roch es nach teurem Raumspray, vom Band kam leise Klaviermusik. Sie ging in die erste Kabine und verriegelte die Tür. Als sie sich die Jeans ganz aufknöpfte, fühlte sie auf einmal Nässe zwischen ihren Beinen. Vorsichtig zog sie die Unterhose herunter und sah mit Entsetzen den großen roten Fleck, der sich bis zu den Rändern ausgebreitet hatte. Sogar auf der Innenseite der Jeans war Blut.

Sie kam erst wieder aus der Kabine, nachdem Nina von außen mehrfach an die Tür geklopft und ihren Namen gerufen hatte. Als Nina sie sah, wich sie einen Schritt zurück. »Mein Gott«, sagte sie, »ist alles okay?«

Anna hatte sich einen riesigen Batzen Toilettenpapier in die Unterhose geschoben, da die Blutung nach wie vor stark war. Ohne zu antworten, ging sie zum Waschbecken und drehte den Wasserhahn auf. Sie wartete, bis das Wasser ganz kalt war und ließ es sich lange über die Pulsadern laufen.

»Kannst du mir bitte meine Tasche holen?«, fragte sie Nina, die in einigem Abstand neben ihr stand. »Die müsste auf dem Sofa liegen. Da, wo ich saß.«

»Ja, klar«, sagte Nina, blieb aber stehen.

»Bitte, ich brauche meine Schminke. Ich kann doch so nicht wieder zurück.«

»Bin gleich wieder da«, sagte Nina und verließ den Raum.

Anna dachte daran, dass ihr Telefon nicht in der Tasche war, sondern auf dem Tisch lag und fast hätte sie Nina hinterhergerufen, aber dann fiel ihr ein, dass Titus jetzt wahrscheinlich schon im Flugzeug saß.

Sie brachte ihr Gesicht näher an den Spiegel und zog sich die Haut an der Gesichtsunterseite zurück. Dann kniff sie sich ein paarmal in die Wangen, um wieder etwas Farbe zu kriegen. Sie nahm ein Papiertuch aus der neben dem Waschbecken bereitstehenden Box, feuchtete es an und wischte sich damit unter den Augen, wo die Wimperntusche zu schwarzen Schatten verlaufen war.

Als sie schließlich, frisch gepudert und mit neuem Rouge, zurück in den Raum kam, in dem die Interviews stattfanden, saß die junge Frau von vorhin auf dem Sessel, auf dem zuvor der andere Journalist gesessen hatte. Nina stand in ihrer Nähe, irgendeine Mappe im Arm.

Anna ging langsam über den dicken, alle Geräusche schluckenden Teppich und setzte sich wieder auf ihren Platz auf den Sessel. Sie legte ihre Handtasche neben sich und griff nach ihrem Telefon. Auf dem Display war angezeigt, dass sie zwei neue Kurznachrichten erhalten hatte. Die erste war von ihrer Mutter, die schrieb, dass sie nun doch um 13 Uhr ins Adlon käme, wo genau sie sich melden solle. Die zweite war von Titus. Ob sie seinen Schlüssel genommen habe. Sie legte das Telefon neben sich aufs Sofa. Ihr Glas Wasser stand immer noch unberührt auf dem Glastisch. Sie nahm es und trank. Der Sprudel prickelte sanft in ihrem Hals. Sie zog eins der Kissen zu sich, mit denen das Sofa dekoriert war, und legte es auf ihre Oberschenkel. Der Überzug war aus Seide und fühlte sich weich an. Sie schob sich ein weiteres Kissen in ihrem Rücken zurecht.

Nina stand immer noch in der Mitte des Raums und sah Anna mitfühlend an. »Sie schläft jetzt«, sagte sie.

Anna nickte.

»Und wo ist … ?« Anna deutete auf den Sessel, auf dem jetzt die junge Frau saß.

»Der musste weg, aber er meinte, er habe genug für sein Porträt. Du kriegst natürlich die Zitate zum Autorisieren.«

Wie durch einen Schleier nahm Anna wahr, dass Nina noch irgendetwas sagte und auf die junge Frau deutete, die sich daraufhin in ihrem Sessel aufrichtete. Dann drehte sie sich um, ging hinaus und schloss die Tür.

Die junge Frau beugte sich vor, um das kleine Tonbandgerät einzuschalten, das sie vor Anna auf den Glastisch gelegt hatte, das Mikrophon in ihre Richtung zeigend.

»Ja, also, ich fang dann mal an«, sagte sie. »Also zuerst mal wollte ich sagen, dass mir der Film sehr gefallen hat. Vielleicht gleich mal als erste Frage: Wie haben Sie sich auf diese Rolle vorbereitet?«

Sie sah aus, als sei sie wirklich auf Annas Antwort gespannt.

WILLKÜRLICHE AKTE
DER FREUNDLICHKEIT

Ayumi hätte sich bestimmt nicht als wütende Person bezeichnet und auch keiner, der sie kannte, hätte das. Sie war im Gegenteil sehr freundlich, meistens heiter und war, weil sie so viel lächelte, schon oft von Menschen, die sich untereinander nicht kannten und also nicht hatten absprechen können, als »Sonnenschein« bezeichnet worden. Als sie klein war (klein im Sinne von jung, denn sie maß auch als Erwachsene nur 1 Meter 57), war einmal in der Schulpause eine Lehrerin zu ihr gekommen, hatte sie tröstend am Arm gefasst und gefragt, warum sie denn so traurig sei? Dabei war sie gar nicht traurig gewesen. Sie selbst hatte das Gefühl eines neutralen Gesichtsausdrucks gehabt. Seitdem neigte sie zum Lächeln. Dabei war es wirklich erstaunlich, was mitunter gleichzeitig in ihrem Kopf vorging.

Ein alter Mann ging langsam vor Ayumi auf dem Bürgersteig, schon gingen in ihr die Schimpfsalven los: *Alter hässlicher Mann,* dachte es in ihr – denn sie selbst empfand sich daran als nicht beteiligt, hau doch ab, *du blöder Wichser, jetzt mach schon, mach hin, geh doch, geh, Arschloch!* Zwei junge Mädchen auf Fahrrädern, und in Ayumis Kopf: *Ihr blöden Nutten, das könnte euch so passen, ihr hässlichen kleinen Pissnelken!* Hunde waren generell von ihren bösen Gedanken ausgenommen, ebenso wie Menschen, die sie freundlich ansahen, ihr eine Tür aufhielten oder ein Kompliment machten/bzw. ihr irgendwann mal eines gemacht hatten. Sonst konnte es jeden treffen. Sogar Spatzen waren von ihrer inneren Stimme schon mit *Na, ihr Ärsche* tituliert worden. Nicht einmal vor Gegenständen machte sie Halt. An diesem Morgen zum Beispiel hatte sie eine leere Shampoo-Flasche mit dem inneren Geleitwort *Ciao, du Scheiße* in den Mülleimer gegeben. Sie hatte sich selbst darüber gewundert.

Der Fairness halber sei gesagt, dass auch sie selbst nicht verschont wurde. Irrte sie sich mal mit irgendetwas, was selten vorkam, überzog ihre innere Stimme sie mit Hohn: *Ah, bist du blöd, unglaublich, wie kann man nur so blöd sein, du bist so eine unfassbar blöde Sau …* Einmal war sie beispielsweise in der U-Bahn versehentlich zwei Stationen in die falsche Richtung gefahren, und es hatte anschließend vier Stationen in die richtige Richtung gebraucht, bis ihre Beschimpfungen wieder von ihr abgelassen hatten. Noch ärger war es, als sie einmal mit dem Fahrrad gestürzt war. Sie hatte in der Abenddämmerung zwischen zwei Pfosten nicht die gespannte Metall-Kette gesehen. Es waren also gar keine freistehenden Pfosten gewesen, sondern eine Art Absperrung, die sie ohne abzubremsen einfach durchfuhr. Ihr Rad überschlug sich, sie stürzte mit den Händen voran, schlug trotzdem mit dem Kinn auf den Asphalt, Hände, Knie, Schienbeine, alles blutig geschürft. Die Schmerzen setzten mit Verzögerung ein, einundzwanzig, zweiundzwanzig, dann brannte es los, als hätte jemand etwas Trockenes mit Benzin übergossen und angesteckt. Die Gedanken waren schneller gewesen, noch im Flug hatte sie losgeschimpft, unerschrocken, mitleidlos: *Du blöde Schlampe, was fährst du auch so schnell, unfassbar, wie hohl du bist. Wie kann man nur nicht sehen, dass da eine Kette ist, du bescheuerte Idiotin, du beschissene scheißkurzsichtige Vollidiotin, du unfassbar idiotische Kuh, was musst du auch blind hier rumfahren, das glaubt ja kein Mensch, wie blöd du ...* und so weiter.

Ein einziges Mal nur hatte sie jemand von ihrer Zweitstimme erzählt, ihrem Mann. Er hatte gelacht, als mache sie einen Witz, dann von etwas anderem gesprochen, sie aber noch zweimal ängstlich von der Seite angesehen. Er hatte *gehofft,* sie mache einen Witz, so war es wohl gewesen, und dass er es nicht besser wusste, sie nicht besser verstand, wunderte sie nicht. Er war so anders als sie. Eigentlich in fast allem das genaue Gegenteil. Anselm war Tänzer gewesen, bevor er Yoga entdeckt und zu unterrichten begonnen hatte, in einem seiner Workshops hatten sie sich kennengelernt. Ein Mann, der seinen Körper beherrschte, mit dem er magische Dinge anstellen konnte, während sie von ihrem Geist beherrscht wurde, den sie in Kunstgeschichte und Japanologie ausgebildet und ein paar Jahre als Mitarbeiterin einer Galerie benutzt hatte, bevor ihr die Erkenntnis dämmerte, dass ihr Weg vielleicht ein anderer war. Anselm hatte einen langen Torso, muskulöse Beine, Arme mit ausgeprägten Adern und Sehnen und einen langen, starken Hals. Wenn er lachte, sah er aus wie ein Junge, wenn er ernst guckte, wie ein alter Mann, was daran lag, dass seine Haut sehr trocken war und er vorzeitig, mit Mitte dreißig schon, tiefe Falten um den Mund und auf der Stirn bekommen hatte, die seither zu Furchen geworden waren. Um seine langen Wimpern beneidete Ayumi ihn. Allerdings waren sie so hell, dass man sie nur bei Gegenlicht und von der Seite sah. Und seine Haare wurden schon schütter, vor allem am Hinterkopf, während sie ihre langen dunklen Locken kaum zu bändigen wusste. Wenn sie hinter ihm stand, war sie nicht zu sehen, so groß war er – und so klein sie. Anselm war mit dem Temperament einer zufrieden grasenden Kuh gesegnet. Er war friedliebend, harmoniebedürftig, nachsichtig. Allerdings hatte sich, was Ayumi anfangs für Erleuchtung gehalten hatte, im Zusammenleben als leichte Depression herausgestellt.

An diesem Tag, einem garstig grau verregneten Oktobertag, der schon am Vormittag nach Abend aussah, war die Stimme bis auf einige wenige Zwischenrufe friedlich gewesen. Sie hatten Passanten gegolten, die auf dem Bürgersteig vor Ayumi gingen und nur schwer zu überholen gewesen waren. *Weg da, Herr Hässlich. Move it, blöde Kuh, na also, geht doch, beschissene Fotze.* Sie hatte ihr Ziel dennoch pünktlich erreicht, ein in den fünfziger Jahren errichtetes, schmutzig-weißes Gebäude, das sich in einem Hinterhof befand. Er musste in Reiseführern als Sehenswürdigkeit beschrieben sein, anders war nicht zu erklären, warum sich dort stets Touristen aufhielten, die drauflosfotografierten, als hätten sie Eintritt gezahlt. Auch heute musste Ayumi sich einen Weg durch die Menschen bahnen, die ihre Handykameras auf die schmucklosen Wände und das wackelige türkisfarbene Geländer gerichtet hielten – *Hau doch ab, Pisser, weg da, du Fettarsch, komm schon, mach hin, du beknackter Penner, und du auch mit deinem sehr hässlichen blöden Gesicht.* Neben der Eingangstür stand auf einem kleinen Messingschild »Peaceful Warrior, IV. Stock«, daneben das Logo des Studios: das gezeichnete Gesicht eines mild lächelnden Buddhas. Sie drückte auf den Klingelknopf, und die Tür öffnete sich mit leisem Brummen. Im düsteren Eingangsbereich wiesen mehrere Schilder darauf hin, was in diesem Haus alles verboten war, darunter Fahrräder abstellen, Kinderwagen parken und rauchen.

Im Erdgeschoss fand sie den Lichtschalter nicht und lief einfach los, ab dem zweiten Stock war es dann ziemlich dunkel, und weil sie auch dort keinen Lichtschalter fand, musste sie sich die letzten zwei Stockwerke am Geländer festhalten, um zu wissen, wo die Treppe eine Kurve machte. *Super Idee, ganz toll, Frau Blöd*, höhnte die Stimme, doch Ayumi achtete im Moment nicht auf sie. Sie dachte nach. Zu Beginn der Stunde, während die Gruppe sich sammelte, zu sich fand, im Raum ankam und mit geschlossenen Augen dasaß und einfach atmete, sollten die Lehrer immer ein paar Worte sprechen. Das wollte Angelika so, die Besitzerin des Yogastudios, und Ayumi hatte oft genug in Angelikas eigenen Stunden erleben können, was diese sich darunter vorstellte. Sie sprach dann von Ruhe, Demut, Klarheit und Erleuchtung, und ihre in einem New Yorker Schauspielstudio ausgebildete Stimme klang dabei so sanft und klar, dass Ayumi jedes ihrer sorgfältig gesetzten Worte am liebsten mitgeschrieben hätte, aber das ging nicht, auch sie saß ja mit geschlossenen Augen auf einer Yogamatte und atmete. Doch während sie versuchte, innerlich loszulassen, ein Gefühl von Freiheit zu entwickeln, sich ganz ihrem Atmen hinzugeben, nicht mehr zu denken, sondern zu s e i n, versuchte sie insgeheim mindestens ebenso konzentriert, sich Angelikas Worte zu merken, was ihr leider immer nur bruchstückhaft gelang und den Sinn der Übung natürlich zunichtemachte.

Ayumi machte jetzt seit fünf Jahren Yoga, und sie konnte nicht behaupten, es beruhige sie. Sie praktizierte jeden Tag, seit sie die Lehrerausbildung machte, sogar mehrere Stunden, und noch immer hatte sich keine Charakterveränderung eingestellt, wie sie sich das erhofft hatte, und wie es ihr auch von Anselm in Aussicht gestellt worden war, der von sich behauptete, die täglichen Asanas hätten ihn ausgeglichener gemacht. Immerhin hatte Yoga ihrem Leben eine Richtung verliehen, eine berufliche Zukunft, eine kleine finanzielle Sicherheit. Reich würde sie nicht damit werden, das war ihr klar. Sie war nicht der Typ, der irgendwann ein eigenes Studio eröffnen würde wie Angelika, dazu fehlte es ihr an Mut. Aber wenn sie ihr Zertifikat hätte, könnte sie zu einem monatlichen Festgehalt in einem der vielen Yogastudios unterrichten, die an jeder Ecke der Stadt aus dem Boden schossen und eine nicht enden wollende Schar von jungen Frauen anzogen, die ihre Haare zu hohen Pferdeschwänzen gebunden hatten und mit ihren geschulterten Matten dem Stadtbild den Hauch einer internationalen Metropole verliehen.

Kurz vor dem vierten Stock kam ihr plötzlich eine Eingebung. Sie würde darüber sprechen, dachte sie, während sie in der Dunkelheit vorsichtig Stufe um Stufe erklomm, dass man etwas schenken sollte, ohne im Gegenzug etwas dafür zu erwarten. Nette Worte, Aufmerksamkeiten, sich selbst. Auf dieser Höhe drang endlich wieder Tageslicht ins Treppenhaus, und Ayumi blieb stehen, um in ihrer großen Umhängetasche nach dem kleinen Mäppchen zu suchen, in dem sie ihre Schminkutensilien aufbewahrte. Sie nahm die Puderdose heraus, klappte sie auf und betrachtete ihr Gesicht im Spiegel. Seit sie einmal erst nach einer ihrer Unterrichtsstunden bemerkt hatte, dass ihr die Wimperntusche zu schwarzen Flecken unter den Augen verlaufen war, was sie aussehen ließ, als hätte sie geweint, kontrollierte sie immer vorher, ob alles in Ordnung war. Schien okay zu sein. Sie strich sich eine Locke aus der Stirn, die dort, *Verpiss dich*, nicht hingehörte, packte den Puder wieder zurück in die Tasche und ging die restlichen paar Stufen zum Eingang des Yogastudios hinauf.

Am Empfang saß wieder dieser dicke junge Mann, dessen Namen sie nicht wusste. »Hallo«, sagte sie. »Hallo Ayumi«, antwortete er ebenso freundlich und sah von der Liste auf, in die die Teilnehmer ihre Namen eintrugen. »Nicht so viel los heute«, sagte er, während sie ihre regennassen Schuhe auszog und zu den anderen ins Regal stellte. Wie immer roch es nach Räucherstäbchen, und vom Band kam leise Musik. Auf dem großen Holztisch hinter der Empfangstheke stand eine Thermoskanne mit Tee, nach der Stunde würden geschnittene Äpfel und Orangen bereitliegen, eine Aufmerksamkeit des Hauses (Ayumi aß allerdings nie davon, ihr Magen vertrug keine Obstsäure). Barfuß ging sie über den beheizten Holzfußboden in den Umkleideraum, in dem eine nackte Frau gerade am Waschbecken damit beschäftigt war, sich die Füße zu waschen. Ayumi nickte ihr nur, *na, du Fotze*, im Spiegel zu, wobei sie versuchte, nicht zu auffällig hinzusehen, stellte ihre Tasche ab, ganz links, am selben Platz wie immer, zog Jacke, Pullover und Schal aus und hängte alles auf einen Kleiderbügel. Sie wartete, bis die nackte Frau sich angezogen hatte und aus dem Raum gegangen war, dann erst zog sie ihre Jeans aus. In Trainingshose und einem ärmellosen, eng anliegenden Shirt, auf das der lächelnde Buddha gedruckt war, verließ sie den Raum.

Die Tür zum Yogasaal war nur angelehnt. Wie immer stand Ayumi einen Moment davor, Hand an der Klinke, Kopf gesenkt, und zählte innerlich bis fünf, bevor sie tief einatmete und eintrat. Innen lagen bereits zwei, vier, sechs Personen auf ihren Matten, alle ganz hinten, als hofften sie, dort unentdeckt zu bleiben. Es war kühl im Raum, alle Fenster waren gekippt, und Ayumi, die sich an dieser Stelle immer unsicher war, ob sie »Hallo« sagen sollte oder nicht, durchquerte still den Saal und rollte ihre Matte vorne in der Mitte aus. Dann sagte sie »Hallo«, worauf niemand antwortete, *Arschlöcher*, alle lagen einfach mit geschlossenen Augen, die Beine angewinkelt, auf dem Rücken, als wäre sie gar nicht da. Ayumi entschied, sich nichts daraus zu machen und schloss der Reihe nach die großen Fenster, die zum Innenhof gingen. Es regnete immer noch. Die Touristen im Hof – *Penner!* – hatten Schirme aufgespannt. Hier und da ging das Blitzlicht einer Kamera. *Volltrottel!* Nachdem sie mit ihrer Runde fertig war, machte sie die Stereoanlage an, legte die mitgebrachte CD ein, eine Zusammenstellung verschiedener meditativer Musikstücke, die sich im Tempo steigerten, bevor sie nach etwa 60 Minuten wieder ruhiger wurden, nahm die Fernbedienung an sich und lächelte einer Teilnehmerin zu, die sie unverwandt ansah, *scheißblöde Kuh*, während sie wieder zu ihrer Matte ging. Meistens schaffte sie es, innerhalb des Yogasaals ihre Gedanken im Zaum zu halten. Möglicherweise war es nur Einbildung, doch schien hier durch all die in Gemeinschaft durchatmeten Stunden eine beruhigende Atmosphäre zu herrschen, jedenfalls fühlte sie sich in diesem Raum anders als sonst, erhabener, auch größer seltsamerweise, jedenfalls kurz. Eine dunkelhäutige Frau, deren Haare aussahen wie eine Afro-Faschingsperücke – *Obladi-oblada dich doch selbst, blöde Kuh* –, kam in den Raum und schloss die Tür hinter sich. Offenbar war sie die letzte. Ayumi sah auf ihre Uhr. »Dann kommt bitte ins Sitzen«, sagte sie.

Die wenigen Kursteilnehmerinnen richteten sich auf. Als alle saßen und Ayumi mit ihrem Unterricht beginnen wollte, ging die Tür auf und ein großer, schwer gebauter Mann mit rötlichen Haaren, die er sich zu einem kleinen Dutt am Oberkopf zusammengesteckt hatte, kam herein: Holger. *Scheiße.* »Tschuldigung«, stieß er hervor, rollte seine Matte in der Nähe der Tür aus und ließ sich darauf nieder. Sein Atem war durch den ganzen Raum zu hören, *Maul halten, du hässlicher, hässlicher, bescheuerter Mann, hau sofort wieder ab, du peinlicher Kackpimmelschwanz, wenn ich dein Gesicht schon sehe, ich könnt' dir so reinschlagen* – offensichtlich war er gerannt. Holger war ein paarmal mit Ayumi zusammen in der Lehrer-Ausbildung gewesen, hatte diese aber abgebrochen, weil sie sich zeitlich nicht mit seiner Arbeit als Krankenpfleger vereinbaren ließ, und nun gab er manchmal während der Unterrichtsstunden seinen ehemaligen Kollegen Hilfestellungen oder versuchte sich sonst irgendwie nützlich zu machen. Ayumi konnte ihn nicht ausstehen. Sie wusste selbst nicht warum. Eine instinktive, geradezu körperliche Abneigung. Dabei war er eigentlich ein netter Kerl. Hilfsbereit, offen, freundlich. Aber Ayumi hatte ihn vom ersten Moment an nicht gemocht, war ihm aus dem Weg gegangen, so gut sie nur konnte, und wenn sie doch einmal eine Paarübung mit ihm machen musste oder nach einer Stunde beim gemeinschaftlichen Teetrinken zufällig neben ihm zu sitzen kam, hatte sie sich allergrößte Mühe gegeben, sich ihre Abneigung nicht anmerken zu lassen. Sie wollte ihn ja mögen, diesen großen tollpatschigen Mann, allein, es gelang ihr nicht.

Sie schenkte Holger ein Lächeln – *Vollarsch!* –, woraufhin er durch eine Geste zu verstehen gab, dass er ihr assistieren wolle. *Untersteh dich!* Sie nickte, was blieb ihr anderes übrig, und begann ihren Unterricht. »Schließt die Augen und richtet eure Wirbelsäule auf.« Sie selbst saß jetzt kerzengerade auf ihrer Matte, die Beine zu einem lockeren Schneidersitz gefaltet, die Hände auf den Oberschenkeln abgelegt. Sie ließ ihren Worten eine Pause folgen, in der sie innerlich bis drei zählte. Am Anfang hatte sie viel zu schnell gesprochen. Angelika hatte ihr geraten, Pausen zu lassen und in einem langsamen Tempo zu sprechen, um eine ruhige Atmosphäre zu schaffen. »Lauscht eurem Atem und kommt erst mal im Raum an.« Wieder ließ sie eine Pause. Sie hörte den Regen gegen die Fensterscheiben trommeln und sah sich vor ihrem inneren Auge auf ihrer Matte sitzend, in ihrer Yogahose und dem T-Shirt, das ihre Oberarme noch muskulöser erscheinen ließ, als sie ohnehin schon waren. *Du Wurst.* Die täglichen Übungen hatten ihren Bizeps anschwellen lassen, kompakt und gedrungen fand sie ihn, ganz anders als bei Anselm, dessen Oberarme zwar fest, aber nicht rund waren. »Gerade in der heutigen Zeit, die oft so hektisch und …« – sie suchte nach dem passenden Wort, »… egoistisch ist, sollten wir uns auf das besinnen, was wirklich wesentlich ist.« Sie hatte das Gefühl, Angelika aus sich sprechen zu hören, die oft vom »Wesentlichen« sprach. »Denn darum geht es im Yoga«, sagte sie, »um das Wesentliche.« Sie beschloss, für die nächsten paar Tage auf Kohlehydrate zu verzichten.

Ayumi hatte die Augen jetzt auch geschlossen. Es war ihr unangenehm, den Kursteilnehmern direkt ins Gesicht zu sehen, weshalb sie während der Stunde meistens im Raum herumging und hier und da Hand anlegte, um jemanden besser in eine Position zu bringen. Aber zu Beginn musste sie ja vorne sitzen. Und sprechen. Willkürliche Akte der Freundlichkeit, wie kriegte sie jetzt den Übergang? »Es ist wesentlicher zu schenken als zu bekommen«, sagte sie. »Nicht immer nur im Ego verhaftet zu sein, sondern etwas für andere zu tun. Etwas, für das man nichts zurückerwartet. Wie Hunde das tun, oder Kinder …« Sie merkte, dass sie sich gerade verrannte. »Wenn man übers Wochenende verreist und seinen Hund zuhause zurücklässt, dann wird er einen freudig begrüßen, wenn man wiederkommt. Selbst wenn man vergessen hat, ihm Wasser hinzustellen. Hunde lieben bedingungslos.« Eine Frau hustete –*Fotze!* –, Ayumi öffnete die Augen. Alle saßen mit ernsten Gesichtern auf ihren Matten, nur Holger lächelte vor sich hin. *Vollvollvollvollvolltrottel!* »Natürlich will ich damit nicht sagen, dass man vergessen sollte, seinem Hund Wasser hinzustellen.« Sie schloss die Augen wieder. »Und es hat ja auch vielleicht nicht jeder einen Hund.« Ob es irgendeinen Sinn ergab, was sie sagte? »Aber vielleicht gibt es etwas, das wir von Hunden lernen können. Etwas zu geben, ohne etwas dafür zu bekommen. Willkürliche Akte der Freundlichkeit.« Naja, wenigstens war sie jetzt, wo sie hingewollt hatte.

Ihr fiel ein, wie sie einmal versucht hatte, einen wirklich willkürlichen Akt der Freundlichkeit zu begehen. Es war während eines Griechenlandurlaubs gewesen, im Sommer vor ein paar Jahren. Auf dem Hinflug hatte sie einen amerikanischen Ratgeber über die Fähigkeit zum Glücklichsein gelesen, der lange auf Anselms Nachtkästchen gelegen und den mitzubringen er sie gebeten hatte, er war wegen eines Workshops schon vorausgefahren. Darin hatte der Autor dafür plädiert, Unbekannten einfach nur so etwas Nettes zu tun, *Random Acts of Kindness* hatte er das genannt. Als Beispiel hatte er angegeben, etwa an einer Straßenmaut-Stelle für das Auto hinter einem mit zu bezahlen, was ja nun in Deutschland leider unmöglich war, ohne Maut. Als sie kurz nach Athen mit ihrem Mietwagen auf eine dieser Stationen zugefahren war, in denen man für die Autobahnnutzung zahlen musste, hatte sie ihre Chance erkannt. Der Mann im Kassenhäuschen hatte nicht gleich verstanden, warum sie ihm den doppelten Betrag gab, schien dann aber auch nicht sonderlich überrascht. Beim Losfahren hatte sie sich die Freude des Autofahrers hinter ihr ausgemalt, der gleich erfahren würde, dass für ihn bereits bezahlt worden war – und für einen Augenblick hatte sie tatsächlich ein großes, warmes Glücksgefühl erfasst. Doch dann hatte sie im Rückspiegel gesehen, dass im Wagen hinter ihr ein Paar saß. Sie hatte sich vorgestellt, wie die Frau auf dem Beifahrersitz fluchend die Münzen wieder würde einpacken müssen, die sie vorher in ihrem Portemonnaie mühsam zusammengesucht hätte. Wie sie und ihr Mann sich zunächst vielleicht nur wundern, etwas später aber womöglich streiten würden, weil die Frau annehmen könnte, ihr Mann kenne Ayumi, weshalb hätte ihm eine Fremde einfach Geld schenken sollen? Der Mann würde das natürlich verneinen, was in den Ohren der Frau wie ein Abstreiten klingen würde ...

Während dieser Überlegungen war Ayumi immer schneller und schneller gefahren und hatte die erlaubte Höchstgeschwindigkeit schließlich um einiges überschritten. Auf keinen Fall wollte sie den beiden wieder begegnen. Denn selbst wenn sich die beiden wider Erwarten doch gefreut hatten, wollte sie nicht, dass sie glaubten, sich bei ihr bedanken zu müssen, wusste auch gar nicht, wie sie dann hätte gucken sollen, lachend abwinken, als wäre nichts dabei? Darüber hatte nichts im Buch gestanden. Und Ayumi wollte nicht gnädig wirken. Und auf keinen Fall verrückt. So schnell es ihr Mietwagen hergab, war sie zur nächsten Raststätte gefahren, wo sie angehalten und sich so lange auf der Toilette versteckt hatte, bis sie einigermaßen sicher sein konnte, dass die beiden vorbeigefahren waren und sie sich in diesem Leben mit großer Wahrscheinlichkeit nie wieder begegnen würden. Anselm hatte sie von der Sache dann gar nichts erzählt.

»Vertieft euren Atem und lasst ihn hörbar werden«, sagte sie, plötzlich entschlossen, ihre Ansprache nicht weiter zu verfolgen. »Kommt an den Anfang der Matte, Füße zusammen, wir beginnen mit dem Sonnengruß A.« Sie nahm die Fernbedienung, die sie neben sich auf den Boden gelegt hatte, richtete sie auf die Stereoanlage und drückte auf »Play«. Aus dem Augenwinkel sah sie, wie Holger, die Arme in die Seiten gestemmt, an die Vorderseite seiner Matte trat und dort, warum auch immer, mit dem Becken zu kreisen begann. Wieder durchströmte sie ein heftiges Gefühl von Abneigung. *Wie eklig, du Trumm.* Wie unbeholfen er aussah mit seiner an den Knien ausgebeulten Jogginghose, die ihm nur bis zu den Waden reichte. *Penner!* Bestimmt würde er gleich seine Matte verlassen und mit seinen schwitzigen Händen um die Knöchel oder Taillen der Kursteilnehmerinnen fassen. Ayumi wusste aus eigener Erfahrung, dass seine Hilfestellungen nichts brachten. Er hatte nie verstanden, wie man krumme Rücken mit sanftem Druck an der richtigen Stelle zum Geradewerden brachte, wie man jemanden so auf die Schultern fasste, dass er diese automatisch senkte, er patschte einfach drauflos, fasste irgendwohin. Dabei stellte er selbst sich in Yoga nicht besonders gut an. Kam in der Vorbeuge mit den Händen kaum zum Boden, und selbst einfache Stellungen wie die Krähe, eine auf den Armen gehaltene Hocke, in der beide Füße durch Verlagerung des Körpergewichts nach vorne vom Boden abhoben, machte er vollkommen verkehrt, benutzte viel zu viel Muskelkraft, lief im Gesicht rot an und schien nach wenigen Sekunden einem Herzinfarkt nahe.

»Beim nächsten Einatmen nehmt ihr die Hände hoch, verschränkt sie ineinander und dreht die Handinnenflächen nach oben«, sagte sie – tatsächlich, Holger verließ seine Matte. *Ha!* Sie machte die Bewegung vor, nahm die Arme nach oben. Holger wandte sich einem besonders hübschen Mädchen zu und legte ihr die Unterarme auf die Schultern. *Genau, vergewaltige sie doch gleich!* Sehr konzentriert sah er aus, als verrichte er eine wichtige Arbeit. »Und ausatmen, Arme wieder herunter.« Von draußen plötzlich der Lärm eines Presslufthammers. *Was soll das denn jetzt? Hallo, es regnet! Können diese Idioten denn nie aufhören zu bauen? Was gibt's denn dauernd zu bohren, das gibt's doch gar nicht, doch nicht jetzt…* »Beim nächsten Ausatmen geht ihr in die Vorwärtsbeuge«, sagte Ayumi jetzt lauter. Der Lärm war ohrenbetäubend, er musste direkt aus dem Hof kommen, sodass die umstehenden Häuser den Schall noch verstärkten. Die Musik war nicht mehr zu hören. »Einatmen. Flacher Rücken.« Ihre Stimme kam ihr selbst unangenehm hoch vor, aber in ihrer normalen Sprechlage wäre sie nicht mehr zu verstehen gewesen. *Kackscheiße, verfickte Scheißvollidioten, hirnrissige Arschwichser, was mussten die ausgerechnet jetzt zu bauen anfangen, mitten in ihrer Stunde, diese gehirnamputierten Vollwichser usw.* Holger stand immer noch hinter dem Mädchen. *Dass der frei rumläuft,* dachte es in Ayumi, die nun auch zu einer der Teilnehmerinnen ging, einer zierlichen Tätowierten mit hässlich verformten Füßen, die sie noch nie hier gesehen hatte, und ihr durch einen Handgriff bedeutete, die Oberschenkel kräftiger anzuspannen. »Aktiviert die Muskeln ums Knie«, sagte sie. »Vorbeuge. Und beim nächsten Einatmen mit geradem Rücken nach oben kommen.« Der Lärm brachte sie fast aus dem Konzept. Sie hatte ohnehin Mühe, sich bei ihren Anweisungen nicht zu vertun, oft erinnerte sie sich nicht, ob die Gruppe gerade aus- oder eingeatmet hatte, und manchmal verwechselte sie rechts und links. Es ärgerte sie immer, wenn sie einen Irrtum bemerkte oder, schlimmer, jemand aus der Gruppe sie halblaut korrigierte, was zum Glück nicht oft vorkam.

Holger hatte inzwischen von dem hübschen Mädchen abgelassen und steuerte auf deren Nachbarin zu, eine große blonde Frau, die schon etwas älter war und ungewöhnlich biegsam, bestimmt war irgendetwas mit ihren Sehnen nicht in Ordnung, hoffte Ayumi. Sie ging immer etwa zehn Minuten vor Schluss. Als es das erste Mal vorgekommen war, hatte Ayumi gedacht, die Frau wäre wohl mit irgendetwas unzufrieden, *Drecksfotze!*, inzwischen hatte sie sich daran gewöhnt. Sie wurde jetzt von Holger halb gestützt, halb geschoben – *die Ärmste* –, während Ayumi die Gruppe durch mehrere Sonnengrüße sprach. Sie machte keinen Fehler, hatte aber das Gefühl, nicht bei der Sache zu sein. Wie auf Autopilot rief sie die Anweisungen, um den Lärm des Pressluftbohrers zu übertönen, während Holger von Teilnehmerin zu Teilnehmerin wechselte wie eine dicke, zufriedene Biene von Blüte zu Blüte, und Hilfestellungen gab, wo keine nötig waren.

Als die Gruppe schließlich ins Liegen gekommen war, um die folgenden Rückbeugen zu machen, hatte sich auch Holger wieder auf seine Matte bequemt und lag da nun wie ein dicker großer Maikäfer, der auf den Rücken gefallen war. *Na, Fettsack?* Wie war er nur zu Yoga gekommen? Die anderen Männer aus der Lehrerausbildung waren alle entweder schwul oder ehemalige Tänzer wie Anselm. Einer hatte bei einem Assistenten von Marcel Marceau Pantomime gelernt, ein anderer war Schauspieler, alle hatten über verschiedene Irrwege zu Yoga gefunden, von denen viele in New York begonnen hatten, liebäugelten mit Buddhismus oder Hinduismus und hatten mindestens an einer Körperstelle eine Tätowierung. Holger war anders. Ayumi konnte ihn sich gut beim Holzfällen vorstellen, zur Not auch beim Rugby, aber längere Zeit auf einem Bein zu stehen, das andere in der Luft nach hinten ausgestreckt und beide Arme nach vorne, sah bei einem Mann seiner Ausmaße einfach abwegig aus. Ob er sich für etwas anderes hielt als er war? Etwas weitaus zierlicheres? Einmal war er mit einem Haarreifen erschienen, wie junge Mädchen sie tragen, Farbe türkis. Natürlich wusste Ayumi, dass es falsch war, über andere zu urteilen. Sie kannte das Gesetz des Karma, das besagte, dass jede Aktion eine Reaktion nach sich zog, doch je mehr sie sich gegen ihre negativen Gefühle zu stemmen versuchte, desto heftiger wurde die Welle der Apathie, die sie ergriff.

Erst als der Lärm des Presslufthammers wieder einsetzte, fiel Ayumi auf, dass es zuvor eine Weile still gewesen war. »Lasst euch durch Außengeräusche nicht stören«, sagte sie, mehr zu sich selbst als zur Gruppe. »Nehmt sie als Möglichkeit wahr, euch noch mehr auf euch selbst zu konzentrieren. Auf euren Atem im Raum. Drückt die Füße in den Boden und hebt das Becken, wir kommen in die Brücke.« Sie musste Holger nicht ansehen, um zu wissen, wie er jetzt aussah. Ein Koloss, der sich in die Höhe stemmte, die Grazie eines angeschwemmten Wals. Wenn er doch nur einfach aufstehen, seine Matte nehmen und verschwinden würde. Gab es denn gar keine Kranken heute, die er pflegen könnte? Denen er mit seinen großen plumpen Händen die Rücken waschen könnte? Musste er denn ausgerechnet in ihrem Unterricht liegen? Ihr kam in den Sinn, was sie eben über den Lärm gesagt hatte. Sollte sich das womöglich auf Holger anwenden lassen? Könnte sie ihn als Möglichkeit sehen, sich auf das Wesentliche zu konzentrieren? Als Geschenk des Himmels oder woher immer, an sie, Ayumi Hentschel, etwas zu lernen?

Während sie weiter ihre Anweisungen gab, wieder mit dieser hohen, weil lauten Stimme, ging sie langsam in seine Richtung. Die Gruppe hielt nun die Hände unter dem zur Brücke gebogenen Rücken ineinander verschränkt und das rechte Bein nach oben gestreckt. Holgers war nicht durchgestreckt, natürlich nicht, und sein Po hing zu tief. Schweißtropfen liefen ihm über die Stirn, er atmete schwer. »Und jetzt das andere Bein«, sagte sie und kniete sich neben ihn. Er roch nach Waschmittel und talgigen Männerhaaren. *Ekelhaft! Widerlich!* Mit angehaltenem Atem schob sie ihm einen Arm unter den Rücken. Blitzschnell hob er seinen Po an, allerdings nicht hoch genug, weshalb sie auch den anderen Arm zu Hilfe nehmen musste. *Hoch, du Arsch.* »Nimm das andere Bein näher zum Körper«, flüsterte sie. Er ließ sich zu Boden sinken. »Ich kann das nicht«, sagte er. *Stimmt.* »Doch, du kannst das.« Dankbar sah er zu ihr auf. *Stirb doch einfach, wenn dir das alles hier zu anstrengend ist, du hässlicher fetter Arsch.* Seufzend schob er sein Becken wieder in die Höhe und kam wieder in die Brücke. »Super«, flüsterte sie, *Meine Güte!,* stand auf und ging an die Vorderseite seiner Matte. »Und jetzt das rechte Bein.« Er streckte es angewinkelt in die Höhe, und sie packte es oberhalb des Knies, *Ich kotz' gleich.* Dabei senkte er wieder den Po. *Kann doch nicht wahr sein, Versager.* »Po«, sagte sie. Er atmete schwer. *Mund zu, du Supervolltrottel.* »Die Schultern näher aneinander, so ist es leichter.« Dann zu den anderen: »Von hier aus gehen wir ins Rad, bringt die Hände neben die Ohren …« Holger ließ seinen schweren Körper zu Boden sinken. »Ich muss mal Pause …«, sagte er. *Muss mal Pause, muss mal Pause*, äffte die Stimme nach. Er setzte sich auf, hielt die Augen einen Moment geschlossen und kam dann, den Oberkörper über den Knien ablegend, die Arme seitlich nach hinten gestreckt, in die Ruheposition.

»Die Arme ganz durchstrecken und das Gewicht mehr nach vorne verlagern«, sagte Ayumi laut zu den anderen, die jetzt im Rad waren. Holger lag vor ihr, seinen großen Körper auf einmal zu einer überschaubaren Masse zusammengefaltet, sein Rücken hob und senkte sich unter seinem schwer gehenden Männeratem. Auf seinem grauen T-Shirt zeichneten sich am Rücken dunkle Schweißflecken ab. *Das ist einfach nur widerwärtig, das ist so eklig.* Und genau diesen Ekel galt es jetzt zu überwinden, beschloss sie. Sie kniete sich hinter ihn, *Bah*, legte sich mit ihrem Oberkörper über seinen Rücken – *ein Albtraum* – und drückte sich mit ihrem ganzen Körpergewicht auf ihn. Sie fühlte die Nässe seines T-Shirts unter ihren Brüsten. *Ich kann nicht mehr.* Und eben weil sich alles in ihr dagegen sträubte, fasste sie ihn mit beiden Händen an den Schultern und fing an, diese zu massieren. *Und verspannt bist du auch noch, sehr hässlicher, sehr, sehr fetter, dicker Mann.* Wenn das nicht ein willkürlicher Akt der Freundlichkeit war, dachte sie aktiv, während sie seine massive Schulterpartie durchknetete. *Fettwanst.* Er gab ein wohliges Seufzen von sich. *Ruhe!* Sie hatte den Impuls, von ihm abzulassen, weshalb sie den Druck ihrer Hände noch verstärkte. »Ah«, sagte er. »Tut das gut.« *Bitte. Bitte. Bitte. Halt's Maul.*

»Wer zweimal im Rad war«, sagte Ayumi laut, »kommt jetzt ins Liegen. Zieht die Knie an die Brust und gebt eurem unteren Rücken eine kleine Massage.« Holgers Schultern fühlten sich mit einem Mal weicher an als vorher, *ich bete zu Gott, dass du keinen Ständer hast* – und sie löste langsam ihren Oberkörper von seinem, wobei sie mit den Fingern seine Wirbelsäule entlangfuhr. *Wuah, widerlich.* Er machte ein Geräusch, das wie das Schnauben eines Pferdes klang. *Ach Gottchen, wie hilflos.* Sie ließ von ihm ab und kam ins Stehen. Er drehte sein Gesicht zur

Seite und lächelte sie an. Er sah glücklich aus. Ayumi lächelte zurück, ein Anflug nur, mehr brachte sie nicht zustande. Der Presslufthammer hatte ausgesetzt, im Raum war wieder Musik zu hören, eine ruhige Nummer, in der ein Chor, von sanften Trommeln begleitet, leise irgendetwas auf Sanskrit sang. Ayumi wischte sich unauffällig die Hände an ihrer Hose ab. *Widerlich.* Sie sah zum Fenster. Am Himmel war jetzt neben dem Fernsehturm ein Stück Blau zu sehen.

»Kommt jetzt in eine Umkehrhaltung eurer Wahl«, sagte sie, wieder in ihrer normaltiefen Sprechlage. »Kopfstand oder Schulterstand oder beides. Ihr habt dafür zwei Minuten.« Sie ging zu ihrer Matte und setzte sich. Die ältere blonde Frau stand auf und verließ den Raum, pünktlich wie immer. *Ciao, du Sau!* Mit ihr verließen weitere zwei Teilnehmerinnen den Saal, was noch nie vorgekommen war. *Fickt euch, ihr könnt mich mal, blöde Arschgesichter, alle zusammen.* Ayumi konzentrierte sich mit aller Macht auf etwas anderes. Sie dachte an Anselm. Und dass er sie gleich abholen würde. Und dann würden sie gemeinsam nach Hause fahren, sie hatten am Wochenende einen Tantra-Kurs besucht, den Nachmittag hatten sie sich für Sex reserviert. »Und jetzt kommt langsam in die Schlussentspannung«, sagte sie. »Nehmt euch eine Decke und gebt euer Körpergewicht an den Boden ab.«

Als sie eine Viertelstunde später aus dem Yogastudio ins Treppenhaus trat, dachte sie, dass es vielleicht nicht die beste Stunde aller Zeiten gewesen war, aber doch eine gute. Beim Hinausgehen war ihr sogar der Name des dicken Jungen am Empfang wieder eingefallen, Henrik. Einigermaßen mit sich zufrieden ging sie die Treppenstufen hinunter. Nicht einmal der Regen störte sie, als sie vor dem Eingang zum Hof dann doch etwas länger auf Anselm warten musste. Sie fühlte sich gut. Gelassen. Irgendwie bei sich, wie man so sagte. Beschwingt trat sie von einem Fuß auf den anderen und machte sich nichts daraus, dass sie zu frösteln begann. Als sie hinter sich eine Männerstimme ihren Namen rufen hörte, drehte sie sich um.

Es war Holger. Er kam, seine Yogamatte unter dem Arm zu einer langen Wurst zusammengerollt, im Laufschritt auf sie zu. Er trug jetzt eine Jeansjacke über seinen Sportsachen, eine Haarsträhne klebte ihm feucht über die Stirn. Bevor sie irgendwie reagieren konnte, war er schon bei ihr, hatte, ohne abzubremsen, seinen freien Arm ausgebreitet und hielt sie nun fest umschlungen. »Danke, Ayumi«, keuchte er. »Dank dir so. Das war absolut wunderbar.« Er hielt sie lange so, seine schwitzige Wange fest gegen ihre gepresst.

WIE ICH NIE BERÜHMT WURDE

Delia Naters ist eine Klatschreporterin der übelsten Sorte, jeder weiß das, ich weiß das und Delia Naters selbst weiß es bestimmt auch. Ihr blondes Lachgesicht ist jeden Sonntag unten auf Seite eins einer großen Boulevardzeitung abgebildet, mit freundlich gebleckten Zähnen, aufgerissenen Augen und einer altmodisch hintoupierten Veranstaltungs-Frisur. Am heutigen Abend, dem Abend der Verleihung eines der wichtigsten Filmpreise, ist Delia Naters in höchster Alarmbereitschaft. Nahezu das gesamte Personal ihrer wöchentlichen Denunziationen ist im Friedrich-stadtpalast versammelt, schwärmt in diesen Minuten auf verschiedenen Etagen ins Treppenhaus aus, wer ist mit wem da, wer ohne wen, fast jeder ist wer, ein Höllenjob. Vor etwa fünf Minuten ist im Saal das Deckenlicht angegangen, haben livrierte Mädchen die Türen geöffnet, sind die Leute von ihren Plätzen aufgestanden, haben endlich die Knie durchgedrückt und zu ihren Begleitern gesagt, dass die Verleihung mal wieder viel zu lang gewesen sei, dann hat sich der Strom der Gäste in Richtung Türen bewegt. Im Treppenhaus bessere Luft, augenblicklich hob sich die Stimmung, erwachten Erwartungen, brandeten, noch halb laut, erste Gespräche auf. An den Bars und Essensstationen haben sich binnen Sekunden lange Schlangen gebildet, und jetzt liegt so ein aufgeregtes Flirren in der Luft, hier und dort steigt Gelächter an die Decke, irgendwo blitzen Kameras. Von ferne sehe ich Naters' weißblonde Turmfrisur im Gedränge, die Reporterin scheint, wie immer, allein unterwegs, doch ist es nicht unwahrscheinlich, dass sich Assistentinnen von ihr genauso pastellfarben herausgeputzt unter die Gäste gemischt haben, um jedes aufgeschnappte Wort zu kolportieren. Ich beschließe, vorsichtig zu sein.

Bisher ist der Abend glänzend gelaufen. Während der Veranstaltung, die etwas später am Abend im Fernsehen ausgestrahlt werden wird, war ich zweimal groß im Bild. Beim ersten Mal hatte ich, Anfängerfehler, die Kamera zunächst nicht bemerkt und hielt das Kinn unvorteilhaft gesenkt, was ich – hoffentlich schnell genug – korrigieren konnte; beim zweiten Mal lief es besser, und die Kamera setzte direkt auf meinem Gesicht an, ohne sich erneut erst vom Dekolleté herauf zu bemühen. Mein Film, mein erster Kinofilm, war in den Kategorien Bestes Szenenbild und Beste Tongestaltung für einen Preis nominiert. Er bekam beide nicht, was ich verstehen kann. Es ist kein großer Film, und ich hatte auch nur wenige Sätze, die ich immer noch aufsagen könnte, wenn Sie darauf bestünden, doch ich will Sie nicht langweilen, bitte folgen Sie mir zurück ins Treppenhaus, wo mir in diesem Moment eine Frau entgegenkommt, die bis vor Kurzem meine Agentin war. Sie lächelt, nein, strahlt mich riesengroß an. »Henriette«, haucht sie, »wie schön dich zu sehen, toll siehst du aus, schickes Kleid, ist das neu?« Ihre Stimme eine Oktave höher, als sie normalerweise spricht. Ich strahle zurück, zögere, weiß nicht, ob wir uns zur Begrüßung noch küssen, aber da kommt mir schon ihr Gesicht entgegen, das sie an diesem Abend zwischen zwei kronleuchterartigen Ohrringen

trägt. Sie riecht pudrig und süß. »Du riechst so gut.« Wie immer
ist sie schneller als ich. Und sieht dabei keine Spur falsch aus,
ich muss sagen, sie beeindruckt mich. Ich nehme einen großen
Schluck von dem Champagner, den mir ein paar Meter zuvor
der hübsche Tonassistent in die Hand gedrückt hat, dessen Namen ich seit Jahren kennen sollte, und jetzt ist es zu spät, ihn danach zu fragen. Was für ein Glück, dass ich ihn getroffen habe,
inzwischen reicht die Schlange einmal ums Karree.

Meine frühere Agentin sieht verändert aus, ihre Haare sind
heller, und irgendwas hat sie mit ihren Augen gemacht. In ihrer
Begleitung ist N., die heute Abend den Preis als Beste Nach-
wuchsschauspielerin erhalten hat, der Höhepunkt ihrer Biogra-
phie, nehme ich an. Ich gratuliere ihr höflich, sie scheint sich
zu freuen, wahrscheinlich weiß sie nicht, wer ich bin. Aber das
wird sich ändern, meine Damen, Glück kommt in Wellen, und
die nächste ist meine, die neue Agentur arbeitet schon daran.
N. hat dunkle Haare, schräg stehende Augen und spricht immer so langsam, als erhole sie sich gerade von einem schweren
Schlag auf den Kopf. Schon nähern sich die nächsten Gratulan-
ten, schieben sich zwischen uns, streicheln ihr über die kurzen
Haare (sagte ich schon, dass sie Beschützerinstinkte weckt?),
loben ihr Kleid, ihren Auftritt, ihre kleine Rede, die sie vorhin so atemlos vorgetragen hat. Sehr charmant, jaja, wirklich
ganz reizend. Niemand beachtet mich, und ich gehe weiter, den
Mund gerade eben so leicht geöffnet, dass ein Pssst entweichen
könnte (das sieht auf Fotos am natürlichsten aus). Mein Kleid ist
rot, mein Glas schon fast leer. Irgendwo muss auch mein Freund
sein, ich kann ihn nirgends entdecken. Die falschen Wimpern
fühlen sich auf meinen Lidern wie Schmetterlinge an, und wenn
ich blinzle, ist es einen Moment länger dunkel als sonst. Ein ehe-

maliger Kollege kommt mir entgegen, Felix, der Ärmste spielt immer noch in meiner alten Serie. Er hebt mich hoch, ich protestiere, das Ganze spielerisch, leicht, wir umarmen uns, ein paar Leute sehen zu uns herüber, mein Glas geht zu Bruch, ich habe ihn wirklich sehr gern. Er stellt mir seinen Mitbewohner vor, einen kleinen hübschen Spanier, über dessen Namen ich lachen muss. (Horche?) Weiter den Flur entlang, an der Gewinnerin der Besten Weiblichen Hauptrolle vorbei, die gerade einem Fernsehsender ein Interview gibt. Neben ihr, außerhalb des hellen Scheinwerferlichts, macht sich Delia Naters Notizen. Ihr Blick streift mich und zieht weiter. Eine Vorahnung tippt mich an und lässt mich wieder stehen.

Ich gehe weiter, bald habe ich die gesamte linke Seite des Treppenhauses im ersten Stock durchmessen, vor mir liegt nur noch der Barbereich. Ein Produzent, der mich von irgendwoher kennt, steht gerade ganz vorne in der Schlange, einszweidrei habe ich ein neues Glas Champagner in der Hand. Wo ist nur Titus, mein Telefon habe ich nicht bei mir, ich bin an diesem Abend ohne Gepäck unterwegs. Jetzt riecht es nach Geschnetzeltem, hantieren Köche mit Warmhaltetöpfen, ich verspüre ein leichtes Hungergefühl. Herrlich, jetzt bloß nichts essen, nur schnell weiter, fort von hier. Und da ist ja C., die auch bei meiner ehemaligen Agentin ist. Die Ärmste hat früh mit ihrem Alter geschummelt und muss sich jetzt so mühen, die Legende aufrechtzuerhalten. An ihrer Seite der schicke G., sieh mal an, wer hätte das gedacht? Er hat seinen Arm um ihre Taille gelegt und sieht stolz aus, womöglich hält er sie immer noch für die große Nummer, die sie in den achtziger Jahren zwei Minuten lang war. Er nickt mir zu, und gegen meinen Willen freue ich mich, eine vollkommen automatische Reaktion. Und den da hinten kenne ich auch, ich glaube, das ist ein Politiker. Und jetzt weiß ich auch welcher, denn ich erkenne seine Frau, die dralle L., heute ganz in Blau, die von der Boulevardpresse für ein Fotomodell gehalten wird. Mir gefällt, was sie versucht hat, mit ihren Haaren zu machen, die Fotografen blitzen ihr Kleid durchsichtig. Ich gehe weiter, die Blicke kitzeln, ich habe Mühe, das Kichern zu unterdrücken, das mir im Hals aufsteigt. Ich beschließe, später zu tanzen, von irgendwoher ist Musik zu hören. Dunkle Anzüge, Seidenkrawatten, Frauen mit Lidstrich, Frisuren und schulterfrei. Im Vorbeigehen schnappe ich amüsierte Dialogfetzen auf, irgendjemand muss vollends übergeschnappt sein, jemand anderes hat die Bezeichnung Petit Four noch nie gehört, auf den Toiletten sollen welche zu fünft in die Kabinen gehen. Zwei Frauen sehen mich böse an, ich freue mich und merke es mir für später.

Ich nehme die Blicke mit auf die Treppe und hinauf in den zweiten Stock. Jemand lächelt mir zu, endlich wird auch ein Foto gemacht, kurz sehe ich nichts, ich reiße die Augen auf, schon blitzt es erneut. Jemand umarmt mich, es ist der Regisseur meines Films, er hat seinen Arm etwas zu tief um meine Hüfte gelegt, nein, sogar deutlich zu tief, ist es unangenehm, ist es angenehm, ich komme nicht drauf, jemand gibt mir ein neues Glas, jemand schüttet Champagner hinein. Von hier oben hat man eine herrliche Aussicht, Delia Naters kratzt sich gerade in ihrem Rückenausschnitt, der Österreichische Rundfunk ist auch da, ein paar Leute rauchen, hat irgendjemand meinen Freund gesehen? Ratlose Gesichter, dann stimme ich in das Gelächter mit ein. Ein paar Menschen werden mir vorgestellt, ich schüttele Hände, blicke in aufgeregte Gesichter, schon wieder ein volles Glas in der Hand, mein altes finde ich nicht mehr, ein Fotograf ist da, gibt Anweisungen, ich lache auch nach dem Kommando noch, die Hand des Regisseurs wieder zu tief, aber ich sage nichts, was auch, mir ist schwindelig, aber nicht unangenehm.

Irgendwann steht Titus vor mir, ich freue mich, umarme ihn, frage, wo er gewesen ist, aber er sieht mich nur vorwurfsvoll an. Oder traurig oder enttäuscht oder doch vorwurfsvoll, ich kann es nicht deuten und verstehe in dem Lärm auch kein Wort. Irgendwann glaube ich, dass er jetzt nach Hause gehen wird. Und dass meine Mutter schon gegangen ist. Und dass ich etwas essen sollte, aber was? Als ich mich wieder umdrehe, ist Titus fort, oh je, denke ich noch, schon bekomme ich den bestellten Crêpe au chocolat gereicht, jemand, der nach Zigaretten und Kaugummi riecht, kommt mir abbeißend zu nahe. Ich beschließe, mal eben an die frische Luft zu gehen, vergesse es und stelle mich an für ein neues Getränk.

Und dann sehe ich A.

Er steht im oberen Stockwerk in der Nähe der Bar. In seinem Smoking sieht er wie ein Filmstar aus. Ist er ja auch. Fast hätte er heute den Preis für die Beste Männliche Hauptrolle bekommen, eine 33,3 Periode-Chance, ich hatte mich allerdings versehentlich gefreut, als er nicht gewann. Ein kleines niederes Gefühl, das schnell wieder verflog. Jetzt winkt er mir, ich kann nicht anders und gehe zu ihm, obwohl er das wahrscheinlich gar nicht beabsichtigt hat. Er muss ein Gespräch unterbrechen, um mich zu begrüßen, weiß offenbar außer »Hallo« nichts zu sagen, drückt mir stattdessen sein Glas Champagner in die Hand. Wie recht er hat, wie gut es schmeckt, wie einfach das alles, wie schön. Er lächelt, ich muss zu ihm aufsehen. Der Impuls, in die Knie zu gehen, aus dem Blickfeld der Umstehenden abzutauchen und lange die Augen zu schließen. Ein zweiter, stärkerer

Impuls, A.'s Hand zu nehmen, die er eben wie versehentlich gegen meine drückt. Ich widerstehe beiden. Er riecht so vertraut. Mein Magen revoltiert, ich stoße auf, wie unangenehm. Immer noch lächelnd nimmt A. mir das Glas wieder ab. Aber warum denn, Moment mal, ich will protestieren, doch er hat sich schon umgedreht, sein Gespräch wieder aufgenommen und unseres beendet, bevor es begonnen hat, ich muss die Umgebung unscharf stellen, um nicht die Balance zu verlieren.

Vielleicht frische Luft? Auf der Treppe nach unten kommt mir wieder meine ehemalige Agentin entgegen, ich bin wütend auf sie und weiß nicht warum. Als hinter mir jemand lacht, drehe ich mich um, aber niemand beachtet mich, es galt gar nicht mir. Ist mein Kleid zu rot? Die Wimpern noch dran. Ich zwinkere ein paarmal, scheint alles okay. Mein Regisseur plötzlich mit mir gleichauf. Ob es mir gut geht, will er wissen. Ja, sage ich und glaube das auch. Er guckt mich an, scheint noch etwas sagen zu wollen, aber ich gehe weiter und lasse ihn stehen. Sicherheitshalber halte ich mich aber im Gehen nun am Geländer fest.

Es ist erst drei Tage her, dass ich zum ersten Mal in seiner Wohnung war, Dienstag, genau, kommt mir viel länger her vor. Sollte eigentlich nicht hochkommen, hab aber getan, als müsste ich aufs Klo. Schönes Haus, Charlottenburg, vierter Stock rechts. Fußabtreter mit »Willkommen« darauf, heller Eingangsbereich, Boden Parkett. Oder Laminat, war ein bisschen nervös. Das Badezimmer ganz sicher hellblau gekachelt. Vier Zahnbürsten, elektronisch, seine Frau benutzt die großen OBs. Als ich wieder rauskam, hatte er schon seine Jacke an, konnte gar nicht schnell genug die Wohnung verlassen, dabei war seine Frau mit den Kindern verreist. Waren am Liebnitzsee. Geschwommen, spaziert, in den Regen gekommen, noch mal ins Wasser, weil eh schon egal. Geküsst, gelacht, auf der Rückfahrt kurz geweint, aber er hat's nicht gesehen, glaube ich. Schnell weiter, vielleicht mal ins Freie, bisschen frische Luft wäre nicht schlecht. Es trifft sich gut, dass ich schon auf dem Weg bin, aber Marmorstufen und sehr hohe Absätze, ich muss mich jetzt wirklich konzentrieren. Mit wem stand er da gerade? Mehrere Personen, davon keine weiblich, das wüsste ich. Seine Frau ist verreist, ach, das sagte ich ja schon. Kann gerade nicht nachdenken, muss aufpassen, wohin ich trete und darauf achten, nicht so auszusehen. Meine Haare wippen nicht mehr, eine Riesenenttäuschung, ich glaube, ich gehöre ins Bett. Am Fuß der Treppe, der Abstieg hat eine Ewigkeit gedauert, steht Delia Naters, sieht mich an, als erwarte sie mich. Plötzliche Eingebung: Sie weiß alles, natürlich, das ist ja auch ihr Beruf. Sie guckt mich jetzt direkt an, gleich wird sie auf mich zugehen und fragen, was an den Gerüchten dran sei. Dem fühle ich mich im Moment nicht gewachsen, auch ein andermal ungern, aber jetzt geht es nicht. Ich gucke, als fiele mir eben ein, dass ich etwas vergessen habe, stelle mir dazu eine Handtasche vor, eine kleine, die irgendwo oben noch liegen muss. Ich denke ganz fest an die Brüstung im zweiten Stock, von wo der Ausblick so schön war. Dort visualisiere ich eine Tasche, und zwar eine bestimmte, die ich besitze, eine kleine schwarze ohne Griff, die man wie ein Mäppchen in der Hand halten muss, entscheide mich blitzschnell um und habe nun ein buntes japanisches Seidensäckchen vor Augen, ja, das funktioniert besser, es passt auch viel besser zu meinem Kleid. Dazu ein leicht enervierter Gesichtsausdruck. In einer Geste, die mir meine Schauspiellehrerin als übertrieben ankreiden würde, fasse ich mir auch noch mit einer Hand an die Stirn und gebe ein Seufzen von mir. Delia Naters sieht mich fragend an. Ich habe ihre volle Aufmerksamkeit. Das ist nicht gut. Ich schüttele in etwa so den Kopf wie man es beim Tischtennis tut, wenn der Ball zum zweiten Mal knapp nicht übers Netz gewollt hat. Sie sieht mich immer noch an. Das Ganze kommt mir übertrieben in die Länge gedehnt vor. Ich erwäge, noch etwas zu sagen, etwa »Oh nein, jetzt habe ich meine Handtasche oben stehen lassen« oder, kürzer und mehr so erschrocken, »meine Handtasche!«, befürchte jedoch, Text könnte den Gesamteindruck zerstören. Was ich allerdings in der Aufregung vergessen habe, ist, stehen zu bleiben. Ich bin einfach in konstant bleibender Geschwindigkeit weiter die Treppen heruntergegangen und inzwischen so nah an sie herangekommen, dass ich den schweren Duft, den ich schon seit ein paar Stufen wahrnehme, unmissverständlich ihr zuordnen kann. Ihr Gesicht sitzt perfekt, nicht mal ihre Stirn glänzt, übrigens ganz und gar faltenlos. Sie sieht mich an. Warum lacht sie? Von Nahem scheint sie mehr Zähne zu haben als andere Menschen, hinten oben scheinen sie in Doppelreihe zu stehen. Auf einmal habe ich das Gefühl, dass meine Wimpern sich auf einer Seite abzulösen beginnen und fasse dorthin, um sie wieder anzudrücken. »Alles okay?« Ihre Stimme ist weicher als erwartet. »Ja, warum?« »Nur so«. Sie sagt es zärtlich oder mütterlich, jedenfalls mitfühlend oder mitleidig, jedenfalls anders, als ich es gedacht hätte. Ihr Tonfall erscheint mir wie eine Falle, aus der es kein Entrinnen gibt. Meine Gedanken drehen sich im Kreis, ich versuche, sie anzuhalten, eventuell sogar zu ordnen. Kann es sein, dass es Fotos von A. und mir gibt? Wir waren immer vorsichtig, aber wer weiß. Ich versuche, mich erneut auf die Handtasche zu konzentrieren, doch der kleine japanische Beutel verschwimmt vor meinem inneren Auge zu einem bunten Fleck, der plötzlich nur noch gelb ist, und es will mir auch nicht gelingen, in Gedanken noch einmal zur Balustrade in den zweiten Stock hinaufzukommen. Viel zu hoch im Moment. Da stehen wir nun, inzwischen gleichauf, wir sind etwa gleich groß, Delia Naters und ich. Diesen Moment teilen wir. Ob sie weiß, wer ich bin? Immerhin war ich zweimal im Bild. Schade, dass mir so schwindlig ist. Und dass meine innere Uhr nicht mehr funktioniert, ich habe jedes Zeitgefühl verloren. Als ich das Warten nicht länger aushalte, bin ich es, die das Schweigen bricht. »Wissen Sie zufällig, wie viel Uhr es ist?«, frage ich. Ich wollte sie duzen, habe es mir im letzten Moment anders überlegt und ärgere mich, als der Satz so devot zwischen uns hängt. Sie lächelt. Wissend? Vielsagend? Wenn ich tippen sollte, würde ich auf nachsichtig tippen, aber das zählt ja zum Basis-Repertoire ihres Berufs. Meine frühere Agentin hatte mich vor ihr gewarnt, meine jetzige sagt, man müsse sich gut mit ihr stellen, aber die weiß ja von meiner Affäre nichts. Ohne auf die Uhr zu gucken, sagt sie »Zwei«. Ich denke »erst?«, will »schon?« sagen, habe da aber schon »erst?« gesagt. Was ist los mit mir? Ich erkenne meinen Kopf nicht wieder. Wo normalerweise blitzende Geistesgegenwart herrscht, regiert drückende Schwere. Sie sieht mich immer noch an. Ich gebe es auf, ihren Blick deuten zu wollen. Aus ihrer Hochsteckfrisur hat sich immerhin eine Strähne gelöst, vielleicht hat sie jetzt Feierabend, ist privat, friedlich, desinteressiert. Und dann geht auf einmal alles ganz schnell, viel zu schnell, ich verstehe überhaupt nichts mehr. Plötzlich steht A. neben uns, ich erschrecke, will automatisch grüßen, doch er tut, als sähe er mich nicht. Stattdessen begrüßt er Delia Naters. Zwar nicht mit Küssen, aber immerhin. Hätte ich gar nicht gedacht. Wo ist denn auf einmal sein Berufsethos hin? Ich bin auf einmal total klar im Kopf, auf einmal so hell hier und so un-alles. Die beiden duzen sich, lachen, machen ein paar Bemerkungen über den Abend, bevor er meinem Blick nicht länger ausweichen kann, sich irgendwie verhalten muss. Er entscheidet sich für Folgendes: Er nickt mir zu. Bisschen banal, Kinn voraus. Aber wenn das die beiläufige Begrüßung einer flüchtigen Bekanntschaft sein sollte, dann herzlichen Glückwunsch, Oscarreif, unbegreiflich, dass dieser Jahrhundertschauspieler an diesem Abend leer ausgegangen sein soll. Jetzt dreht sich auch Delia Naters nach mir um, dicht gefolgt von ihrer losen Haarsträhne. »Kennt ihr euch?« Mir ist schlecht. Ich weiß nicht, wie reagieren, gucke A. an, vielleicht hat der eine Idee? Natürlich registriert Delia Naters diesen Blick, liest meine Gedanken, erkennt die Wahrheit. Oder nicht? Ich weiß nicht, was dümmer wäre, sie zu unter- oder zu überschätzen. Also irgendwer muss jetzt was sagen. »Flüchtig«, sage ich. Er nickt. Mich trifft etwas Schweres, ich würde gerne sagen ins Herz, aber das stimmt nicht, es trifft mich im Magen. Auf einmal fächern sich vor mir all die mannigfaltigen Möglichkeiten auf, die sich nun darbieten. Ich könnte ihn ohrfeigen, schreien, wegrennen, was allerdings schwierig wäre in diesen Schuhen; ich könnte ihn anspucken, ihm ein Büschel Haare ausreißen, mir irgendwoher ein Getränk organisieren, um es ihm ins Gesicht zu kippen, aber woher nähme ich jetzt die Energie. Ich könnte mit dem Rauchen anfangen, um ihm die erste Zigarette meines Lebens auf dem Unterarm auszudrücken, Anlauf nehmen und ihm mit voller Wucht in die Eier treten, die zurückgekehrte Schwindligkeit ausnutzen und volle Kanne vor den beiden auf den Boden kotzen. Oder die Wahrheit sagen, die ganze, schön langsam, damit mitgeschrieben werden kann, was von der Aussage her natür-

lich dasselbe wäre. Ich entscheide mich für etwas anderes, stre-
cke ihm meine Hand entgegen, die er, Improvisationsgenie,
folgsam ergreift, und nenne meinen vollen Namen. Beim Lächeln schließe ich die Augen eine Hundertstelsekunde länger,
als es normal wäre, es soll beschwichtigend, wohlmeinend, gütig
aussehen. Der Regisseur findet gleich die erste Aufnahme einen
»Hammer«, und ich kriege vom ganzen Team Applaus. Die
nächste Regieanweisung lautet: *würdevoll schüttelt sie seine Hand.*
Ich kriege eine Großaufnahme. A. spielt schön mit, aber ich
brauche seine Reaktionen nicht. Ich weiß, was zu tun ist, ins-
tinktiv. Naturbegabung, ja, ich weiß. Delia Naters, das muss
man ihr lassen, ist ein ausgezeichnetes Publikum. Ihre Konzentration spornt mich zu Höchstleistungen an. Bittesehr, nun
deute ich einen Knicks an, nehme meinen unsichtbaren Hut,
den ich zuvor gezogen hatte, empfehle mich höflich und lasse
die Herrschaften, noch einen schönen Abend wünschend,
allein. Kurz herrscht ergriffenes Schweigen, die schönste Beloh-
nung, die es für uns Schauspieler gibt. Dann erneut Szenenap-
plaus, vor allem der Kameramann ist ganz aus dem Häuschen,
und der Produzent weist die Drehbuchautoren an, sich noch
diese Nacht an eine neue Fassung zu setzen, in der meine Rolle
größer angelegt ist. All das kriege ich nur am Rande mit, bin
noch nicht ganz wieder in der Realität, auch das vollkommen
normal in unserem Beruf. Da saß jetzt aber wirklich alles, jeder
Blick, jede Geste, das war sehr genau gearbeitet, ich gestatte mir
ein wenig Stolz. Zufrieden, wenn auch innerlich seltsam leer,
trete ich in die Nacht hinaus. Draußen herrscht reges Treiben,
die Statisterie ist gerade im Gehen. Ich möchte jetzt allein sein,
möchte nicht angesprochen werden, natürlich enttäuscht das
die Wartenden, die zum Teil schon in den frühen Morgenstun-

den angereist sind, um einen Blick auf mich zu erhaschen, aber ich kann darauf im Moment keine Rücksicht nehmen und eile, den Kopf gesenkt, ums Gebäude zu den Ställen. Leise, um den Kutscher nicht zu wecken, der über seinem Kartenspiel eingeschlafen ist, gurte ich eins der Pferde ab und reite es ohne Sattel nach Hause. Dort angekommen, schenke ich dem Tier seine Freiheit. Es sieht mich traurig an, bevor es von dannen trabt. Titus schläft schon, als ich mich neben ihn lege.

Am nächsten Tag steht nichts in der Zeitung.

FEUILLETON-DEPRESSION

Es war fast Februar, fast Berlinale also, denn im Februar war
Berlinale, so wie im Mai Cannes war, im August Venedig, im
Herbst die Buchmesse, und dann kamen auch schon die Best-
of-Listen für Weihnachten, der Jahresrückblick zu Neujahr,
dann war wieder Berlinale. So sahen damals meine Jahre aus.
Nicht, dass ich überall hingefahren wäre, ganz im Gegenteil, ich
saß in Mitte fest, aber ich arbeitete in einem Feuilleton, dem Teil
einer Zeitung*, in dem es um Kultur gehen sollte, wenngleich
dort meistens lediglich das Assoziationsvermögen der jeweiligen Redakteure vorgeführt wurde, die – je nach Studium – in
allem, was auf der Welt geschah, genau das erkannten, was sie
eben kannten, eine Herangehensweise, die schon damals nicht
mehr in die Zeit passte, deren Dramen und Tragödien viel zu
konkret geworden waren, um in Glossen, Meinungsstücken oder
Debatten verhandelt zu werden.

Einige der Fragen, die in den Redaktionskonferenzen immer
wiederkehrten, markierten in ihrer Wiederholung das Verstrei-
chen der Jahre so unerbittlich wie sonst nur Geburtstage: Was

---

* *Zeitung war ein täglich oder wöchentlich öffentlich erscheinendes Drucker-
zeugnis, das die nationalen und internationalen Ereignisse des gestrigen, oft
vorgestrigen Tages noch einmal zusammenfasste*

machen wir zu Klagenfurt? Hat jemand eine Meinung zum Dschungel Camp? Paul Weller hat eine neue Platte, irgendjemand Interesse an einem Interview? Nüchtern war das alles eigentlich nicht zu ertragen. Doch leider war ich immer nüchtern, zumindest tagsüber in der Redaktion. Und deshalb war ich zu dieser Zeit in Gefahr, ernsthaft an einem Syndrom zu erkranken, das man später, mit leicht wehmütigem Unterton, »Feuilleton-Depression« nennen sollte, eine Art vorzeitiger Verschleiß der Nerven, der nach der Jahrtausendwende vor allem in den europäischen Hauptstädten um sich griff und sich in Müdigkeit, Mattheit und einem Gefühl innerer Leere niederschlug, sowie der als real empfundenen Annahme, vollkommen allein auf der Welt zu sein.

Damals jedoch dachte ich, ich wäre einfach nur erschöpft. Jeden Tag Konferenz, das dauernde Hin und Her zwischen Wirklichkeit und Internet, das ständige Gefühl, nichts verpassen zu dürfen, als wäre alles, was geschah, wirklich wichtig, hätte eine Bedeutung, die darüber hinausgehen würde, denen, die darüber schrieben, ein Gefühl von Wichtigkeit zu verleihen. Es war zu dieser Zeit, als ein neuer Mieter bei mir ins Hinterhaus zog, ein großer Mann mit Bart und langen Haaren, die er zu einem Zopf trug, dessen dünnes Ende unter seinem Baseballkäppi heraushing. Ich habe ihn als schlecht riechend in Erinnerung, obwohl ich mich nicht an irgendeinen bestimmten Geruch entsinnen kann, möglich also, dass dieser Eindruck nur seiner nachlässig wirkenden Erscheinung geschuldet ist. In meiner Erinnerung sehe ich ihn meistens von hinten, in einem langen schwarzen Mantel, eher einem Trenchcoat, durch den Flur hastend, die lange Gestalt leicht nach vorne gebeugt, als habe er es eilig. Anfangs grüßte ich ihn noch, in Ermangelung einer Erwiderung ließ ich es irgendwann sein. Ich würde gerne sagen, es war mir egal, doch die Wahrheit ist, dass ich verärgert war. Ohnehin hatte ich es nicht gerne, wenn neue Mieter in das Haus zogen, in dem ich damals bereits so lange wohnte, dass ich es als meins betrachtete, auch wenn ich darin nur eine bescheidene Wohnung im ersten Stock Vorderhaus mietete.

Dem kleinen Schild, das bald auf seinem Briefkasten klebte – es war kein gedrucktes wie bei uns anderen, sondern ein vorläufig wirkendes, in krakeligen Druckbuchstaben selbst geschrieben und mit Tesafilm befestigt –, entnahm ich, dass er Ebbinghaus hieß. Der Name sagte mir etwas, vage ordnete ich ihn dem Kulturbetrieb zu. Ich muss gestehen, dass ich erst im Internet nachsehen musste, um zu wissen, wer mein neuer Nachbar war: Thomas Ebbinghaus, 1954 in Stuttgart geboren, Filmproduzent. Auf den Fotos, die ich von ihm fand, sah er jünger aus, auf einigen lachte er.

Als ich unseren Filmredakteur nach ihm fragte, schien dieser wie elektrisiert. Ebbinghaus, Thomas Ebbinghaus, ob ich wirklich sicher sei, fragte er. Er sagte, Ebbinghaus sei eine Legende, und er habe sich oft gefragt, was wohl aus ihm geworden sei. Er schlug vor, ich solle ein Portrait über ihn schreiben, wollte mich überreden, ihn gleich beim nächsten Zusammentreffen nach einem Interviewtermin zu fragen. Offenbar hatte sich Ebbinghaus in den frühen achtziger Jahren in München einen Namen gemacht, hatte aufregende Filme produziert, deren Titel meinem Kollegen allerdings auf die Schnelle nicht einfielen. Während des Komödienbooms sei er in Vergessenheit geraten, sein Stil, den er mir als »komplett durchgeknallt, aber in gut« und »auf der Kippe zum Wahnsinn« beschrieb, sei aus der Mode gekommen. Wie so viele sei er dann zum Fernsehen gewechselt.

Eine Serie, die vielversprechend startete, wurde nach der ersten Staffel eingestellt. Der Name Edgar Reitz fiel als Vergleichsgröße, was mir verkehrt vorkam, ohne dass ich widersprach.

In jener Nacht lag ich lange wach, malte mir aus, welche Wellen ein von mir geschriebenes Ebbinghaus-Portrait schlagen würde, sogar Überschrift und Vorspann hatte ich schon: *Die Legende lebt – Thomas Ebbingshaus, Genie und Phantom des deutschen Films meldet sich aus der Versenkung zurück*. Ich hatte zu diesem Zeitpunkt lange nichts Größeres veröffentlicht, war dringend auf der Suche nach einem Thema, und die Vorstellung, mich mit einem solchen Scoop, der es ja offenbar wäre, wieder zurück ins Spielfeld zu katapultieren, erschien mir unendlich verlockend. Gleichzeitig missfiel mir die Vorstellung, Ebbinghaus im Hausflur ansprechen zu müssen. Ich sah schon den Blick, mit dem er mich abstrafen würde für diese Grenzübertretung, die es ja auch in meinen Augen wäre und die zur Folge hätte, dass von da an jeder Gang durchs Treppenhaus von der Hoffnung begleitet wäre, ihm nicht zu begegnen. Gut, aber diesen Preis war ich zu zahlen bereit, und wer weiß, vielleicht wäre Ebbinghaus ja geschmeichelt, vielleicht wartete er nur darauf, erkannt und angesprochen zu werden, sehnte sich nach öffentlicher Anerkennung, auch er.

Als ich in jener Nacht endlich einschlief, hatte ich einen sonderbaren Traum, den ich am nächsten Morgen, noch leicht benommen, in meinem Tagebuch notierte und hier in Gänze wiedergebe. Ich war in der Jury eines Literaturwettbewerbs und hatte die Aufgabe, die Juryentscheidung zu verlesen. In die Schlussauswahl hatten es drei Autoren geschafft. Autor 1 hatte verblüffend einhellig nur positive Rezensionen bekommen. Und zwar rätselhafterweise alle auf Englisch. Der zu verlesende, ihn betreffende Text bestand beinahe ausschließlich aus Zitaten der einzelnen Jurymitglieder: »carefully coloured language«, »like watercolors«, »with delicate colouring«, »beautyfully coloured text«. Autor 2 hatte ebenso einhellig negative Jurybewertungen bekommen. Autor 3 ganz unterschiedliche. Einiges war bemerkenswert gefunden worden, anderes oder selbiges von anderen noch ausbaufähig, aber dennoch nicht uninteressant. Den Preis bekam Autor 3, da, so die Jurybegründung, »Literarisches, das allzu eindeutig bewertet wird, selbst wenn dies positiv ist, nicht unbedingt gut sein muss«, im Gegenteil rufe dies »Argwohn« hervor.

Darunter hatte ich, wie ein Gedicht gesetzt, notiert:

Nach dunkler Nacht /

Folgt heller Tag

Dies ist der für mich heute nicht mehr zu deutende letzte Eintrag, den ich in meinem Tagebuch finde, anschließend gab ich das Tagebuchschreiben auf, wie ich so vieles in meinem Leben begonnen und wieder aufgegeben habe.

Gleich am folgenden Tag brachte ich einiges über Ebbinghaus in Erfahrung. Bei seinem ersten Film hatte er noch selbst Regie geführt, offenbar war es ein eher zu vernachlässigendes Werk, das wenn überhaupt irgendeinem, dann am ehesten dem Splattergenre zuzuordnen war. Die Kritiker hatte es seinerzeit ratlos hinterlassen, »hermetisch« war noch das freundlichste Adjektiv, zu dem sich einer von ihnen hatte durchringen können. Als Nächstes hatte er das Debüt eines jungen Regisseurs produziert, das – obwohl es zugleich dessen letzter Film sein sollte – noch heute in Videotheken bisweilen unter der Rubrik »Sehenswert« zu finden war: »Tiefe Wasser sind still«, ein Titel, hinter dem sich offenbar eine Scheidungsgeschichte verbarg, an deren Ende nicht weniger als drei Tote zu verzeichnen waren. Vor allem für die Hauptdarstellerin sollte dieses Werk den Durchbruch bedeuten, und dass ihr Name mir nichts sagte, mochte daran liegen, dass sie anschließend ausschließlich in Italien drehte und dort den Namen ihres Ehemanns annahm. Ebbinghaus' dritter Film sollte zugleich der frühe Höhepunkt seiner Karriere gewesen sein: »Die Farben der Unendlichkeit«, ein halbdokumentarisches Kammerspiel über eine Schwabinger WG, deren Sexszenen selbst für das München der damaligen Zeit offenbar ungewöhnlich explizit waren. Aufgewühlt beschloss ich, mir diesen Film in der Videothek zu leihen.

Es verstrichen einige Wochen, ohne dass ich Ebbinghaus erneut begegnete. Sein Film, den ich nur antiquarisch im Internet hatte auftreiben können, hatte mir nicht gefallen, wenngleich ich zu erahnen meinte, was zu seiner Entstehungszeit daran revolutionär gewesen sein mochte. Tatsächlich gab es offenbar echte oder doch sehr realistisch wirkende Sexszenen, doch verglichen mit jenen aus Filmen etwa von Patrice Chereau oder Virginie Despentes erschienen sie mir reichlich bemüht. Andere seiner Werke zu sehen, was einiges an organisatorischem Aufwand bedeutet hätte, hatte ich mir nicht die Mühe gemacht, ich wollte erst abwarten, ob sich ein Interview ergab. Dann sah ich ihn eines Morgens in Begleitung einer eleganten Frau im Hausflur. Dem Alter nach konnte sie seine Mutter sein, wenngleich sein Verhalten ihr gegenüber nahelegte, dass sie es nicht war. Zu eilfertig war die Art, in der er ihr die Tür aufhielt, zu höflich das Lachen, mit der er eine Bemerkung von ihr quittierte, die sie zu leise gemacht hatte, als dass ich sie hätte verstehen können. Natürlich grüßte er auch diesmal nicht, seine Begleiterin immerhin musterte mich mit einem interessierten Blick.

Dann bekam ich ihn lange Zeit nicht zu Gesicht. Nach einer Weile begann die Wurfpost, von der wir in diesem Haus haufenweise bekamen, aus seinem Brieffach herauszustehen, erst nur einige wenige bunte, zum Teil in Plastik eingeschweißte Ecken, dann immer mehr, bis schließlich eines Tages ein Stapel an ihn adressierte Post auf dem Gemeinschaftsbriefkasten obenauf lag, weil nichts mehr hineinpasste und der Briefträger offenbar die Nerven verlor.

Irgendwann vergaß ich die Sache, vergaß Ebbinghaus und mein ehrgeiziges Portraitprojekt. Ich begnügte mich wieder damit, über kleinere Ereignisse des Berliner Kulturlebens zu schreiben, besuchte Vernissagen, wohnte Versteigerungen bei. Zu den seltenen privaten Einladungen, die ich bekam, ging ich in der immer dringlicher werdenden Hoffnung, mich zu verlieben, bis ich auch das aufgab, kaum noch ans Telefon ging, das ohnehin fast nie klingelte, und die meisten Abende alleine vor dem Fernseher saß. Während junge, eifrige Kollegen mit großen Deutungsstücken über das Weltgeschehen gespiegelt am Werk von Slavoj Zizek/Pierre Bourdieu/Jacques Derrida an mir vorbeizogen, nahm man von mir beruflich nur noch Notiz, wenn ich einmal wieder nicht zur Konferenz erschien, weil ich, was damals immer öfter vorkam, am Morgen wieder nicht aus dem Bett gekommen war, niedergestreckt von der Absurdität meines Daseins, außer Gefecht gesetzt von der Sinnlosigkeit, die mich umfing und mir jeden Antrieb nahm, sobald ich den Fehler beging, über mein Leben nachzudenken, was in schlaflosen Nächten mit grausamer Regelmäßigkeit geschah.

Es wurde Sommer, Herbst und wieder Winter. Nach Weihnachten hatte irgendjemand Ebbinghaus' Namensschild vom Briefkasten entfernt, eines Tages klebten dort nur noch die Ränder des Papiers. Doch der Haufen an Wurfpost in seinem Fach schien sich nicht zu verändern, es waren immer dieselben farbigen Ecken, die herausragten, seit Wochen, Monaten, bald einem Jahr. Ich begann, darauf zu achten, ob abends je bei ihm Licht brannte, ob sich etwas hinter seinen immer zugezogenen Gardinen tat. Mehr als einmal löschte ich dafür bei mir das Licht, um unbemerkt zu bleiben, öffnete das Fenster und sah zu seiner Wohnung, wofür ich mich hinauslehnen musste, weil Rück- und Vorderhaus im Eck zueinander standen. Doch nie regte sich etwas, die Wohnung schien leer zu stehen. Einmal fragte ich sogar einen Nachbarn aus dem Hinterhaus, mit dem ich zuvor nie gesprochen hatte, nach Ebbinghaus' Verbleib. Doch der, ein schlanker, weißhaariger Mann, den ich bisweilen mit Tennisschläger durch den Hof laufen sah, zuckte nur mit den Schultern und sagte, er wisse von nichts.

Unterdessen waren weitere neue Mieter in unser Haus gezogen. Offenbar hatten andere Menschen Leben, in denen sich etwas bewegte, sie heirateten, erwarteten Nachwuchs, zogen in größere Wohnungen in Gegenden, die familiärer waren, nicht so abstrakt wie das Viertel, in dem ich lebte, das keine eigentliche Wohngegend war. Es gab keinen Schreibwarenladen, keine Metzgerei oder Reinigung. Stattdessen Coffeeshops, die am Wochenende geschlossen hatten und Apotheken und Brillenläden im Überfluss. Im Obergeschoss des Vorderhauses wohnte jetzt ein Mann, der von dem Messingschild, das kurz nach seinem Einzug neben den Klingeln angebracht war, als Coach ausgewiesen wurde, Spezialgebiet Krisenmanagement und Mediation. Meinem direkten Nachbar, einem ruhigen Mann mit Schnurrbart, den ich gelegentlich sonntags durchs Fenster in Jogginganzug in Richtung Tiergarten hatte laufen sehen, war eine Frau etwa meines Alters nachgefolgt, ohne dass er sich verabschiedet oder sie sich vorgestellt hatte. Und im Souterrain gingen plötzlich übernächtigt wirkende junge Männer aus und ein, die schon frühmorgens hinter halb herabgelassenen Jalousien vor flimmernden Computerbildschirmen saßen, ich nahm an, sie programmierten etwas, gefragt habe ich sie nie danach. Wie ich es mir auch abgewöhnt hatte, im Treppenhaus zu grüßen.

Sogar in meiner Redaktion hatte sich das eine oder andere getan. Unser Filmredakteur war zu einer anderen Zeitung gewechselt; statt einem hatte ich nun zwei Redaktionsleiter, was die Arbeit verdoppelte statt sie zu halbieren. Die fröhliche Grafikerin hatte Zwillinge bekommen und war durch einen schweigsamen Österreicher ersetzt worden, dessen Geschmack nicht der der Redaktionsleiter war. Mein Zimmernachbar hatte geheiratet und war die meiste Zeit über mit Buchprojekten beschäftigt, angeblich arbeitete er außerdem an einem Drehbuch über den Medienbetrieb. Als ich ihn einmal darauf ansprach, lächelte er nur. Nina, außer mir die einzige Frau im Ressort, war schwanger und fieberte dem Tag entgegen, an dem sie in den Mutterschutz gehen würde. Es gab einen neuen, jungen Kollegen, der für Film zuständig war, sich durch großen Eifer hervortat und selbst durch die nunmehr zwei täglichen Konferenzen nicht zu demotivieren war. Alle paar Monate kam ein Schwung neuer Praktikanten, zumeist junge, hoffnungsvolle Frauen, die sich für ihre sinnlose Arbeit, die in der Hauptsache aus Herumsitzen bestand, herausputzten, als rechneten sie mit Fotografen. Besonders eine ist mir in Erinnerung, Angela, die sich Angie nannte, aus vermögendem Elternhaus stammte und mit mindestens zwei meiner Kollegen schlief.

Nur ich schien auf der Stelle zu stehen.

Und dann kam auf einmal wieder Bewegung in die Ebbing-haus-Story. Es fing damit an, dass eines Morgens sein Briefkasten aufgebrochen war. Vielleicht war er es auch am Vorabend schon gewesen, doch ich entdeckte es an einem dunklen Wintermorgen, als ich, wie üblich noch im Pyjama, ins Erdgeschoss geeilt war, um die Zeitung zu holen. Es war eindeutig ein Gewaltakt gewesen, die Holzlade hing schief im Furnier. Offenbar war ich die Erste, die es bemerkte, zumindest schien niemand etwas angerührt zu haben. Obenauf auf dem Bündel von Werbepost lag, auf den ersten Blick sichtbar, ein DIN-A4 gro-ßes weißes Blatt Papier, auf das jemand mit schwarzem Filzstift folgende Botschaft geschrieben hatte: »EBBING, DU SCHWEIN, ICH WILL MEIN GELD!!! RÜCK DIE 10 000 EURO RAUS! SO-FORT!!! SONST KRIEGST DU ES MIT MIR ZU TUN.« Mag sein, dass ich mich mit der genauen Anzahl der Ausrufungszeichen vertue, aber den Wortlaut weiß ich noch genau. Eine Unterschrift fehlte. Ich legte das Blatt wieder genauso zurück, wie ich es vorgefunden hatte und ging langsam in meine Wohnung zurück.

In was für eine Geschichte war Ebbinghaus verwickelt? Offenbar also wohnte er noch hier. Das Schriftbild hatte selbstbewusst gewirkt, um nicht zu sagen, bedrohlich: Mit dickem Edding geschriebene, steil aufragende Blockbuchstaben, die I-Punkte waren Querstriche gewesen. Kurz erwog ich, die Polizei zu verständigen, immerhin war offenbar in den späten Nacht- oder frühen Morgenstunden jemand in unser Haus eingedrungen und hatte einen Briefkasten aufgebrochen. Ich ließ es bleiben, ebenso wie ich den Gedanken fallen ließ, die Hausverwaltung zu verständigen, mit der mein Verhältnis nicht zum

Besten stand. Irgendjemand, dachte ich, würde sie schon benachrichtigen, warum sollte ausgerechnet ich es sein. Wie unwohl ich mich mit der Sache fühlte, lässt sich vielleicht daran ablesen, dass mir der Gedanke kam, die Polizei könnte meine Fingerabdrücke auf dem Schreiben finden. Dann sagte ich mir, dass ich mich nicht so anstellen solle, und versuchte die Sache zu vergessen, was mir im Laufe des Tages mal besser, mal weniger gut gelang.

Als ich am Abend nach Hause kam und der Briefkasten immer noch schräg in einer Angel hing – der Drohbrief für jeden, der vorbeilief, auf den ersten Blick sichtbar –, bekam ich es plötzlich mit der Angst zu tun. Ich beschloss, endlich auch neben meiner Wohnungstür ein Namensschild anzubringen und erledigte dies sogleich. Seltsam, wie Dinge, die einem bislang immer unlösbar kompliziert erschienen, bei veränderter Dringlichkeit kinderleicht werden.

Es war dies ungefähr die Zeit, in der bei mir eine Vorstufe von Krebs diagnostiziert wurde, für jene Berlinale hatte ich mich umsonst akkreditiert. Die Angelegenheit ließ sich glücklicherweise mit einem einfachen Eingriff beheben, weshalb ich kein großes Aufhebens darum machte. In der Redaktion meldete ich mich krank, ohne dass jemand eine Rückfrage stellte, im Freundeskreis erzählte ich niemandem davon. Routine-OP unter Vollnarkose, zwei Tage Krankenhausaufenthalt zur Beobachtung. Außer den Käsebroten zum Abendessen und einem Schrank voller Hygienebinden ist mir nichts in Erinnerung. In den Tagen vor der Operation war ich zweimal ohnmächtig geworden. Beide Male hatte ich kurz zuvor auf der Straße eine Schwangere gesehen. Unschwer, darin einen Zusammenhang zu meiner Diagnose zu erkennen, und doch mischen sich diese

Schwächeanfälle in meiner Erinnerung mit dem Bild des aufgebrochenen Briefkastens, möglich, dass der Besuch beim Frauenarzt, an dem er mir den Befund mitteilte, sogar mit dem Tag des Einbruchs zusammenfiel, wenn nicht, war es der Tag darauf.

Ich war also, um es kurz zu sagen, nicht in der allerbesten Verfassung, als ich Ebbinghaus wiedersah. Es geschah vielleicht zwei Wochen, nachdem der Briefkasten aufgebrochen worden war, der inzwischen zwar nicht repariert, aber doch von irgendjemandem wieder notdürftig verschlossen worden war. Es war ein Dienstagvormittag, den Wochentag weiß ich bestimmt, da dienstags immer unsere Themenkonferenz stattfand und ich noch einmal aus der Redaktion zurück nach Hause geeilt war, um vergessene Unterlagen zu holen. Ein kalter, sonniger Tag. Es mochte etwa zehn Uhr gewesen sein, eine Zeit also, zu der ich normalerweise schon nicht mehr zuhause war. Ich sah ihn schon durch die mit gusseisernen Verstrebungen verzierte Glasscheibe der Haustür, sah ihn durch die Scheibe hindurch vorm Briefkasten stehen, die Baseballkappe tief ins Gesicht gezogen, der Mantel reichte ihm bis über die Knie. Im ersten Moment dachte ich, eine neue Ohnmacht wäre nah, da war wieder dieses Rauschen in meinen Ohren. Doch es war nur eine lange nicht mehr verspürte Aufregung, die sich meiner binnen Hundertstelsekunden bemächtigte und alles, was dann geschah, wie in Zeitlupe wahrnehmen ließ.

Mein Schlüssel im Schloss. Die schwere Tür. Meine Schritte auf den Terracottafliesen des Hausflurs. Er hielt Post in Händen, womöglich den gesamten Stapel, der bis dahin in seinem Fach gelagert hatte, einen beträchtlichen Haufen jedenfalls. Den Drohbrief sah ich nicht, dafür einen Ikea-Katalog. Er sah auf. Unsere Blicke trafen sich. Ich erinnere mich an die tiefen Schatten unter seinen Augen, die aussahen, als hätte er Mühe, sie offen zu halten. Ich ging hinter ihm vorbei, grußlos, natürlich, und machte mich an meinem Brieffach zu schaffen, dabei hatte ich es am Morgen bereits geleert. Mein Fach war ganz unten, ich musste also neben ihm in die Hocke gehen. Er trug Turnschuhe, die einmal weiß gewesen sein mussten. Seine Jeans war hinten heruntergetreten und vom Schneematsch nass, einzelne Fäden hatten sich aus dem Saum gelöst. Während ich noch hockte, das Ganze spielte sich in wenigen Sekunden ab, wandte er sich zum Gehen. Dass ich den Atem angehalten hatte, fiel mir erst auf, als mit einem lauten Krachen die Haustür hinter ihm ins Schloss fiel.

Irgendwann dann lernte ich Leo kennen und vergaß die Geschichte nun wirklich. Er sah aus wie mein Vater als junger Mann, die gleiche Brille, die gleichen Locken, ein Israeli, der einen der Pastramiläden im Scheunenviertel betrieb. Ich ließ jeglichen beruflichen Ehrgeiz fallen, und irgendwann machte mir meine Arbeit wieder Spaß. Es wurde Frühling, und an der Kastanie im Hof zeigten sich Blätter. Auf der Straße roch es wieder nach Zwiebeln, die jemand bei offenem Fenster briet. Morgens wurde ich von der Sonne geweckt, die links und rechts von meinen Jalousien durch die Ritzen schien, und immer öfter lag Leo neben mir, drehte sich noch einmal um, nachdem ich aufgestanden war und schlief weiter. Irgendwann begannen wir, gemeinsam die Wohnungsanzeigen zu studieren. Ich rief die Hausverwaltung an, um meine Kündigung bekannt zu geben, und vereinbarte zur Wohnungsabnahme mit dem Hausmeister einen Termin. Als er kam, wirkte er anders als sonst, weniger herablassend, freundlich beinahe. Er ließ sich sogar überreden, die schadhaften Stellen im Laminatboden als Wasserschaden zu akzeptieren, den es tatsächlich einmal gegeben hatte, der aber für die Kratzer nicht verantwortlich war.

Nachdem wir einmal durch die ganze Wohnung gegangen waren und alles besprochen war, blieb er einen Moment zu lang im Türrahmen stehen. Er sah aus, als bedrückte ihn etwas. Ob ich von den Problemen im Hinterhaus gehört hätte, fragte er, zögernd. Wahrscheinlich habe ich überrascht ausgesehen. Da habe doch einmal so ein Regisseur gewohnt, sagte er, Ebbinghaus, Thomas Ebbinghaus … Ich nickte. Na, der sei irgendwann einfach weg, angeblich Südamerika, Genaues wisse man nicht. Ich schwieg, ließ ihn reden. Monatelang habe er keine Miete gezahlt. Gut, so etwas komme vor und leider öfter, als man denken sollte. Das sei zwar nicht schön, aber … Er zuckte die Achseln. Doch als sie irgendwann die Wohnung geöffnet hätten … Er schüttelte den Kopf. So etwas habe er wirklich in all den Jahren nicht gesehen. Unvorstellbar sei das gewesen, wirklich, das male man sich gar nicht aus. Die totale Verwüstung, Berge von Müll, Pizzakartons, Kleider, Zigarettenstummel. Mit gesenkter Stimme fuhr er fort. Überall verstreut habe Sexspielzeug gelegen, und … Exkremente. Fein säuberlich, auf jedem Kleiderhaufen. Und die Toilette habe ausgesehen … Er brach ab. Auf einmal schien er es eilig zu haben. Schlaff drückte er mir die Hand. Das Schlimme sei, dass sie die Wohnung seither nicht mehr vermieten könnten, da hinge so ein Gestank drin, der gehe überhaupt nicht mehr raus. Er sah mich an, als suche er Trost. Dann wandte er sich um und verschwand im Treppenhaus.

Drei Jahre später sah ich Ebbinghaus auf der Straße. Ich war gerade mit Ferdinand auf dem Weg zum Kindergarten, die Arbeit als Journalistin hatte ich gegen eine Halbtagsstelle in einer PR-Agentur eingetauscht. Eine befahrene Kreuzung, ich stand

mit unserem Wagen ganz vorne an der roten Ampel. Ich erkannte ihn sofort. Den Oberkörper leicht nach vorne gebeugt,
lief er mit raschen Schritten direkt vor meinem Wagen vorbei.

Und plötzlich war alles wieder da.

Mein altes Leben, die Wohnung, der einsame Kastanienbaum
im Hof. Die stillen Nächte, die Ohnmachten, die bleierne Müdigkeit. Ich dachte daran, zu hupen, das Fenster herunterzufah-
ren und seinen Namen zu rufen. Ob er mich erkennen würde,
sich an mein Gesicht erinnerte? Er lief über die Kreuzung, ohne
in meine Richtung zu sehen. Statt des Mantels trug er eine
braune Lederjacke, eine dunkle Baseballkappe saß ihm tief in
der Stirn. Mir fiel wieder ein, dass es im Hausflur nach feuchtem
Kalk gerochen hatte, und selbst an heißen Sommertagen kühl
gewesen war. Eine leichte Übelkeit ergriff mich, doch dann riss
mich ein Hupen aus meinen Gedanken, ich legte einen Gang
ein und fuhr los.

DER OTTER

Leyla war am Vortag 40 geworden. Sie hatte bei sich zuhause eine Party gegeben, zwanzig Gäste, nichts großes, die vor allem den schönen Effekt gehabt hatte, sie vom Anlass abzulenken. Dass sie nun also wirklich schon vierzig war, diese Erkenntnis setzte erst jetzt, am frühen Abend des nächsten Tages ein, zugleich mit immer stärker werdenden Kopfschmerzen.

Ich hätte doch eine Aspirin nehmen sollen, sagte sie vorwurfsvoll zu Gregor, ihrem Mann, der gerade auf der Suche nach einem Parkplatz seinen Wagen zum dritten Mal an der Galerie vorbeifuhr, in der sie zusammen eine Vernissage besuchen wollten.

Soll ich bei einer Apotheke halten, fragte er.

Jetzt ist es zu spät, sagte sie und sah dann wieder ostentativ schweigend aus dem Fenster.

Da wäre einer gewesen, sagte sie plötzlich.

Wo?

Da hinten.

Warum hast du das denn nicht gleich gesagt? Bist du sicher, dass es keine Einfahrt war?

Sie sagte nichts, und er fuhr weiter.

Ich hoffe bloß, Anna und Titus kommen nicht, sagte sie. Inzwischen waren sie relativ weit von der Galerie entfernt in einer kleinen Seitenstraße, in der auch kein Parkplatz zu finden war, die Autos standen hier sogar auf dem Fußgängerweg.

Anna und Titus, wiederholte Gregor, dem diese Namen nichts sagten.

Hallo Süße, sagte Leyla in gekünstelt hohem Ton. Hallo Süße, na? Ich kann sie nicht ausstehen. Wenn die da sind, gehe ich sofort nach Hause.

Gregor, der soeben an einer Lücke vorbeigefahren war, die ihm auf den ersten Blick zu klein erschienen war, was er jedoch lieber noch einmal überprüfen wollte, legte den Rückwärtsgang ein.

Aber du magst die ja, oder?

Wart mal kurz …, sagte er.

Sag doch mal, du magst die, oder, Anna. Du findest sie sexy.

Sekunde …, sagte er.

Hallo Süße, was macht denn die kleine Maus? Wir haben uns so lange nicht mehr gesehen. Kommt doch mal raus zu uns, die kleine Lucy würde sich so freuen. Wenn sie jemanden nachäffte, sah sie immer aus, als hätte sie die Zähne von jemand anderem im Mund.

Etwa zehn Minuten später hatten sie einen Parkplatz und nach noch einmal gut zehn Minuten Fußmarsch erreichten sie die Galerie.

Vor dem hell erleuchteten Innenraum stand eine Traube von Menschen. Viele der Männer hatten einen Vollbart. So gut wie alle hatten eine Bierflasche in der Hand.

Leyla, die bis vor einer Sekunde noch zusätzlich zu den immer stärkender werdenden Kopfschmerzen über Druckstellen geklagt hatte, die ihre neuen hohen Schuhe ihr beim Gehen verursachten, setzte urplötzlich ein Lächeln auf und winkte einem Mann zu, der ungefähr in ihre Richtung sah. Er trug eine Bomberjacke und hatte eine Dogge an der Leine.

Oh Gott, wie heißt der denn noch mal, sagte sie.

Wer?, fragte Gregor, doch Leyla antwortete nicht. Der Mann hatte sie ohnehin nicht gesehen.

Im Schaufenster hing ein Poster. DER OTTER, stand darauf, dicke schwarze Lettern auf rotem Grund, darunter der Name des Künstlers, *Christoph Svoboda*.

Leyla, rief eine Frau, löste sich aus der Menge und lief auf Leyla zu. Sie hatte dunkle Haut und ihre Haare sahen aus, als könne sie sie wie eine Afro-Perücke einfach abnehmen. Alles Gute nachträglich, du hattest doch gestern, Waage, oder?

Während sie von der Frau umarmt wurde, warf Leyla Gregor einen dieser Blicke zu, bei denen er nie wusste, wie er darauf reagieren sollte. Einmal hatte er genauso zurückgeguckt, darauf hatte sie den Rest des Tages nicht mehr mit ihm gesprochen.

Alles, alles Gute, sagte die Frau noch mal. Wie alt bist du denn geworden?

Ach, egal, sagte Leyla. Ich finde, andere Jahre haben mich viel stärker geprägt als das, in dem ich zufällig geboren bin.

Ha, das ist gut, das muss ich mir merken, sagte die Frau, ließ Leyla los und wandte sich Gregor zu.

Er streckte ihr die Hand entgegen. Ich bin Gregor. Leylas Mann.

Gibt es einen Satz, der älter machen könnte, sagte Leyla.

Hallo, ich bin Nicole, sagte die Frau. Wir haben uns aber schon mal gesehen.

Nicole, sagte Leyla genervt. Mit der ich in Yoga gehe. Wir kennen uns aus Postnatal. Naja, damit hattest du ja nichts zu tun.

Wie geht's denn deiner Kleinen?, fragte Nina. Alles gut? Hast du Fotos dabei?

Gregor, der schon seit geraumer Zeit aufs Klo musste, entschuldigte sich, bahnte sich einen Weg durch die Herumstehenden und betrat die Galerie.

Der Innenraum war menschenleer. An den kargen, weiß übertünchten Wänden hingen in hellem Holz gerahmte, großformatige Bleistiftzeichnungen, auf denen kartoffelförmig aussehende Wesen in seltsamen Verrenkungen zu sehen waren. Er hatte allerdings im Moment keinen Blick dafür.

Als er wieder zurück in den Ausstellungsraum kam, sah er sich die Werke näher an. Das Erste hatte den Titel *Herr Penis auf Brautschau*, wie das kleine Schildchen daneben verkündete. Es zeigte ein unförmiges Gebilde mit Nase und Augen, das in ein aufgeblättertes Buch oder eine Zeitung sah. Auf dem nächsten, *Reinpfeifen mit Leiter*, standen mehrere solcher Wesen nebeneinander und tranken aus einer dickbauchigen schwarzen Flasche. Die Flüssigkeit war in ihrem Hals und in ihren Bäuchen zu sehen, als wären sie durchsichtig. Ein weiteres, auf dem aus Kreisen und Quadraten so etwas wie Beine und Arme hervorragten, hieß *Tomorrow Never Died*. Irgendwann sah sich Gregor nur noch die Titel an. *Das Problempferdchen. Der Otter. Alle Leute, die ich gestern kannte.* Am besten gefiel ihm ein Bild mit dem Titel *Amy*, das einzige, das farbig war. Eine junge Frau mit überdimensional aufgetürmten Haaren war darauf zu sehen, die gerade über eine lange schmale Brücke ging. Die Brücke schien nirgends zu enden. Ringsherum war Wasser oder jedenfalls viel Blau.

Auch ein Bier?, unterbrach ihn eine Männerstimme.

Er drehte sich um.

Ein Mann mit strähnigen blonden Haaren streckte ihm eine Flasche entgegen, in der anderen Hand hielt er noch eine. Gefällt's dir? Ich bin gestern erst fertig geworden, hab selbst noch gar keine richtige Meinung dazu.

Danke, sagte Gregor und nahm das Bier. Ja. Tolle Arbeiten.

Ja, findest du?

Ja, vor allem das, das finde ich toll. Er deutete auf *Amy*.

Der Mann sah enttäuscht aus.

Gregor klickte aufmunternd mit seiner Bierflasche gegen die des Künstlers. Prost.

Sie tranken und standen einen Moment einvernehmlich schweigend nebeneinander.

Gregor wollte gerade fast etwas sagen, als Leyla die Galerie betrat. Durch die Tür drangen Gespräche und Gelächter.

Ach, hier bist du. Seit wann interessierst du dich für Kunst, sagte sie.

Leyla, das ist ...

Er fand es immer wieder bewundernswert, wie schnell seine Frau sich auf sich verändernde Situationen einstellen konnte. Sie sah im Nu hocherfreut aus. Ach hallo Christoph, lange nicht gesehen, strahlte sie. Ich schau mir jetzt mal die Bilder an.

Dann, wieder zu Gregor.

Marc ist da.

Marc?

DJ Marc. Er hat jetzt einen Verein gegründet, der auf die Gefahren von Hidden Tracks aufmerksam machen will. Anscheinend ist nämlich mal jemand an einem Herzinfarkt gestorben oder so, weil er sich so erschreckt hat, als ein Hidden Track kam. Ob wir da beitreten wollen.

Welcher Marc?

Leyla verdrehte die Augen. Dann trat sie näher an die Wand heran. *Der Otter*, las sie laut vom Schild ab. Sie sah sich die dazugehörige Zeichnung an, ziemlich lange, und lachte dann. Das ist ja toll, sagte sie. Dann ging sie zum nächsten Schild.

Bier?, fragte Gregor und hielt ihr seine Flasche hin. Sie reagierte nicht.

Und Ruben Blacher ist da, sagte sie dann, als sei das etwas Bemerkenswertes. Sie ging zum nächsten Bild.

Ha! Super Titel. *The more you see, the more you see.* Deine Titel sind echt genial. Gregor, schau, *das* sind tolle Titel. Bei dieser Bemerkung sah sie irgendwie triumphierend zu ihrem Mann.

Danke, sagte Christoph.

Und das stimmt ja für alles. The more you eat, the more you eat. The more you … Na, ihr versteht schon.

Ja, eben, sagte Christoph.

Dann entschuldigte er sich, ging hinaus zu den anderen und ließ Leyla und Gregor allein zurück in der Galerie.

Wenn ich David Shrigley wäre, würde ich ihn verklagen, sagte Leyla, als er außer Hörweite war. Das ist doch voll die Kopie.

Aber die Titel sind gut, sagte Gregor.

Leyla zuckte mit den Schultern.

Ich hab Kopfweh, sagte sie.

In diesem Moment ging die Tür auf, und zusammen mit einer Wolke aus Herrenparfüm kam ein großer Mann mit vollem grauen Haar herein, das eines Präsidenten würdig gewesen wäre. Sein weißes Hemd war überraschend weit aufgeknöpft, er sah so erholt aus, als käme er geradewegs von der Riviera.

Ach sieh an, das Geburtstagskind, sagte er mit sonorem Bass. Er ging auf Leyla zu und schüttelte ihr die Hand. Ich wäre gern gekommen gestern, aber die Arbeit, die Arbeit... Lass dich mal anschauen. Er trat einen Schritt zurück und musterte sie. Also das gibt es doch gar nicht. Das gibt es doch gar nicht. Das ist ja ganz und gar unglaublich. Er schüttelte den Kopf und schien auf eine Nachfrage zu warten.

Was denn?, tat ihm Leyla den Gefallen.

Wirklich, es ist nicht zu glauben, sagte der Mann. Als ich vierzig war, sah ich ganz genau so jung aus. Nein wirklich, ich schwöre es dir, es ist wahr. Niemand wollte mir glauben, wie alt ich bin.

Leyla lachte.

So, und das ist also die Kunst..., sagte der Mann. Er sah einmal ringsherum von Bild zu Bild. Na, das ist doch schön, sagte er, als er beim letzten angekommen war, es hatte nur wenige Sekunden gedauert. Wo ist denn der Künstler, der wollte doch irgendwas von mir... Und dann war er auch schon wieder durch die Tür hinaus ins Freie entschwunden, und nur sein Herrenduft hing noch im Raum.

Ich hab keine Lust, rauszugehen, sagte Leyla. Zu viele Idioten. Ach, ich langweile mich so.

Wer war denn das?, fragte Gregor, und Leyla bedachte ihn mit einem Blick, der auszudrücken schien, dass sie auch ihn zu den Idioten zählte.

Wenn man sich wenigstens hinsetzen könnte. Mir tun die Füße weh.

Gregor sah sich um. Hinter dem Bastvorhang, der in den hinteren Bereich der Galerie führte, standen ein paar aufeinandergestapelte leere Bierkästen. Er ging hin, nahm sich zwei und postierte sie nebeneinander vor der Rückwand des Ausstellungsraums.

Ich bin doch nicht vierzig geworden, um mich weiter auf Bierkästen zu setzen, sagte Leyla, ging aber nichtsdestotrotz darauf zu und setzte sich. Er setzte sich neben sie.

Wenn ich wenigstens noch rauchen würde, sagte Leyla.

Sie sah unglücklich aus. Er drückte ihr die Bierflasche in die Hand.

Bevor sie daraus trank, wischte sie mit einem Stück ihres Ärmels den Rand ab. Dann reichte sie ihm die Flasche wieder zurück.

Wie lange müssen wir denn noch? Theoretisch könnten wir Luisa doch einfach ausbezahlen und früher nach Hause gehen.

Sie saßen eine Weile schweigend nebeneinander, plötzlich klopfte es von außen gegen die Fensterscheibe. Einen Moment später betraten eine Frau und ein Mann den Innenraum der Galerie. Die Frau war hübsch, wenn auch ihr Kopf im Verhältnis zum Rest zu groß erschien, was noch dadurch betont wurde, dass sie ihre Haare zu einer sich am Hinterkopf aufbauschenden Hochfrisur gesteckt hatte. Sie trug eines dieser asymmetrischen Kleider, die Gregor nicht verstand. Der Mann sah nett aus, unter seiner dunklen Anzugshose blitzten weiße Sneakers hervor.

Hier seid ihr, sagte die Frau und da sie ganz deutlich auch ihn anlachte, stand auch Gregor auf.

Gregor, ewig nicht gesehen. Der Mann klopfte ihm auf die Schulter.

Du hast ja tolle Schuhe an, zeig mal, sagte die Frau zu Leyla. Wahnsinn, und darin kannst du laufen? Sie wandte sich zu Gregor.

Hallo, sagte der und streckte ihr die Hand hin.

Ach komm, sagte die Frau, machte einen Schritt auf ihn zu und umarmte ihn.

Am besten immer den eigenen Namen dazusagen, Gregor leidet an einer leichten Form von Prosopagnosie, sagte Leyla.

Die Frau sah ihn verständnislos an.

Gesichtsblindheit, sagte Leyla.

Die Frau schien das für einen Witz zu halten. Lachend wandte sie sich wieder an Leyla. Wie geht's denn eurer kleinen Maus. Sie ist wahrscheinlich schon gar nicht mehr so klein, oder? Lucy geht jetzt in die Kita. Kindergarten, Entschuldigung. Titus hasst das Wort Kita.

Erst jetzt fiel Gregor wieder ein, dass Leyla auf der Hinfahrt über irgendjemanden schlecht gesprochen hatte, und ihm kam der Verdacht, dass es sich dabei um diese Person gehandelt haben könnte.

Wart, ich zeig dir Fotos, sagte Leyla, nahm ihr Handy aus der Tasche, und die beiden Frauen beugten sich über den kleinen Bildschirm.

Schon die Ausstellung gesehen?, fragte der Mann, der Titus hieß.

Gregor nickte.

Nicht seine beste. Titus zuckte mit den Achseln. Hey, ich hab gehört, du schreibst an einem neuen Drehbuch?

Ja, sagte Gregor, aber schon seit drei Jahren.

Darf man fragen, wovon es handelt?, fragte Titus. Ich war ja ein ganz großer Fan von *Morgen ist ein neuer Tag.*

Morgen ist ein anderer Tag, verbesserte Gregor freundlich.

Wir haben's damals auf der Berlinale gesehen.

Wovon handelt es? Gregor kratzte sich am Kinn. Es ist schwer zu erklären, ich hab das bisher noch nicht so gut auf einen Nenner bringen können. Die Handlung spielt nicht so eine Rolle, ehrlich gesagt. Es ist eher so psychologisch.

Ah, sagte Titus, also eher französisch.

Nicht direkt, sagte Gregor.

Titus sah zu seiner Frau. Schatz, wenn wir noch ins Grill wollen, müssen wir los, sonst ist da keiner mehr.

Ach schon, sagte Anna und schloss Leyla erneut in die Arme.

Wir müssen uns unbedingt bald wieder sehen, kommt doch mal raus, ja? Wir sind eigentlich jedes Wochenende draußen. Jetzt geht es ja noch, mit dem Wetter.

Ja, machen wir.

Aber wirklich, nicht nur Gerede.

Nein, versprochen.

An der Tür drehten sich beide noch einmal um.

Und viel Glück mit dem Drehbuch, rief Titus und zeigte mit dem Zeigefinger auf Gregor. Du schaffst das!

Sie winkten noch kurz, bevor sie in den Abend entschwanden, der vom Innenraum aus wirkte wie tiefschwarze Nacht.

Kommt doch mal raus, ja? Die kleine Lucy geht jetzt schon in die Kita. Die Zähne in Leylas Mund wirkten auf einmal wieder zu groß.

Ach, können wir ja mal machen, sagte Gregor. Ist doch vielleicht ganz nett.

Bestimmt, sagte Leyla. Es klang nicht so, als meine sie es.

Gregor trank von seinem Bier. Die Flasche war jetzt fast leer. Er setzte sich wieder neben seine Frau.

Ich frage mich wirklich, warum neuerdings alle aufs Land wollen, wenn sie die Leute aus der Stadt dann so vermissen, dass man dauernd ...

Sie wurde dadurch unterbrochen, dass die Tür aufgerissen wurde, und zwar so heftig, dass sie gegen die Wand stieß. Der Mann mit der Dogge sah hinein, zog dann den Hund, der gerade eintreten wollte, an dessen rosafarbenem Halsband zurück und verschwand wieder, genauso plötzlich wie er gekommen war.

Das war Marc, sagte Leyla.

Wer?, fragte Gregor.

Wieder ging die Tür auf. Gregor kam sich langsam wie in einem Theaterstück vor. Herein kam eine müde aussehende Frau etwa in ihrem Alter, Trenchcoat, Mokassins, die Haare zu einem hohen Pferdeschwanz gebunden. An ihrer Hand ging ein kleiner Junge, er mochte vier, fünf Jahre alt sein. Sein weißes Hemd hing ihm vorne halb aus der Hose.

Geh doch bitte anständig, sagte die Frau. Ein Fuß vor den anderen, wie wir es gelernt haben.

Sie sah sich suchend um.

Toilette? Gregor deutete in Richtung Bastvorhang.

Die Frau schob den Jungen vor sich her.

Könntet ihr ganz kurz ein Auge auf ihn haben?

Klar, na, wie heißt du denn?, fragte Leyla.

Der Junge blieb eine Antwort schuldig.

Er heißt Ferdinand, sagte die Frau. Ferdi, benimm dich doch bitte. Du bist vielleicht fünf, aber wir sind es nicht.

Sie sah gespielt genervt an die Decke und ging in Richtung der Toilette davon.

Der Junge stand so verloren im Raum, als habe er nun niemanden mehr auf der Welt, wolle sich das aber auf keinen Fall anmerken lassen.

Hallo Ferdinand, sagte Leyla.

Er sah sie nicht einmal an.

Wieder ging die Tür auf. Diesmal kam eine Frau herein, von der Gregor sicher wusste, dass er sie kannte. Er wusste sogar, dass sie beim Radio war. Eine Freundin von Leyla. Nur ihr Name fiel ihm im Moment nicht…

Steffi, rief Leyla und breitete die Arme aus. Tschuldige, kann nicht aufstehen. Zu alt.

Steffi kam auf sie zu und umarmte sie. Dann begrüßte sie Gregor, der aufgestanden war, mit zwei Küssen.

Total voll draußen, aber keiner da. Ihre Stimme hatte dieses Radiomoderatorinnentimbre. Ging's noch lang gestern? War so nett. Hey, wer bist du denn? Sie hatte Ferdinand entdeckt, der vorsichtig zu ihnen herübergesehen hatte, nun aber so tat, als hätte er das nicht. Hey, sag mal, wie heißt du denn?

Fnnd, sagte Ferdinand.

Fernd? Sie sah Leyla und Gregor fragend an.

Das ist Ferdinand, sagte Leyla. Unser neues Kind. Seine Mutter hat ihn uns eben geschenkt.

Steffi lachte laut auf.

Ferdinand sah Leyla erschrocken an und wich einen Schritt zurück.

Hey, war nur ein Witz, sagte Leyla.

Das Kinn des Jungen begann leicht zu zittern.

Och Mann, war doch nur ein Witz, ach Herzchen, komm mal her, nicht weinen, war nur ein Witz – Leyla streckte ihre Arme nach ihm aus.

In diesem Moment betrat die Mutter des Jungen wieder den Ausstellungsraum. Ferdinand lief ihr entgegen und warf sich ihr weinend in die Arme. Er schluchzte richtig. Die Frau strich ihm über den Kopf und redete leise auf ihn ein. Ohne sich noch einmal nach Leyla oder Gregor umzudrehen, verließ sie, ihren weinenden Sohn auf dem Arm, die Galerie. Draußen standen, soweit es von innen zu erkennen war, inzwischen noch mehr

Leute als vorhin in kleinen Grüppchen herum. Dem Stimmengewirr nach zu schließen, das durch die kurz geöffnete Tür gedrungen war, amüsierten sie sich.

Huch, sagte Steffi, als die Tür wieder zu war. Dann ging sie näher an die Zeichnung heran, unter der Leyla und Gregor saßen. *Karma Polizei*, las sie laut vom Schildchen ab. Sie sah noch mal zu dem Bild, dann seufzte sie laut. Kinners, mir steckt der Alkohol von gestern noch in den Knochen, ich hau dann mal ab. Sie beugte sich zu Leyla und verabschiedete sich auch von Gregor, der wieder aufgestanden war. An der Tür drehte sie sich noch einmal um und schickte Küsse durch die Luft.

Was hat sie mir noch mal geschenkt, weißt du das noch?, fragte Leyla, als sie draußen war.

Gregor versuchte, sich den am Ende vollkommen überladenen Gabentisch ins Gedächtnis zu rufen, zu dem sie die Kommode im Flur umfunktioniert hatten.

Ha, sagte Leyla. Jetzt weiß ich's wieder. Blöde Kuh.

Gregor stand auf, um sich ein neues Bier zu holen. Als er zurückkam, saß Leyla auf seinem Kasten.

Toll. Kannst du mir vielleicht auch ein Bier mitbringen. Ihr Tonfall sarkastisch.

Aber ich dachte nicht, dass du eins magst.

Dann frag halt.

Gregor ging zurück, um ein weiteres Bier aus der Küche zu holen.

Als er zurückkam, stand Leyla vor der Zeichnung mit dem Titel *Karma Polizei*.

Wortlos nahm sie das Bier entgegen.

Ich hab doch neulich diesen Dokumentarfilm über Charlotte Rampling gesehen, sagte sie.

Ja?, sagte er.

Der war so unfassbar schlecht, ich wollte danach jemanden erschießen, so wütend war ich. Was für eine unglaublich unbegabte, stümperhafte Regisseurin … Ich meine, da hat man so eine tolle Frau wie Charlotte Rampling, und dann gibt man noch nicht einmal die Information, wie alt sie ist, sagen wir in welchem Jahrzehnt wenigstens ungefähr sie geboren ist. Ist sie verheiratet und so weiter, geschieden, nichts. Nichts. Wie kann man so einen schlechten Film machen? Das ist ja gar nicht so leicht. Wahnsinn, was in Deutschland alles Fördergelder kriegt …

Wütend starrte sie auf das Bild an der Wand.

Wie kommst du jetzt darauf, fragte er.

Der ganze Aufbau. Die Musik. Alles. Das war so schlecht. Ich meine, da gab es eine Szene, wo sie mit einem jungen Mann zu sehen war, der offenbar irgendein Stück mit ihr inszeniert hat. Man hat überhaupt nicht kapiert, dass das ihr Sohn war. Ich hab das hinterher googeln müssen. Und die hat dafür Preise gewonnen. Vielleicht ist es das, was man machen sollte. Schlechte Dokumentarfilme.

Gregor streckte eine Hand nach ihr aus. Er wollte sie umarmen, doch sie entzog sich seiner Berührung durch eine rasche Bewegung zur Seite, wobei ihr die Bierflasche aus der Hand glitt und zu Bruch ging.

Fass mich nicht an.

Pass doch auf.

Untätig sahen sie zu, wie sich die Bierlache zu ihren Füßen vergrößerte.

Und?, fragte er. Wer wischt das jetzt auf?

Vielleicht du, sagte sie, nachdem du mich gestern alles hast alleine aufräumen lassen.

Ah, daher weht der Wind, sagte er. Sag das doch gleich. Sag mir doch einfach, wenn du sauer bist, warum du sauer bist. Ich kann mit deiner passiv-aggressiven…

Meiner passiv-aggressiven? Meiner passiv-aggressiven?

Nicht so laut, sagte er.

Warum nicht? Soll doch alle Welt hören, dass du schlafen gegangen bist, obwohl die Wohnung aussah wie ein Saustall. Kann doch jeder wissen. Ist doch scheißegal. Das ist doch sowieso das Einzige, das dir immer wichtig ist, oder, was die Leute denken.

Ach komm, sagte er.

Hol du doch einen Lappen und wisch das weg, du hast es ja auch geholt. Sie machte nun doch einen Schritt zur Seite, weil die Bierlache sich so weit ausgebreitet hatte, dass ihre Schuhe in Gefahr geraten waren, nass zu werden. Von Gregor abgewandt starrte sie mit vor der Brust verschränkten Armen auf irgendeinen Punkt an der Wand.

Pass mal auf, sagte er, jetzt ebenfalls gereizt. Ich kann nichts dafür, dass du vierzig geworden bist, und ich verstehe auch nicht, wo eigentlich das Problem liegt. Sie wollte etwas sagen, aber er sprach einfach weiter. Mit deiner Laune verdirbst du dir alles, und ich lasse nicht zu, dass du mir auch meine Laune verdirbst damit, reiß dich mal zusammen, Leyla, echt, ich weiß überhaupt nicht, was mit dir los ist, und ich rate dir im Guten, dass…

Ein warnender Blick von ihr ließ ihn jäh verstummen.

Ein Mann stand im Eingang. Er hatte die Klinke noch in der Hand und schien wie vom Donner gerührt. In einer Hand hielt er eine lilafarbene Damentasche. Er hielt sie ganz oben am Träger, als wüsste er nicht, dass dieser dazu angebracht war, um sie sich daran über die Schulter zu hängen. Sie schleifte fast am Boden, so lang war der Träger.

Hallo, sagte Leyla in einem Ton, der Gregor überraschend kühl vorkam.

Hallo, sagte der Mann und räusperte sich. Er war groß, trug einen Anzug und seine Haare hatten die Farbe, die nicht grau wird, weshalb es Gregor schwerfiel, sein Alter zu schätzen. An die fünfzig vielleicht?

Ich wollte mir die Ausstellung anschauen, sagte der Mann und trat zögernd ein. Er schloss die Tür und stellte sich dann vor das Bild, das dem Eingang am nächsten hing, die Damentasche baumelte neben seinen Füßen.

Plötzlich wurde Gregor von einer Berührung an seiner Schulter überrascht. Er zögerte kurz, nahm die Hand seiner Frau, zog sie zu sich heran und umarmte sie von hinten. Der Mann stand immer noch vor dem ersten Bild, als die Tür aufging und eine kleine Frau eintrat, die Gregor irgendwie bekannt vorkam. Als sie Leyla sah, änderte sich ihr Gesichtsausdruck von gelangweilt zu erschrocken und blieb schließlich bei versucht gleichgültig stehen.

Gregor konnte spüren, wie Leyla sich in seinen Armen ganz hart machte.

Hallo, sagte die Frau. Sie stand im Türrahmen, als sei sie nicht mehr sicher, ob sie hereinkommen wollte. Ihr Mantel hatte einen Pelzkragen, der aufgestellt war.

Der Mann stand weiterhin regungslos wie eine Schaufensterpuppe, der man versehentlich ein Accessoire für Damen in die Hand gehängt hat.

Hallo, sagte Leyla im Ton eines Auf Wiedersehens.

Die Frau kam nun doch herein. Sie wirkte unsicher, auf welche Seite des Raums sie gehen solle, entschied sich dann für die Seite, auf der der Mann stand und trat mit kleinen Schritten neben ihn. Die Pfennigabsätze ihrer Schuhe erzeugten auf dem Holzboden ein kleines Trappeln. Mit beiden Händen hielt sie im Gehen den Mantel zu. Sie stellte sich neben den Mann, der sie um mehr als einen Kopf überragte, fast schien es, als wolle sie sich hinter ihm verstecken. Wie eingefroren verharrten die beiden für eine Weile, die Gregor in Anbetracht des Kunstwerks, das sie betrachteten, viel zu lang vorkam. Er schob Leylas Haare zur Seite und drückte ihr einen Kuss auf die Hinterseite ihres Halses. Sie hatte ganz feine Haare dort, weich wie die eines Kindes.

Die Frau machte einen Schritt zurück und nahm dem Mann die Tasche aus der Hand. Es war eine unwirsche Bewegung, fast sah es aus, als entreiße sie sie ihm. Mit Schwung hängte sie sich die Tasche über die Schulter. Dann ging sie zur nächsten Zeichnung. Sie hielt jetzt nicht nur den Mantel vor ihrem Busen fest, sondern gleichzeitig den Träger ihrer Tasche, vielmehr schien sie sich an diesem festzuhalten, festzuklammern, ihr Griff hatte etwas Militärisches. Der Mann folgte ihr und stellte sich in einigem Abstand neben sie. Schweigend standen sie nebeneinander und sahen starr geradeaus.

Komm, wir gehen, sagte Leyla leise.

Er ließ sie aus seinen Armen und deutete auf die Scherben. Und das?

Komm, wir gehen, sagte Leyla noch einmal, und es lag so etwas Bittendes in ihrem Ton.

Er nahm ihre Hand, und gemeinsam gingen sie in Richtung Tür.

Kurz bevor sie an dem anderen Paar vorbeikamen, drehte sich die Frau nach ihnen um. Gregor beschleunigte seine Schritte, um Leyla die Tür aufzuhalten.

Alles Gute nachträglich, hörte er die Frau hinter sich sagen. Er hatte gerade die Klinke in der Hand.

Danke, sagte Leyla ohne stehen zu bleiben und ging vor ihm durch die Tür.

Die Menschentraube vor der Galerie schien in der Zwischenzeit auf das Doppelte angewachsen zu sein, und Gregor war überrascht, auch Anna und Titus noch dort stehen zu sehen. Es kam ihm so vor, als täten sie beide so, als sähen sie ihn nicht, also nickte er nur dem Künstler zu, der irgendwo in der Menge stand und gerade zu ihm herüber sah. Erst beim Anblick des Posters fiel ihm sein Name wieder ein.

Leyla war zügig gegangen und wartete abseits der Menge auf ihn.

Wer war das?, fragte er, als er zu ihr aufgeschlossen hatte. Im Gehen griff er wieder nach ihrer Hand.

Sag doch mal, wer war das?, fragte er noch mal, da sie nicht geantwortet hatte.

Wer, fragte Leyla zurück.

Na, die Frau. Und der Mann. Wer waren die?

Leyla sah ihn an, als sei er verrückt geworden.

Du weißt doch, ich bin nicht gut mit Gesichtern, sagte er.

Wieder sah sie ihn so komisch an.

Jetzt sag doch mal, sagte er.

Du erkennst Eva nicht?, sagte sie.

Eva.

Er entzog ihr seine Hand und verlangsamte seine Schritte. Als er den Wagen schließlich erreichte, sah er Leyla zunächst nicht. Sie hatte auf der Kante des Bürgersteigs gesessen und stand erst auf, als er bereits im Wagen saß. Während der Rückfahrt ließ er das Radio laufen. Keiner von beiden sagte ein Wort.

INHALT

ÜBER DIESES BUCH

Eine angetrunkene Jungschauspielerin. Eine schillernde Theaterdiva. Eine aggressive Yogalehrerin. Eine vergessene Filmlegende. Eine durchtriebene Feuilleton-Praktikantin. Zwei Freundinnen, die sich wahrscheinlich zum letzten Mal treffen. Ein eitler Journalist, der fest damit rechnet, die Goldene Edelfeder verliehen zu bekommen. Ein verunsicherter Bestsellerautor, der seinen Lektor von den Qualitäten seines miserablen zweiten Romans zu überzeugen versucht.

Die Protagonisten der Stories in »Meine 500 besten Freunde« sind ständig damit beschäftigt, etwas darzustellen, bestenfalls sich selbst. Es ist das Personal, das im Berlin von heute allabendlich die Tische in den teureren Restaurants bevölkert, wo dann manchmal, wenn alles passt, so ein Flirren in der Luft liegt – kurz. Sie sind eitel, verzweifelt, an sich selbst berauscht, angestrengt, rührend und lächerlich – und sie gäben viel darum, irgendwie bedeutender zu sein.

ÜBER DIE AUTORIN

Johanna Adorján, 1971 in Stockholm geboren, studierte in München Theater- und Opernregie. Seit 1995 arbeitet sie als Journalistin, seit 2001 in der Feuilleton-Redaktion der Frankfurter Allgemeinen Sonntagszeitung. Ihr erstes Buch, »Eine exklusive Liebe«, wurde in siebzehn Sprachen übersetzt.

Verlagsgruppe Random House FSC® N001967
Das für dieses Buch verwendete FSC®-zertifizierte
Papier *Lux Cream* liefert Stora Enso, Finnland.

1. Auflage
Genehmigte Taschenbuchausgabe April 2015,
btb in der Verlagsgruppe Random House, München.
Copyright © 2013 by Luchterhand Literaturverlag in der
Verlagsgruppe Random House, München.
Alle Rechte vorbehalten
Umschlaggestaltung: semper smile, München nach einem
Umschlagentwurf von Leanne Shapton
Druck und Einband: CPI – Clausen & Bosse, Leck
SK · Herstellung: sc
Printed in Germany
ISBN 978-3-442-74294-3

www.btb-verlag.de
www.facebook.com/btbverlag
Besuchen Sie auch unseren LiteraturBlog www.transatlantik.de!